हिन्दू, हिन्दुत्व, हिन्दुस्तान

हिन्दू, हिन्दुत्व, हिन्दुस्तान

सुधीर चन्द्र

राजकमल प्रकाशन

ISBN : 978-81-267-0710-2

मूल्य : ₹199

पहला संस्करण : 2003
तीसरा संस्करण : 2021
This book is printed on **Print on Demand** Technology : 2025

प्रकाशक : राजकमल प्रकाशन प्रा.लि.
1-बी, नेताजी सुभाष मार्ग, दरियागंज
नई दिल्ली-110 002

शाखाएँ : अशोक राजपथ, साइंस कॉलेज के सामने, पटना-800 006
पहली मंजिल, दरबारी बिल्डिंग, महात्मा गांधी मार्ग, प्रयागराज-211 001
1, अनमोल सोराबजी संतुक लेन, धोबी तलाव, मरीन लाइंस, मुम्बई-400 002
वेबसाइट : www.rajkamalprakashan.com
ई-मेल : info@rajkamalprakashan.com

HINDU, HINDUTVA, HINDUSTAN
by Sudhir Chandra

विनोद भैया और भाभी को

सस्नेह

उपक्रम

हिन्दुत्व के दौर में हिन्दू, और भारतीय, होने के दायित्व से जूझते हैं ये लेख। इनके लेखक का इस विषय से पुराना सम्बन्ध है। मुख्तसर कुछ ऐसा :

एक वक्त था–देश के कुछ हिस्सों में आज भी है–जब किसी भी अजनबी से शुरुआती बातचीत नाम और गाँव के बाद सहज ही जाती थी जाति पर, 'कौन बाम्हन हैं आप ?' आश्चर्य नहीं कि बचपन में बड़ा अभिमान था अपनी जातीयता का। घुट्टी में ही मिल गया था विश्वास–जो, आश्चर्य है, शीशे से भी न डिगा–कि सुन्दर-सुडौल होते हैं हम सजातीय, और साथ ही तीक्ष्ण बुद्धि, हास्यप्रिय, रसिक, इत्यादि, इत्यादि।

गाढ़े सम्बन्ध रहे अन्य जाति और धर्मवालों से भी। बाबा गांधीवादी थे। सो जातीय एवं धार्मिक संकीर्णता से बच गया। छुआछूत से भी। मुसलमानों से खसूसन अच्छे रिश्ते बने। मुहर्रम में ताज़िये रुकते थे हमारे मुहल्ले के कोने पर, और बाबा की अगुआई में आगे बढ़ते थे। दोनों भाई बड़े हुए, माँ को अम्मी कहते। आस-पड़ोस में भी माँ इसी सम्बोधन से जानी जाने लगीं। आज भी वैसे ही जानी जाती हैं। सगी मौसियों से कम नहीं थीं सुगरा मौसी, बनारस के बड़े हकीम साहब की बेगम। पिता का तबादला एक बार कॉलिज खुलने के बाद हुआ, और बरेली कॉलिज के इकलौते छात्रावास में कोई कमरा खाली था नहीं, तो महमूदुल हसन चाचाजी और चाचीजी ने बेटे की तरह अपने साथ रखा।

फिर शिक्षा ने रंग दिखाया। परेशानी-सी होने लगी अपनी ब्राह्मण-हिन्दू पहचान से। हाईस्कूल का फॉर्म भरते समय अपना जाति-सूचक नाम हटा दिया। बाद में खासा उग्र रूप ले गई यह परेशानी और बन गई सुसंगत विचारधारा। काफी लम्बा चला जाति व धर्म के सैद्धान्तिक विरोध का दौर।

काफी बाद में, धीरे-धीरे आनी शुरू हुई समझ कि तमाम पहचानों का पेचीदा और नित बदलता चक्रव्यूह होता है हमारा व्यक्तित्व। यह भी कि स्वस्थ सामाजिक-नागरिक जीवन की निर्मिति इनमें से कुछ पहचानों के नकार से नहीं, उनकी सम्यक् स्थिति से होती है। होनी चाहिए।

यही समझ एक नैतिक दायित्व-सी उभरने लगी 1984 से जब सिखों के विरुद्ध पलक झपकते उमड़ उठी हिंसा को देखा देश की राजधानी में। और गहराई आडवाणी की रथयात्रा के साथ हुए उग्र राजनैतिक हिन्दुत्व के उद्‍घोष के फलस्वरूप।

अन्दर का हिन्दू फिर जागा। हिन्दू और भारतीय, मैं हूँ, और मेरे जैसे अनगिनत लोग, न कि आडवाणी अथवा उनके अनुगामी।

फिर भी, आक्रामक हिन्दुत्व की सारी भयावहता के बावजूद, गुजरात 2002 अकल्पनीय ही था। पर घटा वह। कहाँ ले जा रही है यह डरावनी इकईसवीं सदी ?

1984 से 2002 के बीच लिखे गए इन लेखों में कोशिश है संशय और हस्तक्षेप के बीच तनी रस्सी पर चलने की। संशय यह कि अन्दर और बाहर का घमासान पकड़ में नहीं आता। किन्तु उस कारण निष्क्रिय तो नहीं बैठ सकते हम। क्योंकर तब हो चीज़ों को इच्छित दिशा में बदलने का उपक्रम ? क्या हो सकता है उस हस्तक्षेप का औचित्य एवं आधार ?

संशय और हस्तक्षेप दोनों की ही अनिवार्यता से उपजे द्वन्द्व की तात्विक चर्चा नहीं करते ये लेख। गांधी के 'हर कोई अपने को देखे' की याद करते, ये कभी अपने अन्दर की और कभी बाहर की तारीकियों से जूझते हैं, और महसूस करते हैं कि अन्दर और बाहर अलग नहीं हैं, एक दूसरे में बिंधे हैं, ऐसे कि अलग न हो सकें।

एक अनुपस्थिति है इन लेखों में। उसकी पड़ताल मैं खुद ढंग से नहीं कर पाया हूँ। पर उसका ज़िक्र न करने से अपने को परखते हुए बाहर देखने की भावना दूषित होगी। कशमीरी पंडित अनुपस्थित हैं यहाँ। एक प्रतीक के रूप में 'सोमनाथ' से जुड़ी मानसिकता को समझ सका मैं, 1984 और अयोध्या ने झकझोरा, गोधरा कांड से उद्वेलित हुआ और उसके बाद की नृशंसता ने तो हिला ही डाला। कशमीरी पंडितों की व्यथा से कैसे अछूता रह गया मैं ?

इस सवाल का अवश्य ही राजनैतिक, सामरिक महत्त्व है। उतना ही होता तो मुश्किल नहीं था कशमीरी पंडितों पर दो आँसू बहा देना। उससे कहीं गहरा, सवाल मानवीयता का है। कैसे होता है कि एक समुदाय का दर्द दर्द ही नहीं दिखता हमें ? धर्मनिरपेक्षता भी तो, मानवीय होने के नाते, स्खलित होती है उस दर्द के प्रति उदासीनता से।

हिन्दी में यह मेरी पहली पुस्तक है। तहेदिल से आभार जताना चाहता हूँ सर्वश्री अशोक वाजपेयी, नामवर सिंह, राजकिशोर, ओम थानवी, मंगलेश डबराल, परमानन्द श्रीवास्तव, पियूष दइया तथा अशोक महेश्वरी के प्रति जिन्होंने मातृभाषा की ओर मोड़ा मुझे।

आभार गुलाम मोहम्मद शेख़ का भी जिन्होंने बड़े स्नेह से अपनी ऐसी सशक्त रचना कवर के लिए उपलब्ध कराई।

अन्त में, जानता हूँ कि जिन्दगी भर के हमारे प्रेम को इसकी दरकार नहीं, पर विनोद भैया और भाभी को यह पुस्तक समर्पित करते हुए बड़ा सुख हो रहा है।

15 अप्रैल, 2003

–सुधीर चन्द्र

क्रम

दायित्व संशय और हस्तक्षेप का

जानने, खासतौर से अपने समय को जानने, की कठिनाई को हम सब जानते हैं। जानने और न जानने की अनिश्चितता में जीवन बीत जाता है। इसी अनिश्चितता में होते हैं हमारे सारे निश्चय, निर्णय और संकल्प। तथा पनपते हैं हमारे सारे मूल्य, सारे विचार, सारी आस्थाएँ, सारे विश्वास, सारे पूर्वग्रह। सब परिवर्तनशील। पर हम भूले रहते हैं अपनी निर्मिति की निरन्तरता को, और अपने अन्दर आए दिन बनते-बिगड़ते पृथक, परस्पर विरोधी तत्वों के तालमेल को। प्रायः बने रहते हैं अपने तात्क्षणिक विश्वासों के प्रति आश्वस्त, अडिग। मानो अपनी वैचारिक शुद्धता की प्रतीति में ही निहित हो एहसास अपने होने का। जैसे उसके बिना हम अपने तईं साबुत ही न हों। न ही समाज के तईं।

ऐसे में अपने संशय से साक्षात्कार एक आवश्यक चुनौती बन जाता है। विरोधी विचारों व मान्यताओं के मध्य सम्वाद बनाए रखने की चुनौती। एक ऐसी चुनौती भी जो कहीं गहरे में हमारा सामना उस सम्वाद से कराती है जो हमारे अन्दर चलता रहता है और जिसके प्रति सचेत न रहना हमारी प्रवृत्ति-सा बन गया है। व्यक्ति और समष्टि दोनों के लिए आवश्यक प्रवृत्ति। वे तमाम सामाजिक, सांस्कृतिक, राजनीतिक एवं अन्य व्यवस्थित समूह, जिनके हम चाहे या अनचाहे सदस्य बनते हैं, कमोबेश, अपने-अपने निर्धारित सोच के ढाँचों में हमें बाँधते हैं। उदार, प्रजातान्त्रिक व्यवस्था वाले समूह निस्बतन कम, अन्य कुछ ज्यादा। अवश्य ही, हमारे आन्तरिक व बाह्य जगत में संशय की ऐसी विराट उपस्थिति के बावजूद—या उसी के कारण—सच्चे-झूठे विश्वास का बने रहना व्यक्ति और समाज की कोई ज़बरदस्त ज़रूरत है।

इस अमूर्त, अपर्याप्त, संशय-प्रशस्ति के उपरान्त 'अपने' सन्देह का ज़िक्र। और उसकी शुरुआत विश्वास से। किंचित उससे भी अधिक, विश्वासजनित आक्रोश से। वैसे तो, कम-से-कम एक खास उम्र के लोगों के लिए, देश और दुनिया का कुछ समय से ऐसा ढर्रा रहा है कि उदासीनता या कभी-कभार क्षोभ से ज्यादा कोई प्रतिक्रिया हो नहीं पाती। ऐसे में आक्रोश अथवा क्रोध की अनुभूति बड़ी प्रीतिकर लगती है। अपने और समाज को लेकर आश्वासक।

हाल ही महसूस हुए इस आक्रोश का कारण था एक गर्हित सन्दर्भ में एक पावन शब्द का प्रयोग। ईसाई धर्म-प्रचारक स्टेन्स और उनके दो बेटों की निर्मम हत्या के

अभियुक्त दारा सिंह के चन्द समर्थकों ने अपने गुट का नाम रखा है : 'धर्मरक्षक श्री दारा सिंह बचाओ समिति'। समिति का गठन ही इस व्यक्ति के कुकृत्य की स्वीकृति है। यह हत्याएँ ही तो समिति की दृष्टि में उसको श्रीमंडित कर धर्मरक्षक का पद प्रदान करती हैं। मानवीय विकास के कौन से विचित्र पल में आ फँसे हैं हम जहाँ धर्म के रक्षक इस तरह परिभाषित होते हैं ?

क्या आधार है मेरे इस आक्रोश का ? इस विश्वास का कि दारा सिंह और उसको बचाने का बीड़ा उठाने वाले चाहे कुछ हों–धर्मद्रोही, धर्मान्ध, मौकापरस्त, सम्प्रदायवादी तत्त्व–धर्मरक्षक नहीं हो सकते। क्यों नहीं मैं अपने इस आक्रोश और विश्वास को लेकर आशंकित हो पाता ? यह मानते हुए भी कि, अन्ततोगत्वा, नैतिकता का कोई सर्वसम्मत, सार्वभौमिक, वस्तुपरक आधार नहीं हो सकता। भले ही सैद्धान्तिक स्तर पर मैं अपने आक्रोश के पक्ष में कोई अकाट्य तर्क न दे सकूँ, मेरा अपना नैतिक बोध बाध्य करता है यह मानने को कि जिसकी रक्षा ऐसे कुकृत्यों से हो सके वह धर्म नहीं है। (मैं जानबूझकर यहाँ धर्म और हिंसा–वैयक्तिक वा सामाजिक–के बड़े सवाल को न उठाकर एक सीमित परिप्रेक्ष्य में अपनी बात कह रहा हूँ।)

साथ ही, एक बड़ी हद तक सौभाग्यवश, हमारी नैतिक मान्यताएँ कठोर तर्क की मोहताज नहीं होतीं। मैं महसूस कर सकता हूँ कि धर्म की ऐसी परिकल्पना, जो स्टेन्स और उनके बेटों जैसी हत्याओं को अधर्म माने, मेरी निजी सनक भर नहीं है। धर्म के बारे में ऐसी मान्यता रखनेवालों की संख्या अपार है। और ज़रूरी नहीं कि वे सब आस्तिक ही हों।

धर्म और धार्मिक आस्था के प्रति सौहार्द का तात्त्विक सौन्दर्य, सम्भव है, सबको प्रभावित न करे। पर इसके व्यावहारिक महत्त्व को समझना अपरिहार्य है। सच तो यह है कि आज़ादी के बाद विकसित धर्मनिरपेक्ष विमर्श का जो सबसे सशक्त रूप उभरा उसमें धर्म और धर्मसिक्त पारम्परिक संस्कृति के प्रति खासी असहिष्णुता थी। इस विमर्श की मीमांसा यहाँ अभीष्ट नहीं है। इशारतन यह कहना ही काफ़ी है कि पाकिस्तान की स्थापना के पक्ष में धर्म के उपयोग ने तथा सम्प्रदायवाद और धर्म के सतही समीकरण ने धर्मनिरपेक्षता को लगभग धर्म के विरोध में खड़ा कर दिया।

उदाहरण के तौर पर अपना एक अनुभव बयान करना चाहूँगा। तीस साल पहले अंग्रेज़ी में एक पुस्तिका निकली थी जिसका शीर्षक था *कम्युनलिज़्म एंड द राइटिंग ऑव इंडियन हिस्ट्री*। इसमें रोमिला थापर, हरबंस मुखिया और बिपन चन्द्र के तीन आलेख छपे थे। तीनों ही महत्त्वपूर्ण व विचारोत्तेजक। पर धर्म और धार्मिक भावनाओं को समझने में असमर्थ। साथ ही भारतीय राष्ट्रवाद के वैचारिक कठघरे में फँसे हुए। *इकनॉमिक एंड पॉलिटिकल वीकली* के लिए की गई इस पुस्तिका की समीक्षा में, अन्य बातों के अलावा, मैंने लिखा कि मन्दिरों को तोड़ने व ज़बरन धर्म परिवर्तन को मात्र आर्थिक-राजनैतिक शक्तियों के सन्दर्भ में व्याख्यायित करना नाकाफ़ी है। धर्म को छद्म चेतना (फ़ाल्स कॉन्शसनैस) बताकर उसके महत्त्व की छुट्टी कर देने के बारे में मेरा तर्क

था कि फिर राष्ट्रवाद (जो कि इस पुस्तिका का केन्द्र-बिन्दु था) को छद्म चेतना न मानना सिद्धान्ततः कठिन हो जाएगा। मन्दिर भंजन, जज़िया और बलात् धर्मान्तरण के सन्दर्भ में मैंने कहा कि मध्यकालीन भारत के इतिहासकारों को समझना होगा कि ऐसे कृत्यों और नीतियों की समकालीन हिन्दू समाज में किस तरह की प्रतिक्रियाएँ हुईं।

इस समीक्षा का तीनों विद्वानों ने करारा जवाब दिया जो (मेरे प्रत्युत्तर के साथ) *इकनॉमिक एंड पॉलिटिकल वीकली* में ही छपा। उनका दावा था कि सुधीर चन्द्र उसी साम्प्रदायिक मानसिकता का शिकार है जिसका विवेचन उन्होंने अपनी पुस्तिका में किया है।

पर जिस तत्परता या आसानी से हम (सही या ग़लत) दूसरों की विसंगतियाँ इत्यादि देख लेते हैं, उतना ही दुष्कर होता है अपने जानने व न जानने के प्रति सचेत होना। सन्देह मुश्किल नहीं होता दूसरों के विचारों एवं विचारधाराओं को लेकर। कठिन होता है वही सन्देह अपने आप को लेकर। परिणामतः – यह मैं बाद में समझा—धर्म और धार्मिक चेतना के महत्त्व को मानते हुए भी, और यह जानते हुए कि राष्ट्रवाद के जाल से हमें अपने चिन्तन को मुक्त करना चाहिए, धर्म और साम्प्रदायिकता की पर्यायता मेरे मानस में बनी रही। उस पुस्तक समीक्षा के दस साल बाद मैंने एक शोध निबन्ध लिखा जिसका शीर्षक ही मेरी तत्कालीन समझ की सीमा का परिचायक है। शीर्षक था 'कम्युनल कॉन्शसनैस इन लेट नाइन्टीन्थ सैंचुरी हिन्दी लिटरेचर'। समीक्षा में मध्यकालीन भारतीय समाज के सन्दर्भ में जिस तरह के शोध की मैंने बात की थी कुछ वैसा ही अध्ययन मुझे उन्नीसवीं सदी के भारतीय साहित्य के माध्यम से सम्भव लगा। मुझे लगा कि भारत की विभिन्न भाषाओं के साहित्य में एक हद तक समान सामाजिक चेतना परिलक्षित होती है। इसी अध्ययन की पहली कड़ी था हिन्दी साहित्य वाला यह लेख। इसमें मैंने अनेक उद्धरण देकर तत्कालीन साम्प्रदायिक चेतना की चर्चा की थी। उनमें से तीन उद्धरण मैं यहाँ देना चाहूँगा :

मसजिद लखि बिसुनाथ ढिग परे हिये जो घाव।

जहाँ बिसेसर सोमनाथ माधव के मन्दिर,
तहँ महजिद बनि गईं होत अब अल्ला अकबर।

जहाँ राजकन्यन के डोला तुरकन के घर जाँय,
तहाँ दूसरी कौन बात है जेहि माँ लोग लजाँय,
भला इन हिजरन ते कछु होना है।

क्यों मुझे इन उद्धरणों में व्यक्त भावनाओं में वह मानसिकता दिखाई दी जिसे, एक गन्दे नकारात्मक अर्थ में, बीसवीं सदी में हमने साम्प्रदायिकता का नाम दिया ? यह प्रश्न मुझे कुरेदने लगा और दो-तीन साल बाद मेरी परेशानी एक आत्मालोचनात्मक लेख के रूप में निकली। इस आत्म-निरीक्षण के परिणामस्वरूप मुझे भारतेन्दु कालीन साहित्य में

'साम्प्रदायिक चेतना' के बजाय 'साम्प्रदायिक तत्त्वों' की उपस्थिति दिखने लगी—पूर्ण विकसित साम्प्रदायिकता नहीं, साम्प्रदायिक चेतना में परिवर्तित होने की सम्भावना से पूरित तत्त्व।

अभी भी, स्पष्ट ही, मेरे देखने में धर्म सम्बन्धित भावनाएँ साम्प्रदायिकता के घेरे में क़ैद थीं, और साम्प्रदायिकता राष्ट्रवाद के विलोम के रूप में अपना नकारात्मक अर्थ बनाए हुए थी। मध्यकालीन भारत में हुए मन्दिरों के ध्वंस और तद्वत् कार्यकलाप से उपजी समकालीन प्रतिक्रियाओं को मैं जानना चाहता था। पर औपनिवेशिक भारत में बच रही—या उगी—उन कृत्यों की स्मृति को मैं साम्प्रदायिकता से अलग नहीं कर पा रहा था। वह कौन-सा सोच है जो स्वधर्म के लिए आदर और स्वधर्मियों के लिए मोह को 'साम्प्रदायिकता' की कोटि में ही रख सकता है और उस बोध को अनिवार्यतः राष्ट्रीय चेतना का बैरी मान उसे सिर्फ़ हेय ही समझ सकता है ?

कुछ प्रगतिशील और धर्मनिरपेक्षता के पक्षधर पाठक इस तरह के प्रश्न से चिन्तित हो सकते हैं। उनको ऐसे प्रश्नों में ही साम्प्रदायिकता की बू आ सकती है। यह बू वास्तविक हो सकती है। काल्पनिक भी। इससे इनकार नहीं किया जा सकता कि जो प्रश्न इस समय मैं उठा रहा हूँ उसके पीछे निहायत ही साम्प्रदायिक नीयत हो सकती है। पर यही प्रश्न उस नीयत से भी उठाया जा सकता है—उठाया जाना चाहिए—जिससे, विश्वास कीजिए, मैं उठा रहा हूँ : धर्मनिरपेक्षता के भविष्य की चिन्ता से। यदि दूसरी सम्भावना—और आवश्यकता—वास्तविक है तो इस प्रश्न और ऐसे ही अन्य प्रश्नों को यन्त्रवत् साम्प्रदायिक मान लेनेवालों को अपने सन्देहों के प्रति सन्देहित होने की आदत डालनी होगी।

बात काफ़ी नाज़ुक है और सन्तुलन चूकने से बिगड़ सकती है। वैसे भी सारी कोशिश के बावजूद अपने कहे के अर्थ को बाँधा तो नहीं जा सकता। अस्तु, पाँत से निकाल दिए जाने का जोखिम होते हुए भी, बात को आगे तो ले जाना ही है। अपने जिस अनुभव का ज़िक्र मैंने ऊपर किया उसका एक सार यह है कि चेतन-बौद्धिक धरातल पर राष्ट्रवाद के प्रभाव से मुक्त होकर भी मैं किसी अवचेतन-भावात्मक स्तर पर उसकी गिरफ़्त में था। (अब कितना हूँ कह नहीं सकता।) उस बौद्धिक-भावात्मक अनुभव को आपके अनुभवों से जोड़कर कुछ कहना चाहता हूँ। इस आशा-विश्वास से कि हमारे—आपके और मेरे—अनुभवों में कोई बड़ा गुणात्मक भेद नहीं होगा।

जाति, वर्ग, भाषा, क्षेत्र, धर्म, संस्कृति, राष्ट्र इत्यादि के आधार पर बनी अस्मिताओं के पुंज से हमारा अस्तित्व बनता है। इन अस्मिताओं में हमेशा ही शान्तिपूर्ण सहअस्तित्व नहीं रहता और विभिन्न समूहों के हित परस्पर विरोधी भी हो जाते हैं। फलतः हमारे अन्दर अस्मिताओं की अनेकता का दबाव बना रहता है। विदेशी दासता, स्वाधीनता आन्दोलन और देश के विभाजन के परिणामस्वरूप हमारे बीच एक आदर्श विकसित हुआ जिसके अनुसार राष्ट्रीय अस्मिता न सिर्फ़ सर्वोपरि हो गई बल्कि, विरोध की स्थिति में, कोई भी अन्य सामूहिक अस्मिता उसका विपर्यय मान ली गई। राष्ट्रवाद और

साम्प्रदायिकता के बीच भी ऐसा ही मानकीय भेद बना दिया गया, और चूँकि साम्प्रदायिकता को धर्म के साथ जोड़ दिया गया, धर्म भी राष्ट्रवाद का विपर्यय बन गया।

इस आदर्श और इससे प्रेरित सोच को आँख मूँदकर ठीक माने रहने के खिलाफ़ बहुत कुछ कहा जा सकता है। संक्षेप में, राष्ट्रवाद का आदर्श कितना भी जादुई हो, उसकी वास्तविकता बहुत भिन्न, निरन्तर परिवर्तनशील और प्रायः अनाकर्षक होती है। राष्ट्रवाद का आदर्श ही उसके घिनौनेपन को ढके रखने का साधन बनता है। यद्यपि, सौभाग्य से, सदैव प्रभावकारी नहीं। आज जब हिन्दू साम्प्रदायिकता को ही राष्ट्रवाद की गरिमा प्रदान की जा रही है, राष्ट्रवाद और साम्प्रदायिकता के बीच प्रतिपादित अनिवार्य विरोध के सिद्धान्त को सन्देह की दृष्टि से देखना कहीं आसान हो गया है।

आवश्यक है उस सिद्धान्त के प्रति सन्देह जो राष्ट्रवाद की तुलना में अन्य सामूहिक अस्मिताओं को गौण बना देता है। राष्ट्रप्रेम का प्रमाण ही मानो यह हो कि व्यक्ति को अपने अन्दर अन्य अस्मिताओं की उपस्थिति से अपराधबोध होता है या नहीं। तात्पर्य यह नहीं कि राष्ट्रवाद सदा घिनौना और अन्य अस्मिताएँ वन्दनीय। बल्कि यह कि राष्ट्रेतर अस्मिताएँ अपरिहार्य एवं कल्याणकारी हो सकती हैं : कुछ ऐसी नैसर्गिक-सांस्कृतिक ज़रूरतों को पूरा करने में सक्षम, जहाँ राष्ट्र का दखल न सम्भव है न वांछनीय।

एक बार फिर प्रकारान्तर से 'मसजिद लखि बिसुनाथ ढिग' का स्मरण। स्टेन्स और उसके बेटों के तथाकथित हत्यारे को–हत्यारा होने के नाते–धर्मरक्षक कहनेवाले जैसे कुछ उन्मत्त लोगों को छोड़ दें तो शायद ही कोई भारतीय हो जो 6 दिसम्बर 1992 के अयोध्या कांड से स्तब्ध न रह गया हो। मात्र एक दृष्टान्त पर्याप्त होगा। *सन्देश, गुजरात समाचार* और *गुजरात मित्र* जैसे 'हिन्दू' समाचारपत्र भी, जो तुरन्त बाद साम्प्रदायिक विष वमन करनेवाले थे, बाबरी मसजिद के ढहा दिए जाने पर विचलित हो गए थे। दूसरे ही दिन छपे उनके ब्यौरों में एक विषादयुक्त अविश्वास था कि ऐसा कैसे हो गया। भले ही तीसरे दिन–सूरत की भयावह साम्प्रदायिक हिंसा भड़कने के बाद–उनका रवैया बदलने लगा, उनके तात्कालिक विषाद और अविश्वास का बड़ा महत्त्व है। उसको समझने का हमें प्रयास करना पड़ेगा ताकि हम उस मानसिकता की गहराइयों में उतर सकें जिसका सरलीकरण हमें उसके लिए एक नाम दे देता है : साम्प्रदायिकता।

सरलीकरण की वही प्रवृत्ति एक विशेष जातीय स्मृति को, इस शब्द के विशिष्ट समकालीन अर्थ में, साम्प्रदायिक घोषित कर देती है। हम अपनी तार्किक विसंगतियों को अनदेखा कर देते हैं। 6 दिसम्बर हमें व्याकुल कर देता है। सही व्याकुल कर देता है। पर सोमनाथ, विश्वनाथ इत्यादि से पैदा हुई व्याकुलता हमारी समझ से परे है। और है, हमारे लेखे, धर्मनिरपेक्ष राष्ट्रवाद के प्रतिकूल।

क्यों ?

क्या पर्याप्त कारण नहीं हैं, धर्म, संस्कृति और राष्ट्र के अन्तर्सम्बन्धों को केन्द्र में रखकर, धर्मनिरपेक्षता को पुनः परिभाषित करने के ? बदलते अनुभवों के प्रति सतर्क रहते हुए पुनः-पुनः परिभाषित करते रहने के ?

इन्हीं कारणों से आवश्यक हो जाती है एक ऐसी भाषा, एक ऐसी मनोवृत्ति, जो अपने मूल्यों को प्रतिबद्धता और विरोधी मूल्यों को अन्धविश्वास न माने, और प्रयत्न करे कि यथासम्भव परस्पर विश्वास व आदर बनाए रखते हुए उनके साथ भी सम्वाद हो सके जिनसे हमारी असहमति है। पिछले वाक्य का 'यथासम्भव' अनायास नहीं है। कुछ स्थितियों में विश्वास और आदर की सम्भावना शून्य के निकट हो सकती है। जैसे उस विश्वासजनित आक्रोश की स्थिति में जिससे मैंने सन्देह की अपनी बात प्रारम्भ की थी। पर हर समय और हर वैचारिक मतभेद को लेकर तो ऐसी स्थिति नहीं होनी चाहिए। जैसा कि दुर्भाग्यवश प्रायः होता है। वैचारिक मतभेद कुछ जल्दी ही मित्रों और प्रियजनों तक में असम्वाद ला देते हैं।

प्रतिबद्धता और अधिविश्वास के किस कवच से हम, फ़ौरी चैन के लिए जो जल्दी ही आदत बन जाता है, अपने ही संशयों से अपने आप को बचाए रखते हैं ? भूले हुए कि ऐसी प्रतिबद्धता और ऐसे अधिविश्वास से प्रेरित भाषा का आक्रामक तेवर समानधर्मियों को भले ही उत्साहित कर ले, अनगिनत लोग उसी के कारण हमसे उचट जाते हैं। कटिबद्ध विरोधियों को छोड़ भी दें, ज़रूरी है उन अनेक तक पहुँचना जो न हमारे खेमे में हैं न विरोधी खेमे में।

अपने अजाने अँधेरे

नवम्बर 1984, दिल्ली की दीवालों पर अचानक एक नारा नमूदार हुआ था :

हिन्दू मुसलिम भाई-भाई
सिखों की अब करो सफाई।

पता नहीं यह नारा दिल्ली के बाहर भी उभरा या मात्र राजधानी तक ही सीमित रहा। हाँ, इस नारे में लक्षित मानसिकता और उसका जुनूनी क्रियान्वयन दिल्ली के एकाधिकार में नहीं थे।

जल्दी ही यह नारा गायब हो गया। और अभी तक फिर उभरा नहीं है। साथ ही ऐसा भी लगता है–सतही तौर पर कम से कम–कि इसकी प्रेरक मानसिकता में अब वह धार नहीं बची है। पर इस बात से कितनी वास्तविक राहत मिल सकती है ?

यह एक मुश्किल और ज़रूरी सवाल है। जो चीज़ एक बार 'अचानक' घटित हो सकती है उसकी पुनरावृत्ति भी अचानक हो सकती है। वैसे भी पुनरावृत्ति 'अचानकता' को घटाती ही है।

पर क्या इस तरह की चीज़ें सचमुच अचानक हो सकती हैं ? अचानक तो उनका 'घटना' होता है, वह विस्फोट जिसके सहारे हम उनके घटने को पहचानते हैं। रहती तो वह पहले से है हमारे बीच।

इसीलिए बीसवीं सदी के आख़िरी दशक की बात उससे पहले (से) होती है। पर यह लगभग इत्तिफ़ाकन हुआ कि मैंने, अपने जाने हुए का इस सन्दर्भ में जायज़ा लेते हुए, बात नवम्बर 1984 से शुरू की। मुझे अपनी बात को एक अकादमिक आलेख के रूप में कहने का भी लालच हुआ, और उस स्थिति में कोई और ही शुरुआत होती। पर अकादमिक चर्चा का एक सम्मोहक जाल होता है। वहाँ कमोबेश यह विश्वास होता है कि हम जानते हैं। हम जानते हैं कि क्या हुआ और क्यों हुआ। जबकि सच यह है कि, खासतौर से अपने समय को, हम बहुत ही कम जानते हैं। जाने-अनजाने अपने समय से हम जूझते हैं, समझौता करते हैं, जीते रहते हैं, और प्रायः समझ नहीं पाते कि समझ नहीं पा रहे हैं।

फिर भी एक रिश्ता हमारा अपने समय और समाज से है जहाँ हम ऐसी अनिश्चितता से अपेक्षाकृत मुक्त होते हैं। मोटामोटी हम जानते हैं कि समाज जिस दिशा

में जा रहा है वह उसके अपने ही मूल्यों के अनुकूल है, विपरीत है, या दोनों के बीच। यह भी मोटामोटी ही। उससे अधिक नहीं। खासतौर से उस स्थिति में जब कुछ स्वीकृत मूल्यों का विरोध वैकल्पिक मूल्यों से उतना न किया जाए जितना स्वीकार्य के सहारे स्थापित मूल्यों पर प्रहार करके। बड़ा खतरा शायद वह है जहाँ विडम्बना विडम्बना नहीं लगती।

इस सन्दर्भ में एक बहुत ही निर्णायक घड़ी। और इस बार सदी के अन्तिम दशक में ही। अटल बिहारी वाजपेयी का चौदह दिवसीय प्रधानमन्त्रित्व। कितना कुछ दाँव पर लगा था उस वक़्त भारतीय जनता पार्टी और संघ परिवार के लिए। कौन-से प्रलोभन नहीं दिए गए होंगे उन अनिश्चित चौदह दिनों में। पर उतना ही कुछ दाँव पर लगा था दूसरी तरफ़। सारे प्रलोभन धरे के धरे रह गए। सुखराम, आया राम और गयाराम की नगरी में अचानक कौन-सी कीमत लगाई जा रही थी जो सत्तारुढ़ दल न दे पाया, और सत्ता खो बैठा ? (यह सवाल उनके लिए नहीं है जो आज भी मानते हैं कि हिन्दुत्ववादियों की राजनीति आदर्श की राजनीति है, जोड़तोड़ की नहीं।)

हममें से बहुतों को उस समय लगा कि बिनसाम्प्रदायिक लोकतान्त्रिक राजनीति की यह अद्‌भुत जीत है। अद्‌भुत राजनीति में व्याप्त भ्रष्टाचार और लोलुपता के परिप्रेक्ष्य में। कुछ वैसी ही निर्णायक जीत जैसी कि 1977 में 'तानाशाह' इन्दिरा गांधी की चुनावी हार थी। पर एक फ़र्क था। इस जीत ने 1977 वाला राष्ट्रव्यापी उत्साह—यूफ़ोरिआ—नहीं जगाया। 1977 के तुरन्त ही बाद हो गए मोहभंग और चुनावी यथार्थ के नित बढ़ते घिनौनेपन के बाद यह सम्भव भी नहीं था। फिर भी उन चौदह दिनों ने एक बड़ा विश्वास पैदा किया कि अपने निजी स्वार्थों के प्रति सतत तत्पर हमारे राजनीतिज्ञ किसी भी बड़े तात्कालिक लाभ के चक्कर में भारतीय जनता पार्टी को विश्वास मत जिताकर राजनैतिक आत्महत्या करने की भूल नहीं करेंगे।

इस बड़े विश्वास की मियाद साबित हुई एक साल !

ज़ाहिर है कि देश के आज के माहौल में उस डर की गुंजाइश ही नहीं है जिसका शिकार हमारे सांसद उन चौदह दिनों में हो गए थे। सो गया वह बड़ा विश्वास। बचा है अब एक डर—वह भी बड़ा नहीं लगता—कि पता नहीं कल और कौन उनके साथ जा बैठेगा। जॉर्ज फर्नान्डीज़ के बाद क्या असम्भव बचा है ?

विडम्बना—और असल खतरा—यह है कि दिनोंदिन और रोज़ बढ़ती संख्या में अब लोगों को भारतीय जनता पार्टी 'भारतीय जनता पार्टी' नहीं लगती। प्रतिष्ठित समाजशास्त्रियों और पत्रकारों से लेकर हमारे आपके सामान्य मित्र एवं परिवारजन तक अब आश्वस्त हैं कि भारतीय जनता पार्टी का आवश्यक कायाकल्प हो चुका है। कभी सत्ता के किसी रहस्यमय रसायन के सहारे—जो अनिवार्यतः दायित्वबोध उत्पन्न कराता है—कभी वाजपेयी-आडवानी विभाजन के सूत्र से, कभी भारतीय जनता पार्टी को संघ परिवार से अलग करके, कभी केन्द्रीय सरकार में बैठे अन्य घटकों का हवाला देकर, भाँति-भाँति से इस विश्वास की पुष्टि की जाती रहती है।

उस सब के बावजूद जो इस विश्वास को हिलाने के लिए काफ़ी होना चाहिए। (यदि हमारे अन्दर संशय का साहस बचा हुआ है।)

यहाँ मैं एक ऐसी बात कहना चाहता हूँ जिसको लेकर ग़लतफ़हमी की काफ़ी सम्भावना है। आज देश में कितने ईसाई और मुसलमान उन लोगों में हैं जिनको भारतीय जनता पार्टी का वांछित कायाकल्प दिखाई पड़ता है ? यह ठीक है कि, पहले के इक्के-दुक्के सिकन्दर बख़्त के मुकाबले, आज भारतीय जनता पार्टी में थोड़े ज्यादा मुसलमान हैं। यहाँ-वहाँ ईसाई भी हैं। पर मूलतः यह कमज़ोर का बचावी खेल है। हिटलर की जर्मनी में बहुत से यहूदियों ने मजबूरी में यह दाँव आज़माया था। असफल दाँव, हमेशा ही।

क्या ऐसा नहीं है कि भारतीय जनता पार्टी का निरन्तर बढ़ता स्वीकार्य और उसके बदलते रूप के प्रति आश्वस्ति प्रधानतः उनमें है जो जन्म से हिन्दू हैं ? प्रश्न के रूप में यह बात रखने के पीछे एक प्रयोजन है। वह यह कि यदि इसका उत्तर 'हाँ' ही है तो भी हम सब, थोड़ी देर ही सही, इस प्रश्न के सहारे अपने अतल को छानें। कौन जाने हम भी उस स्थिति के लिए ज़िम्मेदार हैं जिसमें उन चौदह दिनों के एक साल बाद हमारे चतुर राजनीतिज्ञ यह ताड़ गए कि भारतीय जनता पार्टी के साथ सत्ता का आनन्द है, आत्महत्या की आशंका नहीं।

सम्भव है कि हम में से अनेक इस कठिन आत्मपरीक्षण के अन्त में अपने को निर्दोष पाएँ। फिर भी यह न मानना मुश्किल लगता है कि देश में साम्प्रदायिकता का खतरा सिर्फ़ जानी-पहचानी साम्प्रदायिक राजनैतिक पार्टियों या संकीर्ण धार्मिक-सांस्कृतिक दलों से ही नहीं है। प्रत्यक्ष अथवा परोक्ष तरीके से हमारे तथाकथित राष्ट्रीय एवं धर्मनिरपेक्ष दल भी साम्प्रदायिकता से परे नहीं है। इन्दिरा गांधी ने जिस सुनियोजित ढंग से जम्मू में 'हिन्दू' राजनीति खेली थी, उस समय कौन सोच सकता था कि अपने सौ साल के भव्य इतिहास के बाद भारतीय राष्ट्रीय कांग्रेस देश में चुनावों को इस पैमाने पर साम्प्रदायीकृत करेगी। दरअसल इन्दिरा गांधी के समय में यह सिर्फ़ जम्मू में ही नहीं हुआ था। उतने खुलकर न सही, पर हिन्दू मुहावरे का चुनावी इस्तेमाल छुटपुट तरीके से जम्मू के अलावा देश के दूसरे हिस्सों में भी हुआ था !

आज बीस साल हो गए पर दिल्ली की वह शाम भूल नहीं पाया हूँ। तीनमूर्ति स्थित नेहरू लायब्रेरी में सारे दिन काम करके साउथ ऍवेन्यू के बस स्टैंड पर खड़ा था। उसी समय इन्दिरा गांधी की एक विशाल तस्वीर और उतने ही विशाल हाथ–जो एमरजेंसी के समय, गालिबन, उनकी पार्टी का चुनाव चिह्न बन गया था–से सुसज्जित एक एम्बेसडर धीरे-धीरे वहाँ से गुज़री, लाउडस्पीकर पर कांग्रेस के लिए वोट माँगते हुए। कहा जा रहा था : हाथ पर मुहर लगाइए ! यह भगवान राम का हाथ है !!

आडवानी की रथयात्रा के पूर्व। कौन जाने, उसका पूर्वाभास !

पर मैं बात कर रहा था आत्मपरीक्षण की। अपनी और आपकी बात। तानाशाह का हाथ भगवान राम का हाथ तभी बनेगा जब तानाशाह को लगे कि राम के नाम से

उसकी सत्ता सुदृढ़ होगी। आडवानी भी यात्रा का कष्ट तभी उठाएँगे जब 'समाज' की नब्ज़ से कुछ उत्साहवर्द्धक संकेत मिलें। और सिखों की सफाई का नारा नारा भर रह जाएगा यदि...।

तकलीफ होती है कुछ बातों को करने में। हाथ रुक जाता है वाक्य पूरा करने से पहले। इसी तरह नीचे हमारी गहराइयों में बन्द रह जाते हैं कुछ अनुभव, ताकि उनके तर्क से हम बचे रह सकें।

एक और अनुभव। 6 दिसम्बर 1992। सूरत स्थित सेंटर फॉर सोशल स्टडीज़ में भोजनोपरान्त चाय पर फैकल्टी का साथ। उस दिन, उस समय और क्या बात हो सकती थी ! 1990 में बाबरी मस्जिद पर हुए पहले असफल प्रयास के बाद—जब संघ परिवार ने 'नरसंहार' का झूठा प्रचार किया था—गुजरात में कई स्थानों पर मुसलमानों पर हिंसक हमले हो चुके थे। इनमें कुछ ऐसे स्थान भी थे जहाँ साम्प्रदायिक तनाव का कोई इतिहास नहीं था। कुछ ऐसे वर्ग भी थे, जैसे कुछ जनजातियाँ, जो 1990 से पहले साम्प्रदायिक द्वेष से अदूषित थीं। तो उस दोपहर सभी चिन्तित थे। पता नहीं अयोध्या में क्या हो रहा होगा ! मान लो जो सबसे बड़ा डर है वही सच हो जाए तो ! इसी घबराहट से जुड़ गई इसके सम्भावित भीषण परिणामों की बात। सिर्फ़ एक बात थी इस पूरे विचार-विमर्श में जिसको लेकर सब सहमत थे : कुछ भी हो जाए, सूरत शहर में शान्ति बनी रहेगी।

उसी रात सूरत शहर में मुसलमानों के विरुद्ध अभूतपूर्व हिंसा भड़क उठी। वही सूरत शहर जिसके बारे में उसकी सामाजिक संरचना और उसके इतिहास से भली-भाँति परिचित समाजशास्त्रियों को लेशमात्र आशंका नहीं थी। यही नहीं, सूरत के प्रशासनिक अधिकारी भी इस हिंसा से निपटने के लिए तैयार नहीं थे। कोई इसके लिए तैयार नहीं था, चूँकि किसी को इसका अन्देशा नहीं था।

फिर भी अचानक !

सूरत की इस हिंसा ने शहर के इतिहास को तो एक विकृत रूप दिया ही, साथ-साथ उसने देश में होती रही साम्प्रदायिक हिंसा को भी एक अतिरिक्त विकृत आयाम दे दिया। जिसे हम साम्प्रदायिक दंगा कहते हैं उसके दौरान एक पैटर्न रहता है : वास्तविक 'दंगाई' घटनाओं में मध्यम वर्गेतर पुरुषों की भूमिका रहती है। मध्यम वर्ग चेतना और विचारधारा या सिर्फ़ चेतना के स्तर पर साम्प्रदायिक होता है। सूरत ने, भले ही बड़े पैमाने पर न सही, साम्प्रदायिक दंगों को वर्ग व लिंग भेद से मुक्त कर दिया। कुछ लोगों ने अपनी गाड़ियों में जाकर मुसलमानों की दुकानों से अपने नाप के जूते-चप्पल और अपनी पसन्द की साड़ियाँ और उनसे मैचिंग ब्लाउज पीसेज़ उड़ाकर हिन्दुत्व को गौरवान्वित किया।

साम्प्रदायिक चेतना और साम्प्रदायिक हिंसा के भेद को ध्यान में रखने से कदाचित अप्रत्याशित और अचानक घटी घटनाएँ हमको कम अचम्भित करेंगी और हम उनको समझने में ज्यादा समर्थ हो सकेंगे। सूरत की ही बात करें तो दिसम्बर 1992 की

विभीषिका के तुरन्त बाद कहा जाने लगा कि शहर में जो कुछ हुआ वह गुजरात व देश के अन्य स्थानों से आ बसनेवालों ने किया। पारम्परिक सुर्ती लाला तो ऐसा कर ही नहीं सकता। अब सूरत में हुई हिंसा का अध्ययन करनेवाले कुछ समाजशास्त्री भी इस तर्क को प्रतिपादित कर रहे है।

संशयात्मा विनश्यति ! 6 दिसम्बर 1992 तक समाजशास्त्री को मालूम था कि सूरत में साम्प्रदायिक हिंसा क्यों नहीं हो सकती, और अब मालूम है कि क्यों हुई।

ऐसा नहीं कि समाज में हो रहीं जटिल प्रक्रियाएँ अध्ययन के परे हैं। पर इस अध्ययन के लिए यह एहसास ज़रूरी है कि यह सिसिफस की नियति के अतिरिक्त कुछ नहीं। इसमें उस अतिरिक्त विश्वास की कोई गुंजाइश नहीं है जिसके साथ प्रायः निरन्तर नए रूप लेती स्थितियों को जान लेने और उनके कारण समझ लेने के दावे किए जाते हैं। अध्ययन करने वाले भी उसी भँवर में फँसे हैं जिसका और जिसमें फँसे लोगों का, वे अध्ययन कर रहे हैं।

यहाँ, लगता है, वह लिख दूँ जो कभी-कभार कहा तो है पर लिखा कभी नहीं। सूरत में दिसम्बर की हिंसा के दौरान यह हुआ था। एक गुजराती मित्र के यहाँ बैठा हुआ था। अचानक बग़ैर दरवाज़े पर दस्तक दिए, पड़ोस की एक महिला बैठक में आईं और खड़े ही खड़े यह बताकर उल्टे पैरों वापस चली गईं कि अभी-अभी सूरत के बाहर एक रेलगाड़ी रोककर कुछ महिला यात्रियों पर सामूहिक बलात्कार हुआ है। उनके बाहर निकलते ही मेरे मित्र ने कहा कि यह सिर्फ़ अफवाह होगी।

पर मैं ? मुझे लगा कि पिछले ही दिनों मुसलमान स्त्रियों पर हुए बलात्कार का यह बदला हो सकता है। मन में यह ख़याल आते ही मैंने एक टीस महसूस की। क्षणिक लेकिन घातक। अगले ही क्षण, अपने अन्दर शर्मिन्दा, मैं अपने आप से पूछ रहा था कि **हिन्दू** स्त्रियों पर हुए बलात्कार ने मुझे क्यों इस तरह विचलित कर दिया ? यह वह विचलन तो नहीं था जो पहले हुए बलात्कारों को लेकर हुआ था !

मेरे कौन-से अजाने बचे हुए अँधेरों से निकली थी यह टीस ? क्या यह भी सम्भव था कि मैं इसे न पहचान पाता ? कुछ ऐसा भी तो होगा जो मैं इन अँधेरों के रहते अभी भी न पहचान पाऊँ ? कुछ ऐसा जो ग़लत हो, पर निहायत स्वाभाविक लगे और वह स्वाभाविकता ग़लती के एहसास को उभरने ही न दे।

सबसे बड़ा खतरा शायद समाज में फैली हुई वह साम्प्रदायिक चेतना है जो रातोंरात सिखों को 'दूसरा' बना देती है। सिखों की सफाई एक कारगर नारा बन जाती है। पर हिन्दू-मुस्लिम भाईयत नारे में बन्द रह जाती है।

और इसी के कारण अचानक, उतने ही कारगर तरीके से, शिकार ईसाइयों का होने लगता है। हम कितनी आसानी से भूल जाते हैं कि हमारे देश में ईसाई धर्म योरोप से कहीं पुराना है। कि अँगरेजों के राज्य के दौरान हमारे तमाम प्रतिभाशाली लोगों ने हिन्दू धर्म और इस्लाम को त्यागकर स्वेच्छा से ईसाई बनने का नैतिक साहस दिखाया था। यह ऐसे लोग थे जिनको, धर्मान्तर के बावजूद, भारतीय संस्कृति से मोह था और

भारतीय होने का गर्व। भारतीय राष्ट्रवाद के विकास में इनका सक्रिय और महत्त्वपूर्ण योगदान था। देश और समाज के पुनरुत्थान का कोई भी पक्ष हो, यह भारतीय ईसाई देश के दूसरे धर्मावलम्बियों से पीछे नहीं थे। सच तो यह है कि इन्होंने दुहरे स्वराज के लिए संघर्ष किया। राजनैतिक स्वराज के साथ-साथ यह धार्मिक स्वराज के लिए भी आन्दोलन चलाते रहे ताकि एक राष्ट्रीय भारतीय चर्च की स्थापना हो सके।* वही स्थिति आज भी है। पर कितनी आसानी से हिन्दुत्व ने देश के ईसाइयों को अपना निशाना बना लिया है।

कैसे सम्भव हो जाता है यह सब ?

आरम्भ की शताब्दी, शताब्दी का अन्त
कुछ आपबीती, कुछ जगबीती

मैं उन्नीसवीं सदी के उत्तरार्द्ध और इस सदी के बिल्कुल ही प्रारम्भ में औपनिवेशिक भारत के सामाजिक-सांस्कृतिक इतिहास का अध्ययन इस विश्वास के साथ करता रहा हूँ कि उन्नीसवीं सदी आज भी हमारे वैयक्तिक-सामूहिक अस्तित्व का अंग बनी हुई है। बीसवीं सदी में जिए अपने साठ वर्षों में से पिछले साढ़े तीन दशकों के दौरान मैं इतना अधिक उन्नीसवीं-बीसवीं सदी की दहलीज़ पर बैठा रहा हूँ कि बीसवीं सदी के निवासी से कहीं अधिक अपने को उन्नीसवीं सदी के उत्तरार्द्ध का प्रवासी महसूस करता हूँ। अपने समय में उन्नीसवीं सदी की उपस्थिति के एहसास के बावजूद—या उसके कारण।

सौ साल पहले के भारत में इतने लम्बे प्रवास के फलस्वरूप मुझे लगता है कि मैं बीसवीं सदी के प्रारम्भ को लगभग अनुभूति के स्तर पर थोड़ा-थोड़ा समझ पाता हूँ। अतएव, बग़ैर किसी दम्भ के—यद्यपि भ्रम की सम्भावना तो बनी ही रहती है—मुझे लगता है कि अपने प्रवास व निवास के अनुभवों के सहारे मैं अपने तरीके से यदि बीसवीं सदी के प्रारम्भ और अन्त की बात करने की कोशिश करूँ तो उसका कुछ औचित्य तो बन ही जाता है।

अपने अनुभवों के आधार पर अपनी सदी के प्रारम्भ और अन्त पर विचार करने का निर्णय करके सोचना शुरू ही किया था कि इसके लिए कौन से अनुभव प्रतिनिधिक और समीचीन होंगे कि बचपन की एक याद कौंध गई। एक ऐसी याद जिसने इससे पहले मुझे परेशान नहीं किया था। पचासेक साल सुप्तावस्था में पड़ी रही यह याद अकस्मात उभर आई जब इस सदी का जायज़ा लेने का सवाल उठा।

ठीक कह नहीं सकता कि उस समय मेरी उमर क्या थी। चार साल से कम और नौ साल से ज्यादा नहीं रही होगी। आज़ाद हो गए या होनेवाले हिन्दुस्तान में बीत रहा बचपन। स्थान : अपनी खास तरह की तमाखू और डाकुओं के लिए जाना जानेवाला कस्बाई शहर मैनपुरी। मैनपुरी मुझे उस समय बहुत बड़ा शहर लगता था। मेरे इस विशाल शहर में तीन एक-दूसरे से लगे मुहल्ले थे जिनमें लगभग सारे घर हमारी अपनी ही बिरादरी के थे। परिणामस्वरूप—यह मैं उस समय नहीं समझता था—रोज़मर्रा की

ज़िन्दगी एक खास सामूहिक लय में चलती थी। आना-जाना पैदल ही होता था। बिजली और साइकिल अभी नहीं आए थे। जब हमारे घर में बैटरी से चलने वाला रेडियो आया–मुहल्ले का पहला रेडियो–तो सारे मुहल्ले का जमघट लगा था शाम को इस अद्भुत यन्त्र के उद्घाटन-प्रदर्शन के लिए।

इस मैनपुरी में जब भी मेरी माँ, मुहल्ले की और जवान बहुओं की तरह, घर के बाहर निकलती तो चिरुआ लाज मारकर निकलती थी। आज भी वह शब्द–चिरुआ लाज–और उसमें छिपा स्त्री शरीर मुझे याद है। पता नहीं पचास-पचपन साल के बाद उस याद के ऐसी स्पष्टता से उभर आने के पीछे चिरुआ लाज के कारण उस समय हुई कोई वेदना है। पूरे कपड़े पहनने के बाद एक पिछौरा (चादर) ओढ़कर लगाई जाती थी चिरुआ लाज। घूँघट का एक विचित्र प्रकार। पूरे बदन को पिछौरे से लपेटकर नाक के ठीक नीचे चिड़िया की चोंच जैसी ज़रा-सी जगह पिछौरे में बनाकर मेरी माँ, मुहल्ले की तमाम जवान बहुओं की भाँति, दो उँगलियों से इस चोंच को सिर्फ़ इतना चीरकर चलती थी कि नीचे सड़क का एक छोटा-सा टुकड़ा दिखाई पड़ता रहे। न जाने कितनी बार मैनपुरी की ईंटों से बनी गलियों में चिरुआ लाज मारे चलती अपनी माँ के साथ चला हूँ मैं। अस्सी पूरे कर गई अपनी माँ से पूछ नहीं पाता कि चिरुआ लाज की उन्हें याद है या नहीं। चाहता हूँ कि अब वह उससे पूर्णरूपेण मुक्त हों। उसकी स्मृति से भी।

पिछली अर्द्धशती में मैनपुरी बहुत भले ही न बदला हो, मेरे बचपनवाली गलियाँ उतनी ही सँकरी होते हुए भी सीमेंट की हो गई हैं। मुद्दत से वहाँ बिजली आ गई है, भले ही बिला नागा वह हर रोज़ कुछ घंटों के लिए चली जाती हो। मेरी बिरादरी के तीनों मुहल्लों में अब और जातियों के लोग भी आ बसे हैं। रेडियो की जगह टेलीविज़न ने ग्रहण कर ली है, लगभग हर घर में। चिरुआ लाज तो दूर, पिछौरा भी अब भूले-भटके ही दिखाई देता है। घूँघट के नाम पर कभी-कभार साड़ी का पल्लू माथे पर सरका लिया जाता है।

आज चिरुआ लाज की सिर्फ़ याद रह गई है। वह भी मेरी पीढ़ी के कुछ लोगों में। हमारे बाद यह याद भी चली जाएगी। सम्भव है भविष्य में कोई इतिहासकार इसको खोज निकाले। फिलहाल तो मैनपुरी में हमारे मुहल्ले की बहुएँ भी वैसे ही आती-जाती हैं जैसे मुहल्ले की लड़कियाँ। कितना शुभ परिवर्तन है स्त्रियों के रोज़मर्रा के जीवन के लिए; उनके शारीरिक-मानसिक स्वास्थ्य के लिए !

अब एक नज़र उस व्यक्ति पर भी चलते-चलते डाल लें जो अपने प्रावासिक अनुभवों के आधार पर शताब्दी के आदि तथा अन्त दोनों को थोड़ा-बहुत अनुभूति के स्तर पर समझने का दावा कर रहा है। ब्राह्मण-जमींदार परिवार में जन्मे इस व्यक्ति का प्रारम्भिक बचपन परस्पर विरोधी शक्तियों से निर्मित वातावरण में बीता। बाबा परिवार के निरंकुश

सर्वेसर्वा थे। परिवार के बाहर भी उनका दबदबा था। गेरुआ वस्त्र धारण कर चुके थे और प्रायः एक कमंडल भी उनके साथ रहता था। गांधी के परम भक्त थे और असहयोग आन्दोलन से भारत छोड़ो आन्दोलन तक जेल जाते रहे। राष्ट्रीय आन्दोलनों में भाग लेने से पहले ही एहतियातन ज़मींदारी अपने बेटे के नाम कर दी थी, पर ज़मींदारी उन्मूलन तक असल स्वामित्व उन्हीं का रहा। गांधी-भक्ति ने कभी ज़मींदारोचित धर्म के निर्वाह में कोई रोड़ा नहीं अटकाया। जुआ, नशा, परस्त्रीगमन के प्रति आसक्ति जीवन के अन्त तक रही। पत्नी जल्दी ही क्षय रोग और स्वामी की यन्त्रणाओं से मुक्ति पाकर परलोक सिधार गईं। स्वयं जीवन के अन्त तक वैसे ही मस्त, निरंकुश और सतर रहकर पन्द्रह साल पहले अपना गेरुआ चोला छोड़ चले गए। एक असाधारण आकर्षक एवं विशाल व्यक्तित्व। गुण और दोष दोनों में ही विशाल। साहस कर सको तो तुम्हारा विद्रोह झेलने को तैयार, नाना प्रकार से तुमको पराजित करने को तैयार, पर स्वयं पराजित होने से भयभीत नहीं। साहस न कर सको तो सहते रहो उनकी निरंकुशता।

बाबा के अपने विरोधों के अलावा, परिवार में हर समय ही तनाव की स्थिति इसलिए भी बनी रहती थी कि बाकी और व्यक्तियों के स्वभाव उनके स्वभाव से बिल्कुल भिन्न थे। प्रारम्भ में इन अन्य व्यक्तियों के प्रभाव ही निर्णायक रहे। पारम्परिक जीवन, चौका-चूल्हा, छुआछूत, पर्व-त्यौहार, पूजा-कीर्तन। किन्तु बाबा के प्रति उमर के साथ बढ़ते आक्रोश के बावजूद, उनकी विद्रोही जीवन एवं चिन्तन शैली का भी प्रभाव पड़ता रहा। यह प्रभाव पिता के सरकारी अफसर बनने के कारण मैनपुरी छोड़ने और हर दो-तीन साल बाद नई-नई जगहों में जाने, तरह-तरह के लोगों के सम्पर्क में आने और अपेक्षाकृत मुक्त वातावरण में शिक्षा पाने के फलस्वरूप और गहरे होते चले गए।

और आज जब मैं उस व्यक्ति के बारे में सोचता हूँ जो आपसे बात कर रहा है तो चिरुआ लाज वाली अपनी माँ के साथ मैनपुरी की गलियों में घूमने वाले लड़के से उसका तालमेल बिठाना खासा मुश्किल लगता है।

अगर यह माँ-बेटा पिछली अर्द्धशती में अपने वैचारिक जीवन में इतना बदल गए हैं—माँ कम और बेटा ज्यादा—तो क्या कारण नहीं बनता यह मानने का कि इस शताब्दी के आदि से उसके अवसान तक हमारे देश में, और व्यापक विश्व में, अनेक महत्त्वपूर्ण परिवर्तन हुए हैं ? आखिर अपने बदलने के मामले में दो अलग पीढ़ियों के यह दो व्यक्ति अपवाद तो नहीं होंगे। जो इनके साथ हुआ वही कमोबेश औरों के साथ हुआ होगा। आप भी अपने और अपने सम्पर्कवालों के जीवन पर दृष्टिपात कर देख सकते हैं कि बदलाव की यह बात कितनी सच है।

सम्भव है कि जीवन पर दृष्टिपात के आमन्त्रण को स्वीकार कर आप ऊपर की प्रस्तावना से असहमत हों। उससे अधिक सम्भावना यह है कि, कम से कम माँ के सम्बन्ध में, आपको मेरी तर्क-पद्धति में संवेदनहीनता दिखाई दे। आपको लगे कि

चिरुआ लाज के लोप के बाद भी कितना कुछ है स्त्री को पीड़ित करने को, त्रस्त करने को। कि अगर कोई एक वांछनीय बदलाव आता है तो दो अशुभ प्रवृत्तियाँ भी उभर आती हैं। दरअसल मैं जिस जाति-बिरादरी की बात कर रहा था उसमें पिछले कुछ दशकों में एक कुरीति का प्रवेश हो गया है। वह है दहेज। तो स्त्रियों की नियति की दृष्टि से हम क्या आकलन करेंगे पर्दा के बहिष्कार और दहेज तथा तत्‌जनित दोषों के आगमन का ?

यहाँ पर मैं प्रख्यात फ्रांसीसी इतिहासकार ब्रॉदेल के द्वारा किए गए सापेक्षतावाद के उपयोग का हवाला देकर थोड़ी देर के लिए आपको उन्नीसवीं-बीसवीं सदी के सन्धि-बिन्दु पर ले जाना चाहूँगा। समय की सोपक्षता से हम सब भली-भाँति परिचित हैं। पीड़ा के पाँच मिनट और आनन्द का पूरा दिन–एक अन्तहीन, दूसरा क्षणभर में खतम। ब्रॉदेल ने इतिहास में समय की इसी सापेक्षता की पड़ताल करते हुए दिखाया है कि व्यक्ति के जीवन में, समाज के विकास में और भौगोलिक अथवा भूगर्भीय निर्मितियों में समय अलग-अलग वेग से चलता है। हिमालय पर्वत, राष्ट्रीय आन्दोलन और सी.वी. रामन–तीनों के ये अपने-अपने परिप्रेक्ष्य होंगे। अतएव हमारे अपने जीवन में जो परिवर्तन बड़े महत्त्व के और व्यापक लगें, देश के इतिहास के परिप्रेक्ष्य में उनकी पैमाइश बहुत बदल जाएगी। भूगोल के परिप्रेक्ष्य में और अधिक।

दो उदाहरणों के सहारे अपनी बात कहना चाहूँगा। पचीस साल होने को आए, एक दिन नेहरू मैमोरियल लायब्रेरी में बैठा 1887 का **इंडियन स्पैक्टेटर** देख रहा था। अचानक एक सम्पादकीय ने झकझोर दिया। यह एक अद्‌भुत महाराष्ट्रियन युवती के बारे में था। नाम था उसका रखमाबाई। उसकी शादी, सर्वव्यापी बाल-विवाह प्रथा के अनुसार, 11 साल की उमर में अपने से नौ साल बड़े आदमी से कर दी गई थी। अगले 11 सालों तक किसी-न-किसी कारण या बहाने से वह अपने पति से दूर रही। इन 11 सालों के दौरान वह एक सुसंस्कृत युवती के रूप में विकसित हुई जबकि उसका पति अशिक्षित, रोगी और निखट्टू बना रहा। 11 साल तक अपनी पत्नी को पाने के तमाम प्रयत्नों की विफलता झेलने के बाद उसने बम्बई उच्च न्यायालय में अपने दाम्पत्य की प्राप्ति के लिए मुकदमा दायर कर दिया। रखमाबाई ने यह कहकर कि वह अपने पति को पसन्द नहीं करती उसके पास जाने से इन्कार कर दिया। मुकदमे के दौरान उसने जिन तर्कों का सहारा लिया उनमें एक था कि चूँकि बालपन में ही उसका विवाह हो गया था वह इस योग्य नहीं थी कि इस विवाह को अपनी सहमति दे सके। यह एक क्रान्तिकारी तर्क था तत्कालीन भारत में जहाँ न सिर्फ़ हिन्दुओं बल्कि सभी समुदायों में अभिभावकों द्वारा निश्चित बाल-विवाह का प्राधान्य था। रखमाबाई के पक्ष में दिया गया एक और प्रमुख तर्क था सम्भोग की अनुपस्थिति। चूँकि वह कभी भी अपने पति के साथ नहीं रही थी और उनके बीच सम्भोग नहीं हुआ था, उनका विवाह अपूर्ण और अवैध था।

यह तर्क भी बाल-विवाह की व्यापक प्रथा के लिए घातक था।

इस मुकदमे में पहला फैसला रखमाबाई के पक्ष में हुआ। आप सहज ही अनुमान लगा सकते हैं कि इस फैसले से हिन्दू तथा अन्य समुदायों में कैसी खलबली मच गई होगी। समाज-सुधार के समर्थकों को छोड़ बाकी लोगों को लगा कि इस फैसले से विवाह और परिवार की जड़ें उखड़ जाएँगी। रखमाबाई प्रकरण अब एक दम्पति का आपसी झगड़ा न रहकर वर्तमान भारत–विशेषतः हिन्दू समाज–के मनोवांछित प्रारूप को लेकर हो रहे सैद्धान्तिक संघर्ष का अंग बन गया।

अपील हुई। रखमाबाई के पक्ष में दिए गए सैद्धान्तिक तर्कों को नहीं माना गया। निर्णय हुआ कि मुकदमे की नए सिरे से सुनवाई हो। पर वह सुनवाई सिद्धान्तों को लेकर नहीं, पति-पत्नी के गुणदोषों के आधार पर हो। उस सुनवाई के शुरू होते ही रखमाबाई ने सनसनी पैदा कर दी। उसने कहा कि उसका सारा बचाव सिद्धान्तों पर आधारित है, उसके पति के दोषों पर नहीं। और चूँकि अदालत सिद्धान्तों पर विचार करने की स्थिति में नहीं है, वह–रखमाबाई–अपने पक्ष में कुछ नहीं कहेगी। ज़ाहिर है कि अदालत का फैसला इसके बाद उसके विरुद्ध ही होगा, पर वह–अदालत के प्रति पूर्ण सम्मान बरतते हुए–उस फैसले को न मानकर बड़ी से बड़ी सज़ा कबूल कर लेगी जो कानूनन उसको दी जा सकती है। यह सज़ा, उस समय के कानून के मुताबिक, थी छह महीने की कैद और/या जायदाद की ज़ब्ती।

ज़रा विचार कीजिए। 1887 की दुनिया। निष्क्रिय प्रतिरोध, सत्याग्रह, इत्यादि को अभी अमल में आने में देर है। और औपनिवेशिक भारत में एक पचीस-वर्षीय, मध्यवर्गी, स्वशिक्षित युवती एक साथ विदेशी राज्यतन्त्र और शक्तिशाली रूढ़िवाद को चुनौती देती है। आश्चर्य नहीं कि अंग्रेज वाइसरॉय से लेकर लोकमान्य तिलक जैसे परम्परावादी तक हिल गए। अन्ततः रखमाबाई इंग्लैंड गई और छह साल बाद डॉक्टर बनकर देश वापस आई।

उसी समय, **इंडियन स्पैक्टेटर** का सम्पादकीय पढ़ते-पढ़ते, मुझे लगा कि रखमाबाई एक बड़े ही महत्त्वपूर्ण ऐतिहासिक क्षण का प्रतिनिधित्व करती हैं वर्तमान भारत के निर्माण में। मन हुआ इस विषय पर एक किताब लिखी जाए। वह इच्छा भी पूरी हो गई कुछ समय पहले **ऍनस्लेव्ड डॉटर्स** (ऑक्सफ़ोर्ड यूनिवर्सिटी प्रेस, नई दिल्ली, 1998, 1999) के प्रकाशन से।

पर यहाँ जिस प्रयोजन से मैं रखमाबाई का ज़िक्र कर रहा हूँ उसका सम्बन्ध है एक पूरी शताब्दी में हुए परिवर्तन से। अभी मैंने कहा कि रखमाबाई प्रकरण के माध्यम से मैं एक विशिष्ट ऐतिहासिक क्षण को समझना चाहता था। लेकिन जल्दी ही पता लगने लगा कि औपनिवेशिक भारत का यह क्षण सौ साल बाद भी हमारे साथ है। दूसरे शब्दों में, रखमाबाई के जीवन में हुआ चमत्कारिक परिवर्तन भारतीय समाज के जीवन में–अन्यथा हो रहे नाटकीय परिवर्तनों की सतह के नीचे–एक विचित्र निरन्तरता का परिचायक है।

रखमाबाई के पक्ष में केवल एक निर्णय हुआ था। उसके सौ साल बाद–मानो इतिहास की विडम्बना को रेखांकित करने के लिए–आन्ध्र प्रदेश उच्च-न्यायालय के न्यायमूर्ति रॉय चौधरी ने भी दाम्पत्य पुनः स्थापन के एक मुकदमे में पत्नी के इस अधिकार को स्वीकार किया कि वह अपने पति की सहवास की माँग को ठुकरा दे। यही नहीं, न्यायमूर्ति रॉय चौधरी ने हिन्दू विवाह कानून की उस धारा को ही अवैध घोषित कर दिया जिसमें दाम्पत्य की कानूनन पुनः स्थापना का प्रावधान है। रखमाबाई ने सौ साल पहले स्त्रियों के जिस अधिकार का उद्घोष किया था उसको मानकर न्यायमूर्ति रॉय चौधरी एक बड़े सामाजिक परिवर्तन को कानून का प्रश्रय दे रहे थे।

किन्तु मात्र चार महीने के बाद–और यहाँ इतिहास की विडम्बना उभरकर आती है–दिल्ली उच्च न्यायालय के न्यायमूर्ति रोहतगी ने न्यायमूर्ति रॉय चौधरी के सारे तर्कों को विस्तार से काटते हुए स्थापित किया कि दाम्पत्य पुनः स्थापन का प्रावधान संवैधानिक एवं विधिसम्मत है। उनका तर्क था कि इस प्रावधान का उद्देश्य है कि पति-पत्नी का सहवास हो सके और परिवार का एक सामाजिक संस्था के रूप में संरक्षण हो सके। दाम्पत्य पुनः स्थापन की वैधता स्थापित करने के बाद भी न्यायमूर्ति रोहतगी के लिए सम्भव था कि वह इस मुकदमे में पत्नी को अपने पति के साथ रहने के लिए बाध्य न करें। यह महिला पति के साथ रहने को तैयार थी, बशर्ते उसको अपने सास-ससुर के साथ न रहना पड़े, चूँकि वे उसको परेशान करते थे। पर न्यायमूर्ति रोहतगी ने उसकी शर्त को नज़रअन्दाज़ करके आदेश दिया कि वह संयुक्त परिवार में ही जाकर अपने पति के साथ रहे। ज़ाहिर है कि न्यायमूर्ति रोहतगी के सोच में स्त्री के स्वतन्त्र अस्तित्व, अपने शरीर की स्वायत्तता बनाए रखने के अधिकार और अपने परिवार के स्वरूप निर्धारण में उसकी भूमिका के लिए कोई स्थान नहीं है। दाम्पत्य प्रत्यास्थापन को वह संयुक्त परिवार व्यवस्था से अलग नहीं कर सकते। यदि पति-पत्नी में कोई दरार पड़ गई है और–जैसा कि अक्सर होता है–संयुक्त परिवार इस दरार का कारण है, तो न्यायमूर्ति रोहतगी दाम्पत्य व्यवस्था को सुरक्षित रखने की दुहाई देते हुए संयुक्त परिवार का संरक्षण करेंगे।

महिलाओं के आत्म-सम्मान और चैन से वैवाहिक जीवन बसर करने की सम्भावना से सम्बन्धित यह दो परस्पर विरोधी निर्णय एक अनिश्चित स्थिति पैदा कर सकते थे। अनिश्चितता की उस स्थिति में आन्ध्र प्रदेश और दिल्ली उच्च न्यायालयों के अतिरिक्त देश के अन्य उच्च न्यायालय दाम्पत्य पुनः स्थापन के मामलों में अपने विवेक के अनुसार इन विरोधी निर्णयों में से किसी को भी मान सकते थे। पर देश के सर्वोच्च न्यायालय को यह अनिश्चितता अमान्य थी। जल्दी ही उसने अपना निर्णय दे दिया। एक बार फिर, सौ साल के अन्तराल के बाद, जैसे रखमाबाई के पक्ष में दिया गया फैसला निरस्त हुआ था, भारत के सर्वोच्च न्यायालय ने न्यायमूर्ति रॉय चौधरी के निर्णय को ठुकराकर न्यायमूर्ति रोहतगी के निर्णय को वैध घोषित कर दिया।

रखमाबाई के साथ हुए अन्याय और सौ साल बाद के उच्चतम न्यायालय के फैसले

को महज़ संयोग तो नहीं कहा जा सकता। यहाँ स्त्रियों को देखने की एक खास नज़र शताब्दी के आदि से लेकर अन्त तक समाज में उसी तरह प्रतिष्ठित दिखाई पड़ती है। न्यायपालिका के उच्चतम स्तरों को सुशोभित करने वाले व्यक्ति, जो अपेक्षया अधिक शिक्षित, सुसंस्कृत व संवेदनशील होते हैं, यदि उनकी नज़र ऐसी है तो नीचे के स्तरों पर स्थिति कुछ ज्यादा चिन्ताजनक ही होगी, आश्वस्तकारी नहीं। वैसे भी, साधारणतः न्यायपालिका अपने समय में व्याप्त सामाजिक चेतना को प्रतिबिम्बित करती है। अतः यह मानने का औचित्य बनता है कि कम से कम स्त्रियों के मामले में हमारी सामाजिक चेतना में परिवर्तन से अधिक निरन्तरता का अस्तित्व रहा है।

बड़ी विचित्र, सतही तौर पर नाक़ाबिले यक़ीन, लगती है यह स्थापना सामाजिक चेतना की निरन्तरता की। कैसे सामंजस्य बिठा सकते हैं इसका हम उस मुक्ति से जिसकी चर्चा से हमने यह बात शुरू की थी ? वही नहीं, शताब्दी के प्रारम्भ की तुलना में आज जीवन का कौन-सा क्षेत्र है जिसमें स्त्रियों ने धड़ल्ले से अपनी उपस्थिति दर्ज नहीं की है ? शिक्षा, समाज सेवा, प्रशासन, राजनीति, साहित्य, संगीत, नृत्य, कला, पत्रकारिता, उद्योग, व्यापार, यहाँ तक कि अपराध जगत में भी स्त्रियाँ पुरुषों के वर्चस्व को चुनौती दे रही हैं। यौन सम्बन्धों में भी स्त्रियों ने पहले के मुकाबले अधिक आज़ादी हासिल कर ली है। रखमाबाई के लिए विवाह से पूर्व लड़की की इच्छा अथवा सहमति सिर्फ़ सपना रह गई, पर आज अपनी मर्जी से अपना जीवनसंगी चुननेवाली स्त्रियों की संख्या नगण्य नहीं है।

यह सब बीसवीं शताब्दी के बदलते यथार्थ का हिस्सा है। फिर भी हमारी सामाजिक चेतना का एक स्तर है जहाँ काफ़ी कुछ वैसा ही है जैसा पहले था। वह बदलाव हम आसानी से, हर जगह देख लेते हैं। ठहराव हमको प्रायः दिखाई नहीं देता। शायद उसको देखने से हम कतराते हैं। उसके साथ एक अपराधबोध, नहीं तो बेचैनी जैसा कोई भाव जुड़ जाता है। उसको विशेष प्रयत्न करके ही देखा जा सकता है।

ठहराव के सन्दर्भ में एक छोटी-सी बात। डेढ़ सौ साल होने को आए जब ईश्वर चन्द्र विद्यासागर और अन्य समाज सुधारकों के प्रयत्नों से 1856 का हिन्दू विधवा पुनर्विवाह कानून पारित हुआ। हम सब जानते हैं कि कानून बन जाने के बाद भी विधवाओं के लिए कुछ विशेष न कर पाने के कारण विद्यासागर के अन्तिम वर्ष किस अवसाद में बीते। आज उस तरह का अवसाद महसूस करने के लिए कोई विद्यासागर नहीं बचा है। पर कितनी विधवाएँ आज भी दूसरा दाम्पत्य अपने लिए जुटा पाती हैं ? विशेष रूप से तब जब उनके कोई बच्चा भी हो। पर विधुरों के पुनर्विवाह उतनी ही आसानी से होते हैं जैसे पहले होते थे। विषयान्तर न हो इसलिए इस भेद के विस्तार में न जाकर सिर्फ़ आपको याद दिलाना चाहूँगा कि विधवा विवाह का जो आन्दोलन उन्नीसवीं सदी में शुरू हुआ था उसमें एक अहम मसला यह भी था कि पुनर्विवाह की इच्छुक विधवा का अपने दिवंगत पति के साथ सम्भोग हुआ था या नहीं। क्षत और अक्षत योनि के आधार पर विधवाओं की दो श्रेणियाँ इस आन्दोलन में हो गई थीं।

ज्यादातर सुधारक अक्षत योनि के पुनर्विवाह को ही समर्थन देते थे। बीसवीं सदी में हुई यौन सम्बन्धों की तथाकथित क्रान्ति के बाद भी लगता है कि क्षत योनि से जुड़ी दुश्चिन्ताएँ भारतीय पुरुष को आज भी आक्रान्त किए रहती हैं।

निरन्तरता के ही सम्बनध में एक बात और। इस निरन्तरता का ताल्लुक सिर्फ़ सामाजिक चेतना से ही नहीं है। चूँकि चेतना का सामाजिक स्थिति से कार्य-कारण का सम्बन्ध होता है, यह निरन्तरता अनिवार्यतः सौ साल के दौरान भारतीय समाज और परिवार में रही स्त्री की दशा से भी जुड़ी है। रखमाबाई का विद्रोह अपने आप में अनूठा था। पर उस विद्रोह को पैदा करने वाला अन्याय आम था। कचहरियों में दाम्पत्य पुनः स्थापन के मामलों का आते रहना जताता है कि वह अन्याय बीता नहीं है। हमारे अपने समय में हुआ एक अन्य विद्रोह दिखाता है कि वह अन्याय कुछ स्थितियों में कितना भयंकर हो सकता है : फूलन देवी का विद्रोह। रखमाबाई प्रकरण से बिल्कुल भिन्न, पर उतना ही अद्वितीय, और समाज में व्याप्त स्त्री-उत्पीड़न का ज्वलन्त प्रमाण।

शताब्दी के अवसान की पूर्वसंध्या में विगत सौ वर्षों की उपलब्धियों का स्मरण करते समय मनन का एक विषय यह भी है : क्या एक अकेली रखमाबाई या फूलनदेवी का विस्फोटक आविर्भाव क्षण भर के लिए उद्घाटित नहीं कर जाता अन्याय और अत्याचार की उस निरन्तरता को जो अन्यथा लगभग अदृश्य रहती है ?

अपने दूसरे उदाहरण के रूप में मैं बात करना चाहूँगा गांधी की। मैंने कभी इस विषय का विधिवत अध्ययन नहीं किया है, पर बार-बार उन्नीसवीं सदी के अन्त के अपने अभी भी जारी अध्ययन के दौरान मुझे लगा है कि उस वातावरण में अचानक कोई गांधी बनकर उठ खड़ा होगा। गांधी का ऐसा जीवन्त पूर्वाभास आपको भ्रान्ति भर लग सकता है। एक ऐसे दिमाग में उपजी भ्रान्ति जो, ऐतिहासिक अनिवार्यता का पक्षधर न होते हुए भी, मात्र संयोग में विश्वास न रखने की वजह से गांधी के आने से पहले गांधी-जैसी आहटें सुनने लगता है। सम्भव है इस सन्दर्भ में आपको एक बार फिर रखमाबाई का शहादती प्रतिरोध याद आ जाए। यही नहीं, उस समय के स्त्री-स्वातन्त्र्य के सबसे बड़े समर्थक, बहरामजी मलबारी, जो जी-जान से रखमाबाई की मदद में लगे हुए थे, बहुत चाह रहे थे कि रखमाबाई को सचमुच जेल जाना पड़े। उनको विश्वास था कि एक निर्दोष और अपने ध्येय के लिए कुछ भी कुर्बान करने को तैयार युवती के जेल जाने का—उसके प्रतिरोध का—समाज और सरकार दोनों पर चमत्कारी प्रभाव पड़ेगा। इसके अतिरिक्त भी मलबारी के लेखन और जीवन को ग़ौर से देखें तो एक 'सत्याग्रही' भाव का स्पष्ट आभास होता है। कुछ इसी तरह का आभास प्रसिद्ध गुजराती लेखक-चिंतक गोवर्धनराम माधवराम त्रिपाठी को लेकर भी होता है।

गांधी का पूर्वाभास देनेवाला यह वातावरण कुछ हद तक देश की अपनी ही सामाजिक संरचना और चिन्तन-प्रक्रिया से जुड़ा था। पर साथ ही वह ब्रिटिश औपनिवेशिक

शासन के चरित्र द्वारा निर्धारित विवशताओं और सीमित सम्भावनाओं का भी परिणाम था। ऐच्छिक वरण और विवशता-जनित विकल्प कुछ इस तरह मिल गए कि लोगों को गांधी का अनुसरण करते समय स्वयं ही हमेशा नहीं पता रहता था कि सत्याग्रह उनके लिए आदर्श है या मजबूरी। परिणाम इसका यह हुआ कि राष्ट्रीय आन्दोलन–भारतीय राष्ट्रीय कांग्रेस के नेतृत्व या उसके वर्चस्व को माननेवाला राष्ट्रीय आन्दोलन–कभी गांधी के साथ और कभी उनको अलग करके चलता रहा। दक्षिण अफ्रीका से लौटकर 32 वर्षों तक गांधी देश की राजनीति में सक्रिय रहे। कभी कांग्रेस के सर्वेसर्वा, कभी उसके बाहर। पर ऐसा करिश्मा बना उनका कि इन 32 वर्षों में से 30 वर्ष आज भी राष्ट्रीय आन्दोलन के इतिहास में गांधी युग के नाम से जाने जाते हैं। और आज भी जनमानस में यह विश्वास जमा हुआ है कि देश को आज़ादी अहिंसा से मिली।

स्वयं गांधी तकरीबन अन्त तक यही मानते रहे। कैसे सम्भव हो सका यह ? कितनी बार इन 32 वर्षों में अहिंसक आन्दोलनों के दौरान हिंसा हुई। एक आन्दोलन तो गांधी ने वापस ही हिंसा के भड़कने के कारण लिया। एक आन्दोलन के प्रारम्भ में ही गांधी ने खुद कह दिया कि यदि हिंसा भड़की तो आन्दोलन वापस नहीं लिया जाएगा। और उस आन्दोलन में अहिंसा कम हिंसा ज्यादा हुई। इन्हीं 32 वर्षों में कांग्रेस ने गांधी के इस सुझाव को मानने से साफ़ इन्कार कर दिया कि उसके–कांग्रेस के–लिए अहिंसा एक अटल सिद्धान्त है, न कि मात्र राजनैतिक उपयोगिता को ध्यान में रखते हुए अपनाया गया एक शस्त्र। बार-बार, स्वराज पार्टी के वक़्त से लेकर स्वतन्त्रता प्राप्ति तक, इसी कांग्रेस ने गांधी के साधनों और कार्यक्रमों का खुलकर उल्लंघन किया। गांधी के अन्तिम दो-ढाई सालों की बेचारगी और व्यथा तो हम सब ही जानते हैं।

गांधी को बहुत देर लगी यह समझने में कि राष्ट्रीय आन्दोलन की अहिंसा अहिंसा थी ही नहीं। किन्तु जब एक बार उन्होंने यह समझ लिया तो इसके तार्किक-व्यावहारिक परिणामों का सामना उन्होंने बड़ी निर्ममता से किया। मुझे लगता है कि गांधी द्वारा 1947 में किया गया विवेचन तब से ही हमारे जातीय जीवन के विभिन्न क्षेत्रों में अबाध उद्घाटित होता रहा है। अपने को कोसते हुए कि 'मैंने कैसे मान लिया कि अहिंसा बुज़दिलों का हथियार हो सकती है ?' गांधी ने कहा :

> *दुर्बलों के साथ अहिंसा का कभी मेल बैठता ही नहीं। अतः उसे अहिंसा के बजाय निष्क्रिय प्रतिरोध करना चाहिए। मगर मैंने जो अहिंसा चलाई थी वह दुर्बलों की नहीं थी, जबकि निष्क्रिय प्रतिरोध दुर्बलों का होता है। उसमें सबलता नहीं आई थी। इसके अलावा निष्क्रिय प्रतिरोध सक्रिय और सशस्त्र प्रतिरोध की तैयारी होता है। नतीजा यह हुआ कि लोगों के दिलों में जो हिंसा भरी थी, वह एकाएक बाहर निकल पड़ी।*

दिलों में भरी हिंसा के एकाएक बाहर आने का अनुभव गांधी को पाकिस्तान के बनने को लेकर हुई व्यापक हिन्दू-मुस्लिम हिंसा के सन्दर्भ में हुआ। तब से अब तक

आए दिन हमको भाषा, क्षेत्र, जाति, धर्म इत्यादि के आधार पर निकल पड़ी हिंसा का सामना करना पड़ा है। यह सब हिंसाएँ—सामूहिक हिंसाएँ—शुरू में एकाएक निकल पड़ती-सी लगती हैं। फिर उनका एकाएकपन चला जाता है और हम जल्दी ही उनके आदी हो जाते हैं। 1984 में रातोंरात सिखों के विरुद्ध निकल पड़ी हिंसा और पिछले साल ईसाइयों पर शुरू हुए हमले गांधी का मोहभंग करने वाली हिंसा से जुड़ी प्रक्रिया की निरन्तरता ही दर्शाते हैं। इस निरन्तरता का भी आभास गांधी को हो गया था। अपनी मौत से दो महीने पूर्व गुड़गाँव में रोमन कैथलिकों को सताए जाने पर व्यक्त गांधी के उद्‌गार बरबस याद आ जाते हैं। उन्होंने कहा :

> *मैं अपने एक भाषण में आप लोगों से कह चुका हूँ कि जब यूनियन में हिन्दुओं और सिखों का मुसलमानों के ख़िलाफ़ भड़का हुआ गुस्सा कम हो जाएगा, तो सम्भव है वह दूसरों पर उतरे। लेकिन जब मैंने यह बात कही थी तब मुझे यह आशा नहीं थी कि मेरी भविष्यवाणी इतनी जल्दी सच साबित होने लगेगी। अभी तक मुसलमानों के ख़िलाफ़ बढ़ा हुआ गुस्सा पूरी तरह शान्त नहीं हुआ है।*

इस संक्षिप्त गांधी प्रकरण के अन्त में मैं गांधी के एक ऐसे उपवास की चर्चा करना चाहता हूँ जिसके सहारे हम अन्तर्सामुदायिक कटुता, वैमनस्य और अन्दर सुलगती हिंसा का अन्दाज़ अपने समय को समझने के लिए लगा सकते हैं। आश्चर्य की बात है कि इस अत्यन्त महत्त्वपूर्ण उपवास की चर्चा कोई ख़ास नहीं हुई है। सन् 1933 में 8 मई से 29 मई तक 21 दिन के लिए किया गया यह उपवास पूना समझौते का सीधा परिणाम था। समझौते के समय गांधी को बचाने के लिए जो भी उत्साह दिखाया गया हो, उसके तुरन्त बाद ही गांधी को महसूस होने लगा कि सवर्ण हिन्दू समझौते की भावना के विरुद्ध तरह-तरह से कोशिश कर रहे हैं कि इससे होनेवाले लाभों से यथासम्भव हरिजनों को वंचित रखा जाए। समझौते को छह महीने भी नहीं बीते थे कि गांधी के मन में एक तूफ़ान उठने लगा। उनकी इस मनःस्थिति का कुछ अनुमान 30 अप्रैल को वल्लभभाई पटेल को लिखे पत्र से लगता है। उन्होंने लिखा :

> *क्या कोई अपने मन के सारे विचार किसी से कहता है ? या कह सकता है ? तीन दिन हुए मेरी नींद ही उड़ गई। मुझे नींद न आए, यह बड़ी असामान्य बात है।...मानो, इन तीन दिनों में किसी महाप्रलय की तैयारी होती रही हो। यह कहना कठिन है कि मेरे मन में यह व्याकुलता कब से चल रही थी।...रात को 11 बजे नींद खुल गई, आकाश में तारे देखता रहा और राम नाम रटता रहा। पर मन में बार-बार यही विचार आ रहा था कि इतना व्याकुल है तो उपवास क्यों नहीं करता ? कर। यह मन्थन काफ़ी देर तक चलता रहा। साढ़े बारह बजे बिल्कुल स्पष्ट आवाज़ आई : तुझे उपवास करना ही होगा। बस, निर्णय हो गया।*

इस उपवास से जुड़े अपने 'सारे विचार' भले ही गांधी ने न कहे हों, यह स्पष्ट

है कि हरिजन-सेवाकार्य में उनकी असफलता ही यह महाप्रलय मचाए हुए थी उनके अन्दर। क्या करें वह कि उनकी पात्रता बढ़े इस कार्य के लिए और दूसरों का भी हृदय परिवर्तन सम्भव हो सके ? अपनी आत्म-शुद्धि और उनकी आवाज़ सुनने को तैयार हर व्यक्ति की शुद्धि के लिए अनशन ही उनका अन्तिम साधन था। पर कुछ भी स्पष्ट शब्दों में कहना नहीं था इसके उद्देश्य के बारे में। वरना सम्भव था कि अनजाने में ही वह उपवास किसी पर दबाव का ज़रिया बन जाए। 30 अप्रैल को ही जारी किए गए सार्वजनिक वक्तव्य में गांधी ने कहा :

जब मैं बिल्कुल हाल के अतीत पर दृष्टि डालता हूँ तो बहुत से ऐसे कारण मिलते हैं जिन्होंने इस उपवास को उकसाया होगा। वे कारण इतने पवित्र हैं कि बताए नहीं जा सकते। पर वे सब महान हरिजन ध्येय से जुड़े हैं।

बिल्कुल हाल के अतीत में इस उपवास के कारणों का होना और महान हरिजन उद्देश्य के लिए इसका किया जाना, क्या बचता था इसके बाद बताने को ! गांधी कुछ भी न बताना चाहकर सब कुछ बताना चाह रहे थे। बता रहे थे; 'ए वर्ड टू द वाइज़' वाले अपने अन्दाज़ में। उपवास की पवित्रता को बचाते हुए। पर लगता नहीं कि बहुत ज्यादा सवर्ण हिन्दू उनकी बात सुन सकने की स्थिति में थे। पूना समझौते के बाद उभरकर आई जिस मनोवृत्ति से व्यथित होकर गांधी यह उपवास कर रहे थे, वही मनोवृत्ति हरिजनों के पक्ष में उठती उनकी आवाज़ के प्रति सवर्णों को बहरा किए दे रही थी। कट्टर रूढ़िवादियों को छोड़ दीजिए, गुरुदेव रवीन्द्रनाथ ठाकुर भी, जो पूना समझौते के लिए उत्तरदायी गांधी के आमरण अनशन के समय शान्ति-निकेतन से यर्वदा जेल पहुँचकर गांधी के सीने पर सर रखकर रोने लगे थे, इस उपवास के विरोध में थे।

विशुद्ध सैद्धान्तिक दृष्टि से देखें तो मई 1933 का यह उपवास सत्याग्रह के सौन्दर्य और पवित्रता का एक अनुपम उदाहरण है। पर व्यावहारिक स्तर पर इसका कोई लाभकारी प्रभाव सवर्णों पर पड़ा हो, ऐसा नहीं लगता। जहाँ तक हरिजनों का सवाल है, कम से कम राजनैतिक स्तर पर, डॉ. अम्बेडकर के नेतृत्व में हरिजन गांधी, कांग्रेस और हिन्दू समाज से उत्तरोत्तर विलग होते गए।

इसी बीच हरिजनों के लिए मन्दिर खुलते रहे, कुएँ खुलते रहे, शिक्षा की सम्भावनाएँ बढ़ती रहीं, आरक्षण होता रहा, राजनीति और प्रशासन में स्थिति सुधरती रही। और भी बहुत कुछ होता रहा। अस्पृश्यता के ब्राह्य चिह्न मिटते रहे।

लेकिन, गांधी की शब्दावली में, दिलों में अस्पृश्यता बनी रही। आश्चर्य नहीं कि दिलों में हिंसा भी घुमड़ती रही।

गांधी की स्थापना को फिर याद करें : निष्क्रिय प्रतिरोध सक्रिय और सशस्त्र प्रतिरोध की तैयारी होता है। उसके सन्दर्भ में चेतना की इस दूसरी निरन्तरता को जिसे गांधी की नैतिक सत्ता, राजनैतिक कुशाग्रता और उनका वर्षों का रचनात्मक कार्यक्रम भी न तोड़ पाए। सितम्बर 1932 में ब्रिटिश सरकार द्वारा हरिजनों के लिए प्रस्तावित

पृथक निर्वाचन के विरुद्ध गांधी के आमरण अनशन के वक़्त डॉ. अम्बेडकर ने अपने को निहायत बेबस पाया था। उस बेबसी को हम अक्सर भुलाए रहते हैं। पर गांधी शायद पूना समझौते के बाद ही समझ गए थे कि उन्होंने अनजाने में अम्बेडकर और हरिजनों के साथ अन्याय कर दिया है। उनके मई 1933 के उपवास की प्रभावहीनता एक निर्णायक क्षण था जिसमें हरिजनों का सवर्ण हिन्दुओं और राष्ट्रीय आन्दोलन में विश्वास बुरी तरह टूट गया। बड़े-बड़े आदर्शों, नारों और वादों के पीछे पलते संकीर्ण हितों की अनाकर्षक असलियत खुलने लगी। इसी क्रम की एक कड़ी है इन दिनों ज़ोर पकड़नेवाली एक दलित दलील। कुछ रैडिकल दलित तर्क देने लगे हैं कि जैसे देश में मार्क्सवादियों ने वर्ग पर ज़ोर देकर जातिगत अन्याय को अनदेखा कर दिया, उसी तरह धर्मनिरपेक्षता के नाम पर दलितों के हितों की उपेक्षा हो रही है।

परिवर्तनों के बीच बनी रहनेवाली जिस निरन्तरता की बात मैंने कुछ विस्तार और कुछ इशारे से स्त्रियों और दलितों को लेकर कही है वही कमोबेश जातीय जीवन के अन्य कई पहलुओं को लेकर भी कही जा सकती है। पर इसकी कोई दरकार है नहीं।

अपने समय को समझने की कठिनाई से हम सब वाकिफ़ हैं। एक भीड़ उमड़ पड़ती है भावों की, विचारों की, व्यक्तियों की, घटनाओं की। उसके बाद भी एहसास बना रहता है इस भीड़ के परे बहुत कुछ होने का जो हमसे अदृश्य है। जो भीड़ दिखाई देती है वह भी पल-पल रूप बदलती लगती है। हम सोचने लगते हैं क्या इसमें से छाँटें, क्या छोड़ें, समय के लिए उसके महत्त्व और प्रतिनिधिकता के आधार पर। जो छाँटते हैं–सही या ग़लत–उसके बारे में भी आश्वस्त नहीं हो पाते कि क्या सचमुच उसको पकड़ पाए हैं, समझ पाए हैं। अनिश्चितता की इस अटलता को जानते हुए भी अन्ततोगत्वा हम उसको शब्दों में बाँधने को विवश हो जाते हैं। शब्द, जो सम्प्रेषण की तरलता के बावजूद, अर्थ की स्थिरता लाते हैं।

मैं अब तक के अपने कहे को कम से कम स्थिर और अधिक से अधिक तरल रखना चाहता हूँ। इस आशय के तहत मैं आपसे अनुरोध करूँगा कि मेरे शब्दों के पीछे जो संघर्ष है, हमसे विदा लेती इस सदी को समझने का, उसको ध्यान में रखते हुए अपने अनुभवों की रोशनी में मेरे कहे को परखें। इसी आशय के तहत मैं अपने कहे के आधार पर कोई निश्चित परिणाम निकालने का प्रयत्न नहीं करूँगा। हाँ, इतना ज़रूर कहना चाहूँगा कि परिवर्तनों को स्वीकार करके भी जिस निरन्तरता की तरफ़ मैंने आपका ध्यान आकर्षित करने की कोशिश की है उसमें परिवर्तन और निरन्तरता के बीच कोई अनिवार्य ऐतिहासिक सम्बन्ध जताने का आग्रह नहीं है। मैं मानना चाहता हूँ–यद्यपि सैद्धान्तिक स्तर पर इसका उल्टा भी स्थापित किया जा सकता है–कि अदृश्य ऐतिहासिक शक्तियों के रहते हुए भी मानवीय हस्तक्षेप कारगर हो सकता है।

चिरुआ लाज से मुक्ति पाकर भी मेरी अस्सी-वर्षीया माँ को लग सकता है कि वह

पराधीन हैं; रखमाबाई से लेकर फूलनदेवी तक का सौ वर्ष का इतिहास स्त्रियों के लिए हताशा का कारण हो सकता है; विदेशी शासकों के विरुद्ध सफलता के बरक्स गांधी के सत्याग्रह की अपने ही समाज में अपेक्षाकृत विफलता इशारा कर सकती है लुप्तप्राय हो गईं अहिंसा और शहादत की सम्भावनाओं का ; हो सकता है कि श्वेत अमरीका को दी गई जेम्स बॉल्डविन की चेतावनी–'फायर नैक्स्ट टाइम'–चरितार्थ हो जाए डेढ़ महीने बाद आनेवाली शताब्दी के हिन्दुस्तान में। लेकिन इनमें से किसी को भी किसी अटल ऐतिहासिक नियति का हिस्सा नहीं माना जा सकता। सम्भावनाएँ और भी हैं। किशन पटनायक के शब्दों में, विकल्पहीन नहीं है दुनिया।

गांधी का अकेलापन

गांधी भुला दिए जाएँ, मुश्किल है। पर उनको याद किए जाकर ही भुलाया जा रहा है। वैसे तो कोई भी—व्यक्ति, विचार या वस्तु—वैसे याद नहीं किया जा(सक)ता जैसे वस्तुतः वह रहा होता है। उसका होना ही, प्रभु-मूरत की भाँति, दूसरों के देखने में होता है। फिर भी किसी को देखने में वक़्त कैसा जोड़-घटाव करता है—क्या, कब और किस तरह याद किया जाता है और भूला जाता है—एक महत्त्वपूर्ण मसला हो सकता है याद करने वालों के लिए। निश्चय ही गांधी जैसी व्यापक और अशान्तिदायक उपस्थिति को लेकर। चूँकि गांधी निर्मम होकर अपने आप को, और अपनी मार्फ़त हमको, पर्त-दर-पर्त उघाड़ते रहे, जाने-अनजाने हमारे गांधी-स्मरण में कुछ सुविधाजनक विस्मरण आ ही जाते हैं।

गांधी विस्मृति की बात आज अनेक प्रासंगिक एवं कँटीले प्रश्नों को लेकर की जा सकती है। यहाँ यह बात मैं हिन्दुस्तान के बँटवारे के प्रति गांधी के रवैये को केन्द्र में रखकर उठाना चाहूँगा। अपने होने के 53 साल बाद भी इतिहास के पन्नों में चैन से न सिमटने पर आमादा, विभाजन 'हिन्दुस्तान' के वर्तमान तीनों राष्ट्रीय घटकों—भारत, पाकिस्तान, बांग्लादेश—के चेतन-अवचेतन को आज भी उद्वेलित किए हुए है। अतएव इस प्रश्न का न केवल ऐतिहासिक वरन् तात्कालिक महत्त्व भी है। साथ ही, इस मुद्दे पर गांधी की प्रतिक्रियाएँ आज भी उतनी ही प्रासंगिक हैं जितनी उस समय थीं। शायद कुछ ज्यादा ही। चूँकि विभाजन के जुनूनी वातावरण में गांधी का बोलना 'अरण्य-रोदन' भर भले ही रह गया हो, और भले ही आज भी बहुतों को गांधी के विचार अव्यावहारिक लगें, इस समय पहले से किंचित अधिक सम्भावना है गांधी के अर्थ पर मनन किए जाने की। यदि नहीं है तो होनी चाहिए।

कौन-सा अर्थ गांधी का विभाजन के सन्दर्भ में ? उस विश्वासघात से परे जिससे जुड़ी रही है हमारी याद गांधी और विभाजन की : अपने मृत शरीर पर ही देश के टुकड़े होने देने की भीष्म घोषणा करने के बाद बँटवारा मान बैठने का विश्वासघात ! क्यों नहीं किया एक अन्तिम आमरण अनशन जो सम्भव है टाल देता देश का विभाजन ?

इस प्रश्न में ही अटकी रह जाती है हमारी याद। और गांधी द्वारा न किए गए इस महान बलिदान से उत्पन्न बेचैनी हमें रोक देती है इस सवाल को आगे बढ़ाने से। सवाल ही जवाब बन जाता है। परिणामतः, ऐतिहासिक तथ्यों की पड़ताल तो दूर, हम यह सैद्धान्तिक सन्देह भी मन में नहीं आने देते कि क्या तत्कालीन परिस्थितियों में

अहिंसा निभाते हुए गांधी विभाजन के विरुद्ध किसी भी तरह का सत्याग्रह कर सकते थे ? क्या उन परिस्थितियों में उनका आमरण अनशन सत्याग्रह की बजाय दुराग्रह तो न बन जाता ?

ऐसा नहीं है कि विभाजन के विरुद्ध आत्म-बलिदान का सवाल गांधी से मृत्योपरान्त इतिहास पूछ रहा है। उसी समय यह सवाल उठा था। न भी उठता तो गांधी तो स्वयं अपने आप से पूछते ही यह। खासतौर से इसलिए भी कि उनके मन में यह बात बैठी हुई थी कि उनको एक और अनशन अभी करना है। तो क्या देश का विभाजन ही कारण होगा उस अन्तिम अनशन का ?

'मरने का इल्म सीखो तब जिन्दा रहोगे।' अपनी जीवन-प्रणाली की गहराइयों में से इस महामन्त्र को निकालनेवाले गांधी के बारे में यह सोचने का कोई कारण नहीं दीखता कि 1947 में मौत का कोई ख़ौफ या जीवन का कोई मोह अचानक उनको जकड़ बैठा था। सच तो यह है कि 125 वर्ष जीने की कामना करनेवाले गांधी अब मौत की इच्छा करने लगे थे। लगभग 1947 के मध्य में ही, जैसे उनको पूर्वाभास होने लगा हो, वह आए दिन अपने मार दिए जाने की भी बात करने लगे थे। तीस साल जिस आज़ादी के लिए संघर्ष किया था जब वह हाथ में आने लगी तो गांधी ने अपने आप को निपट अकेला पाया। और लाचार भी। उन तीस सालों में काफ़ी उतार-चढ़ाव आए थे। कांग्रेस और देश पर उनकी पकड़ के भी अपने ज्वार-भाटे रहे थे। पर ऐसी बेचारगी गांधी पर इससे पहले कभी तारी नहीं हुई थी। न सिर्फ़ उनके सिद्धान्तों, आदर्शों और सपनों को उनकी अपनी कांग्रेस और उनके निकटतम सहयोगियों ने दरकिनार कर दिया था, बल्कि गांधी को बरदाश्त करना भी शीर्षस्थ कांग्रेसी नेताओं के लिए कठिन होता जा रहा था। अप्रैल 1947 के प्रारम्भ में ही दिए गए एक प्रार्थना-प्रवचन से गांधी की मनःस्थिति और सार्वजनिक वा राजनैतिक जीवन में उनकी स्थिति का अन्दाज़ लगाया जा सकता है। इस समय आज़ादी के प्रारूप को लेकर माउन्टबेटन कांग्रेस और लीग से महत्त्वपूर्ण वार्ताओं में लगे थे। इसी समय नोआखाली, पंजाब और बिहार में भयंकर साम्प्रदायिक हिंसा का प्रकोप फैला था जो देश के और भागों को भी जल्दी ही ग्रसने वाला था। गांधी नोआखाली की यात्रा कर चुके थे और बिहार जाना चाहते थे। पर कुछ दिन के लिए वाइसरॉय और जवाहरलाल ने उन्हें महत्त्वपूर्ण वार्ताओं के लिए दिल्ली में 'बाँध रखा' था। यह था सन्दर्भ जिसमें गांधी ने कहा :

> *पर होना क्या है ! मेरे कहने के मुताबिक तो कुछ होगा नहीं। होगा वही जो कांग्रेस करेगी। मेरी आज चलती कहाँ है ? मेरी चलती तो पंजाब न हुआ होता, न बिहार होता, न नोआखाली। आज कोई मेरी मानता नहीं। मैं बहुत छोटा आदमी हूँ। हाँ, एक दिन मैं हिन्दुस्तान में बड़ा आदमी था तब सब मेरी मानते थे, आज तो न कांग्रेस मानती है, न हिन्दू और न मुसलमान...मेरा तो अरण्य-रोदन चल रहा है।*

अपनी असफलता का यह तकलीफदेह एहसास उतनी ही सादगी से फिर तीन-चार

दिन बाद निकलकर आया : 'आज हिन्दू-मुस्लिम ऐक्य है तो मेरे हृदय में है। चर्खा भी मेरे ही पास पड़ा है।' आज़ादी अभी भी चार महीने दूर थी। उससे पहले ही गांधी को अपनी असफलता की भयानकता का अन्दाज़ हो गया। उन्होंने देखा—क्या दहशत रही होगी इस 'देखने' की—कि जो वहशीपन चारों ओर फैला हुआ है वह उनके नेतृत्व में हुए स्वतन्त्रता आन्दोलन की ही तार्किक परिणति है। 'अब 32 वर्ष बाद मेरी आँखें खुली हैं', गांधी ने कहा। राष्ट्रीय आन्दोलन में अहिंसा थी ही नहीं। वह तो मात्र 'मन्द विरोध' या 'निष्क्रिय प्रतिरोध' था :

> *दुर्बलों के साथ अहिंसा का कभी मेल बैठता ही नहीं।...निष्क्रिय प्रतिरोध सक्रिय और सशस्त्र प्रतिरोध की तैयारी होता है। नतीजा यह हुआ कि लोगों के दिलों में जो हिंसा भरी थी, वह एकाएक बाहर निकल पड़ी।*

हमारे लिए आज गांधी जैसे सजग और तार्किक व्यक्ति के इतने लम्बे और पूर्ण अन्धेपन पर विश्वास कर पाना तो मुश्किल है ही, स्वयं गांधी को यह बात कुछ अटपटी लगी। अतः अपनी दृष्टि में इसको विश्वसनीय बनाते हुए उन्होंने दूसरे दिन ही कहा : 'जब ईश्वर को किसी से काम लेना होता है तो वह उसे मूर्ख बना देता है। मैं अभी तक अन्धा बना रहा।' फिर उसके दूसरे दिन : 'हमने ढोंगी बनकर काम किया। हमने बाहर से तो सत्य और अहिंसा को बनाए रखा मगर हमारे अन्दर तो हिंसा भरी हुई थी...उसी का फल हम आज आपस की लड़ाई के रूप में भोग रहे हैं।'

इस तरह 'दिवालिया' होकर गांधी जीना नहीं चाहते थे। जीवन की अपनी अन्तिम जन्म-तिथि से एक दिन पहले उन्होंने कहा : 'तो मेरी तो दिन-रात ईश्वर से यह प्रार्थना रहती है कि मुझको तू यहाँ से जल्दी उठा ले। या मेरे हाथ में एक बाल्टी रख दे ताकि उसके मार्फत (अपने दिल के) इस अंगार को बुझा दूँ।' अपने जन्मदिन पर, जो उनके लिए 'मातम मनाने का दिन' था, गांधी बोले :

> *मैं आज तक ज़िन्दा पड़ा हूँ। इस पर मुझको खुद आश्चर्य होता है, शर्म लगती है, मैं वही शख्स हूँ कि जिसकी जबान से एक चीज़ निकलती थी कि ऐसा करो तो करोड़ों उसको मानते थे। पर आज तो मेरी कोई सुनता ही नहीं है।...आज मेरे से 125 वर्ष की बात छूट गई है।...आज मैं 79 वर्ष में तो पहुँच जाता हूँ, लेकिन वह भी मुझ को चुभता है।*

मारे जाने से दो महीने पहले गांधी ने अपना 'आख़िरी फैसला' सुना दिया 'कि मैं भाई-भाई की लड़ाई में हिन्दुस्तान की बरबादी को देखने के लिए ज़िन्दा नहीं रहना चाहता। मैं लगातार भगवान से प्रार्थना किया करता हूँ कि हमारी इस पवित्र और सुन्दर धरती पर इस तरह का कोई संकट आए उसके पहले ही वह मुझे यहाँ से उठा ले। आप सब इस प्रार्थना में मेरा साथ दें।'

इन उद्धरणों में हो रही एक ही विचार अथवा भाव की पुनरावृत्ति से सहज ही गांधी

की व्याकुलता का अनुमान लगाया जा सकता है। वह समझ रहे थे कि निशि-वासर वह वही-वही बातें दुहराते हैं। पर कोई और चारा भी नहीं था। एक दिन तो अपने प्रवचन का प्रारम्भ ही उन्होंने ऐसे किया : 'हमेशा मैं किसी न किसी रूप में वही बात कह देता हूँ। लाचार बैठा हूँ। इसी काम के लिए तो यहाँ पड़ा हूँ।'

लाचारगी में गहरे डूबते गांधी ने देखा कि उनकी दारुण घोषणा–कि देश उनकी लाश पर बँटेगा–निष्प्रभावी रही। न ही कोई असर हुआ कैबिनेट मिशन प्लान के आधार पर देश का विभाजन बचा लेने की उनकी कोशिश का। देश में उभर रही हिंसा के चलते यह भी सम्भव नहीं था कि गांधी–वह जानते थे कि उनको 'शेखचिल्ली' समझा जाने लगा है–का यह आग्रह मान लिया जाए कि अराजकता की फ़िक्र अंग्रेज न करें, बस देश हिन्दुस्तानियों के भरोसे छोड़कर चले जाएँ। अन्त में जब पाकिस्तान के निर्माण का निर्णय हो गया, उनको लगा कि इस निर्णय को स्वीकार करने के सिवाय उनके पास कोई विकल्प नहीं है। किन्तु उनके स्वीकार में भी यह आशा थी कि भूगोल के बँटवारे के बावजूद हिन्दुस्तान एक रहेगा। पर यह बात बाद में।

फिलहाल देखें विभाजन की घोषणा के तुरन्त बाद की गांधी की प्रतिक्रिया। 4 जून 1947 को अपनी प्रार्थना-सभा में, विभाजन रोकने के अपने असफल प्रयास का ज़िक्र करने के बाद, पराजित जुआरी–'मैं तो जुआ खेलनेवाला ठहरा'–के स्वर में उन्होंने कहा :

पर मेरी कौन सुने ? आप मेरी नहीं सुनते; मुसलमानों ने मुझे छोड़ दिया और कांग्रेस से भी मैं अपनी बात पूरी-पूरी मनवा नहीं सकता।...पर अब जो हो गया है वही हम स्वीकार कर लें।

विभाजन की औपचारिक घोषणा से पहले भी गांधी को लगने लगा था कि एक सीमा से आगे विभाजन का विरोध आत्मघाती सिद्ध हो सकता है। यह मानते हुए भी कि 'हमें मिलकर ही रहना होगा' , उनकी तीक्ष्ण बुद्धि मिलकर रहने के लिए बल-प्रयोग की व्यर्थता से परिचित थी। इस पैनी बात को अपनी स्वाभाविक सादगी से रखते हुए उन्होंने कहा :

जबरन देश को एक बना रखा तो वह पाकिस्तान हमारे मन में भर जाएगा। और जब पाकिस्तान हमारे दिल में रहेगा और हम किसी भी तरह अपने भाइयों के साथ अमन से रहने को तैयार न होंगे तो मैं आगाह करता हूँ कि हिन्दुस्तान आज़ाद रह ही नहीं सकेगा।

सही या ग़लत–कौन साहसी आज भी फैसला कर सकता है–गांधी को विश्वास हो गया था कि विभाजन के मामले में **'आम राय** यानी वह लोग जो राय रखने के लायक हैं, कांग्रेस के नेताओं के साथ हैं।' जबकि विभाजन का विरोध करते समय उनको विश्वास था कि **'आम जनता की राय** मेरे पक्ष में है।' अब मोहभंग के बाद उनका क्या

दायित्व बनता था : 'क्या मुझे अपनी राय जबरदस्ती लोगों के गले मढ़नी चाहिए ?' वैसे भी तत्कालीन परिस्थितियों में ऐसा कर पाना असम्भव-सा ही था। ज्यादा से ज्यादा वह इतना कर सकते थे कि 'मरकर यह सिद्ध करने बैठूँ कि मेरी ही बात सच्ची है।' पर वह 'राक्षसी अनशन' होता; दर्प-दंशित दुराग्रह, जन-कल्याणार्थ सत्याग्रह नहीं।

4 जून के 'मेरी कौन सुने' के ही दूसरे दिन गांधी ने अपने मन की इस तरह कही :

और आज हिन्दुस्तान में कौन-सी ऐसी चीज हो रही है जिससे मुझे खुशी हो सके। तो भी मैं पड़ा हूँ; क्योंकि कांग्रेस बहुत बड़ी संस्था हो गई है। उसके सामने मैं उपवास नहीं कर सकता; लेकिन आज मैं भट्ठी में पड़ा हूँ...फिर भी मैं जिन्दा क्यों हूँ, यह मेरा ईश्वर ही जानता है। जैसा भी हूँ, आखिर कांग्रेस का खादिम ही हूँ। अगर कांग्रेस पागलपन पर उतर आवे तो क्या मैं भी पागलपन करूँ ?...

फिर प्रकारान्तर से वही बात :

कोई कहे कि मैंने ऐसा क्यों होने दिया। तो क्या मैं ऐसा करूँ कि कांग्रेस मुझसे पूछकर ही सब काम करे ? मैं ऐसा दीवाना नहीं बना हूँ। और मैं कांग्रेस का बागी बनूँगा, इसका मतलब सारे हिन्दुस्तान का बागी बनूँगा, क्योंकि कांग्रेस सारे देश की है।

सिद्धान्त की दृष्टि से–स्वघोषित अनशनाचार्य गांधी मानते थे कि सत्याग्रह का अपना शास्त्र होता है–और तत्कालीन व्यावहारिक सम्भावनाओं की दृष्टि से भी, विभाजन के मामले में गांधी के समर्पण का प्रबल नैतिक एवं ऐतिहासिक औचित्य बनता है। फिर भी हठात मन में एक विकल्प उठता है–एक तरह की ऐतिहासिक प्रतिकल्पना–जिसमें लगता है कि गांधी दूसरा रास्ता भी चुन सकते थे। और यदि वह वैसा करते तो भी उनके निर्णय का उतना ही प्रबल औचित्य बनता। गांधी कोई दूसरा निर्णय तभी ले सकते थे जबकि उस निर्णय की व्यावहारिकता की थोड़ी भी गुंजाइश उनको दिखाई पड़ती। वही क्षीण व्यावहारिकता बना देती आधार उस निर्णय के सैद्धान्तिक औचित्य का। गांधी से पैनी पकड़ अपने समय की सम्भावनाओं की किसी और की नहीं थी। अपने समय की ही क्यों ? गांधी तो मानवीय सम्भावितव्य का एक नया सीमान्त स्थापित कर गए हैं। यदि सम्भाव्य को असम्भव की सीमा में प्रवेश करा देनेवाले इस व्यक्ति ने विभाजन के खिलाफ अनशन करने से इन्कार कर दिया–'किसी के कहे पर अनशन कैसे करूँ ?...खुदा जब कहेगा करूँगा'–तो उसके कारणों पर गम्भीर चिन्तन करने की ज़रूरत है। (यहाँ एक सैद्धान्तिक प्रश्न गांधी की अहिंसा के सम्बन्ध में उठता-सा लगता है : क्या व्यावहारिक सफलता की सम्भावना सत्याग्रह प्रारम्भ करने के लिए अनिवार्य है ?)

पर–यह और भी गम्भीर चिन्तन का विषय है–गांधी ने विभाजन को स्वीकार करके भी स्वीकार नहीं किया। 4 जून को ही, यह कहने के बाद कि 'जो हो गया है वही हम

स्वीकार कर लें', उन्होंने यह भी जोड़ा : 'इसमें यह खूबी भी है कि हम जब चाहें उसे मिटा सकते हैं।' पाकिस्तान को मानकर हिन्दुस्तान को एक करना इस हारे जुआरी का आख़िरी दाँव था। भूगोल तो बँट गया था। पर भावना को बँटने से रोकना था। इसलिए बुनियादी सवाल यह था : 'यह टुकड़े दोस्त बनने के लिए किए गए हैं या दुश्मन बनने के लिए ?' देश के अविभक्त रहने पर भी लोगों के दिलों में पाकिस्तान बना रह सकता है, ऐसी सूक्ष्म समझवाले गांधी को अपनी हताशा से निजात सिर्फ़ एक तर्क के सहारे मिल सकती थी : देश के टुकड़े होने का यह अर्थ तो नहीं कि लोगों के दिलों के भी टुकड़े हो जाएँ। गांधी ने बार-बार कोशिश की कि इस तर्क को वह हिन्दुस्तानी दिलों की अविभाज्यता का सबूत भी मान लें। उसी हताशा में उन्होंने ईश्वरेच्छा को भी देश की अखंडता का साक्षी बना लिया। तरह-तरह से वह देश और दिलों की बात करते रहे : 'हिन्दुस्तान अखंड रहेगा, पर भाई-भाई के तौर पर हम उसमें बँटवारा कर लेंगे और अंग्रेज के बिना हमारी गाड़ी चलेगी।' 'यह तो ईश्वर की मेहरबानी है कि पाकिस्तान बनने के बाद हमारा टुकड़ा हुआ ही नहीं है।' 'मैं क्यों मान लूँ कि हमारे टुकड़े हो गए हैं ?'

साथ ही, देश में फैली 'ख्वारी-ही-ख्वारी' से व्यथित, गांधी यह भी समझ पा रहे थे कि 'हमारा दिल टूट गया है, इसलिए हमारी ज़मीन के भी दो टुकड़े हो गए हैं।'

ज़मीन जुड़े या न जुड़े, दिलों को जोड़ना गांधी के लिए लाज़िमी था। और उसका उनका एक ही तरीका था (भगवान से प्रार्थना के अलावा) :

मैं तो कांग्रेस की, आपकी, मुसलमानों की और अपने साझी जिन्ना साहब की बुद्धि पर चोट करना चाहता हूँ और उनके हृदय पर कब्जा करना चाहता हूँ।

उसी दिन आगे बोलते हुए गांधी ने एक ऐसा आसान रास्ता सुझाया जो आज भी उतना ही प्रासंगिक है :

कांग्रेस का धर्म अब यह बन गया है कि पाकिस्तान का हिस्सा छोड़कर जो उसके हाथ में रह जाता है उसे वह अच्छे-से-अच्छा बनावे और पाकिस्तान वाले अपने हिस्से को कांग्रेसवालों से भी अच्छा बनावें। तो फिर दोनों मिल जाते हैं और हम सुख से रह सकते हैं।

चार दिन बाद इसी बात को थोड़ा बदलते हुए वह बोले :

हिन्दुस्तान के टुकड़े हो जाने पर अगर हम खुश नहीं रह सकते तो हम रंजीदा भी क्यों हों ? हमें अपने दिल के टुकड़े नहीं होने देने चाहिए।...वरना, जिन्ना साहब की बात सही साबित हो जाएगी कि हम दो राष्ट्र हैं।...
हम सच्चे बनेंगे, ईश्वर के बन्दे बनेंगे और ज़रूरत पड़ने पर मरेंगे भी (पर मारेंगे नहीं !) जब ऐसा करेंगे तब हिन्दुस्तान अलग और पाकिस्तान अलग, यह बात नहीं रह जाएगी और ये कृत्रिम हिस्से निकम्मे बन जाएँगे। अगर हम लड़ाई करेंगे तो

हम पर दो राष्ट्र का इलजाम सच्चा साबित होगा। इसलिए आप और मैं ईश्वर से प्रार्थना करें कि हिन्दुस्तान और पाकिस्तान अलग तो हुए, पर अब हमारे दिल अलग-अलग न हों।

प्रार्थना की शक्ति मानें या न मानें, गांधी के विवेक और तर्क को हम कब तक अनदेखा करते रहेंगे ? गांधी ने कहा भी था : 'कोई आदमी विवेक के अलावा और किसी चीज़ के आगे न झुके।' और यह भी : 'हम इतने बदमाश हो गए हैं कि एक-दूसरे से डरने लगे हैं।'

1947 के हिंसक अन्धकार में गांधी की बेचारगी, उनका अकेलापन शायद हम समझ सकते हैं। उनके विरुद्ध फट पड़ी खीज, नफ़रत व गुस्सा, अपनी सारी ऐतिहासिक विडम्बना के साथ, किसी हद तक स्वाभाविक थी। लेकिन आज, राष्ट्रवाद की अमानवीयता, धर्मान्धता की अधर्मिता और सत्ता की अबाध स्वार्थपरता से त्रस्त, हम क्यों गांधी से आँख चुराते हैं ? सम्भव है अन्तर के मन्थन से निकली उनकी सीधी- सच्ची बातें हमें झकझोर कर नई राहों के सुराग सुझा दें।

गांधी के पराभव का निर्णायक क्षण
दो विस्मृतप्राय पत्र

प्रथम विश्वयुद्ध की समाप्ति से लेकर द्वितीय विश्वयुद्ध की समाप्ति तक महात्मा गांधी भारतीय स्वतन्त्रता आन्दोलन के अधिनायक रहे। उनके नेतृत्व के इस लम्बे अरसे में आन्दोलन उत्तरोतर सशक्त होता रहा और राष्ट्र के उन वर्गों तक पहँचने लगा जो इससे पहले राष्ट्रीय राजनीति से अछूते थे। परिणामतः आन्दोलन के स्वरूप और उद्‌देश्यों पर भी इन परिवर्तनों का प्रभाव पड़ा। एक महत्त्वपूर्ण मसला जो निरन्तर उभरकर आने लगा वह था स्वतन्त्र भारत के भावी प्रारूप का। स्वाधीनता अपने आप में कितनी ही कमनीय क्यों न हो, उसकी मात्र निगुर्ण उपासना का कोई विशेष अर्थ नहीं था। स्वाधीनता किसकी और किसलिए ? यह था बुनियादी सवाल जिसके आधार पर ही स्वतन्त्र भारत के भविष्य की परिकल्पना की जा सकती थी।

दक्षिण अफ्रीका में अपने ऐतिहासिक कार्य को सम्पन्न कर स्वदेश की सेवा में अपने को अर्पित करने से पूर्व ही गांधी ने इस बुनियादी सवाल से जूझना शुरू कर दिया था। सन् 1908 में ही अपनी छोटी सी पर महत्त्वपूर्ण पुस्तिका *हिन्द स्वराज* के माध्यम से उन्होंने अपने जीवन दर्शन व विश्व-दृष्टि की आधारभूत व्याख्या कर दी थी। तदुपरान्त अपने जीवन के अन्तिम समय तक वह *हिन्द स्वराज* में रेखांकित अपनी वैकल्पिक मानवीय सभ्यता के अनेक पहलुओं पर मनन करते रहे और उसको सँवारते रहे। पर अन्त तक इस विकल्प के मूल स्वरूप को बदलने की जरूरत उन्होंने महसूस नहीं की। वस्तुतः समय के साथ इस विकल्प में उनका विश्वास और दृढ़ होता चला गया।

हिन्द स्वराज में गांधी ने पश्चिम की औद्योगिक सभ्यता की अमानवीयता को दिखाते हुए इस बात पर बल दिया कि सम्पूर्ण मानव जाति के अस्तित्व एवं कल्याण के लिए यह आवश्यक है कि इस 'दानवी' सभ्यता को तिलांजलि दे दी जाए। मानव जाति को विनाश से बचाने का यह कार्य भारत में प्रारम्भ होकर विश्व भर में फैल सके, ऐसी आकांक्षा गांधी की थी। स्पष्ट ही भारतीय स्वतन्त्रता आन्दोलन का एक विश्वव्यापी परिप्रेक्ष्य उनके मन में था।

स्वाधीनता को एक नए समाज व नए मानव की परिकल्पना को साकार करने का

साधन भर मानने के बावजूद स्वतन्त्रता आन्दोलन के दौरान गांधी ने कतई यह प्रयास नहीं किया कि भारतीय राष्ट्रीय कांग्रेस अपना भावी सामाजिक व आर्थिक कार्यक्रम *हिन्द स्वराज* के आधार पर निश्चित करे। न सिर्फ यह, उन्होंने यह भी नहीं चाहा कि जिस सर्वहारा वर्ग या दरिद्रनारायण के लिए वह स्वतन्त्रता चाह रहे हैं, आन्दोलन के चलते उनके लिए कुछ ऐसा किया जाए जिससे विदेशी शासन के विरुद्ध चल रहे आन्दोलन की एकता को किसी तरह का खतरा पहुँचे। आन्दोलन के सफल होने तक केवल एक ही लक्ष्य हो सकता था : भारतीयों की आपसी एकता को बनाए रखकर देश को आजाद करा लेना।

विदेशी सत्ता के विरुद्ध आन्तरिक एकता पर इस तरह गांधी ने जो बल दिया उसको देखने और आँकने के कई नजरिए हो सकते हैं जो देखने और आँकनेवाले की विचारधारा के अनुसार बदल सकते हैं। एकता बनाए रखने की तत्कालीन अनिवार्यता के तथ्य पर सहमति होने के बाद भी यह प्रश्न उठाया जा सकता है कि इस एकता का निर्वाह इसी ढंग से क्यों किया गया कि विदेशी शासकों से समय-समय पर भारतीयों ने जो थोड़ी-बहुत राजनीतिक शक्ति प्राप्त की उसका लाभ निहित स्वार्थों को ही हुआ, देश के गरीबों को नहीं। इस विषय को लेकर आधुनिक भारतीय इतिहास लेखन में एक तीव्र विवाद छिड़ गया है। यहाँ इतना कहना ही पर्याप्त होगा कि इस मसले को चाहे जिस दृष्टिकोण से देखा जाए, यह नहीं कहा जा सकता कि गांधी ने एकता बनाए रखने का यह कार्य गरीब और दलित वर्गों को किसी भी प्रकार की हानि पहुँचाने के लिए किया। सच तो यह है कि स्वतन्त्रता आन्दोलन के चलते ही गांधी यह समझ गए थे कि स्वतन्त्र भारत में निहित स्वार्थों के विरुद्ध एक नया आन्दोलन खड़ा करना पड़ेगा। उदाहरणतः सन् 1928 में जब समाजवाद के बढ़ते प्रभाव में आ रहे नेहरू ने उनसे कहा कि गरीबों के लिए एक लड़ाई शुरू की जानी चाहिए तो गांधी जी का संक्षिप्त किन्तु निर्णायक उत्तर था, 'मैं तुम से सहमत हूँ कि एक दिन हमें अमीरों और शिक्षित वर्ग के बगैर एक सशक्त और व्यापक आन्दोलन चलाना पड़ेगा। पर वह समय अभी नहीं है।' (अंगरेजी से अनूदित / देखिए *सम्पूर्ण गांधी वांग्मय,* अहमदाबाद, 1970, भाग-36, पृ. 174)

द्वितीय विश्वयुद्ध की समाप्ति के तुरन्त बाद जैसे ही विदेशी शासन का अन्त निश्चित-सा हो गया, गांधी ने यह आवश्यक समझा कि अब स्वतन्त्र भारतीय समाज के आमूल पुनर्गठन के प्रश्न पर गम्भीरता से विचार किया जाए। चूँकि वह जवाहरलाल नेहरू को अपना राजनीतिक वारिस घोषित कर चुके थे, उन्होंने इस सम्बन्ध में पूना से दो पत्र नेहरू को लिखे। जैसा कि हम देखेंगे, इन पत्रों का बड़ा ऐतिहासिक महत्त्व है और यह गांधी के अन्तिम टेस्टामेंट की भाँति हैं। आवश्यकता इस बात की है कि ये महत्त्वपूर्ण दस्तावेज आम जानकारी में लाए जाएँ। (इन पत्रों की मूल प्रतियों के लिए देखिए *जवाहरलाल नेहरू पेपर्स,* भाग-1, खंड-26, नेहरू स्मारक संग्रहालय एवं पुस्तकालय, नई दिल्ली।)

हमारे सामने दो विकल्प हैं। एक तो यह कि इन पत्रों से उद्धरण देते हुए अपनी टिप्पणी करते चलें; और दूसरा यह कि बारी-बारी से दोनों पत्रों को पूरा करने के बाद उनकी मीमांसा की जाए। पहले विकल्प में डर यह है कि टुकड़ों में पढ़े जाने पर गांधीजी की पूरी बात वैसे समझ में नहीं आएगी जैसे कि पूरे पत्र को एक साथ पढ़ने पर। एक बात और। ये पत्र गांधी ने बड़े मानस मन्थन के बाद लिखे थे। इनको किस भाषा में लिखा जाए इस पर भी उन्होंने काफी विचार किया था। स्पष्ट ही वह जान रहे थे कि उन्हें ऐसी बातें कहनी हैं इन पत्रों में जो न तो आसानी से कही जा सकती हैं और न ही आसानी से समझी जा सकती हैं। नेहरू द्वारा दिए गए उत्तर से जाहिर भी हो गया कि गांधी का ऐसा सोचना निराधार नहीं था। पर वह बात बाद में होगी। पहले गांधी का पहला पत्र जो 5 अक्टूबर 1945 को लिखा गया :

'चि. जवाहरलाल,

'तुमको लिखने का तो कई दिनों से इरादा किया था, लेकिन आज ही उसका अमल कर सकता हूँ। अंग्रेजी में लिखूँ या हिन्दुस्तानी में यह भी मेरे सामने सवाल रहा था। आख़र में मैंने हिन्दुस्तानी में ही लिखने का पसन्द किया।

'पहले बात तो हमारे बीच में जो बड़ा मतभेद हुआ है उसकी। अगर वह भेद सचमुच है तो लोगों को भी जानना चाहिए। क्योंकि उनको अँधेरे में रखने से हमारा स्वराज का काम रुकता है। मैंने कहा है कि 'हिन्द स्वराज' में मैंने लिखा है उस राज्य पद्धति पर मैं बिल्कुल कायम हूँ। यह सिर्फ कहने की बात नहीं है, लेकिन जो चीज मैंने 1908 साल में लिखी है उसी चीज का सत्य मैंने अनुभव से आज तक पाया है। आख़र में मैं एक ही उसे माननेवाला रह जाऊँ उसका मुझको जरा सा भी दुःख न होगा। क्योंकि मैं जैसे सत्य पाता हूँ उसका मैं साक्षी बन सकता हूँ। 'हिन्द स्वराज' मेरे सामने नहीं है। अच्छा है कि मैं उसी चित्र को आज अपनी भाषा में खैंचुं। पीछे यह चित्र 1908 जैसा ही है या नहीं उसकी मुझे दरकार न रहेगी, न तुम्हें रहनी चाहिए। आख़र में तो मैंने पहले क्या कहा था उसे सिद्ध करना नहीं है, आज मैं क्या कहता हूँ वही जानना आवश्यक है। मैं यह मानता हूँ कि अगर हिन्दुस्तान को सच्ची आजादी पानी है और हिन्दुस्तान के मारफ़त दुनिया को भी, तब आज नहीं तो कल देहातों में ही रहना होगा–झोपड़ियों में, महलों में नहीं। कई अबज आदमी शहरों में और महलों में सुख से और शान्ति से कभी रह नहीं सकते, न एक दूसरों का खून करके मायने हिंसा से, न झूठ से–यानी असत्य से। सिवाय इस जोड़ी के (यानी सत्य और अहिंसा) मनुष्य जाति का नाश ही है उसमें जरा सा भी शक नहीं है। उस सत्य और अहिंसा का दर्शन हम देहातों की सादगी में ही कर सकते हैं। यह सादगी चर्खा में और चर्खा में जो चीज भरी है उसी पर निर्भर है। मुझे कोई डर नहीं है कि दुनिया उल्टी ओर ही जा रही दिखती है। यों तो पतंगा जब अपने नाश की ओर जाता है तब सबसे ज्यादा

चक्कर खाता है और चक्कर खाते-खाते जल जाता है। हो सकता है कि हिन्दोस्तान इस पतंगे के चक्कर में से न बच सके। मेरा फर्ज है कि आख़र दम तक उसमें से उसे और उसके मारफ़त जगत को बचाने की कोशिश करूँ। मेरे कहने का निचोड़ यह है कि मनुष्य जीवन के लिए जितनी जरूरत की चीज है उस पर निजी काबू होना चाहिए—अगर न रहे तो व्यक्ति बच ही नहीं सकता है। आख़र तो जगत व्यक्तियों का ही बना है। बिन्दु नहीं है तो समुद्र नहीं है। यह तो मैंने मोटी बात ही कही कोई नई बात नहीं की।

'लेकिन 'हिन्द स्वराज' में भी मैंने यह बात नहीं की है। आधुनिक शास्त्र की कदर करते हुए पुरानी बात को मैं आधुनिक शास्त्र की निगाह से देखता हूँ तो पुरानी बात इस नए लेबाश में मुझे बहुत मीठी लगती है। अगर ऐसा समझोगे कि मैं आज की देहातों की बात करता हूँ तो मेरी बात नहीं समझोगे। मेरी देहात आज मेरी कल्पना में ही है। आख़र में तो हर एक मनुष्य अपनी कल्पना की दुनिया में ही रहता है। इस काल्पनिक देहात में देहाती जड़ नहीं होगा—शुध्ध चैतन्य होगा। वह गन्दगी में, अँधेरे कमरे में जानवर की जिन्दगी बसर नहीं करेगा, मरद और औरत दोनों आज़ादी से रहेंगे और सारे जगत के साथ मुकाबला करने को तैयार रहेंगे। वहाँ न हैजा होगा, न मरकी होगी न चेचक होंगे। कोई आलस्य में रह नहीं सकता है, न कोई ऐश आराम में रहेगा। सबको शारीरिक मेहनत करनी होगी। इतनी चीज़ होते हुए मैं ऐसी बहुत सी चीज़ का ख्याल करा सकता हूँ जो बड़े पैमाने पर बनेगी। शायद रेलवे भी होगी, डाक घर, तार-घर भी होंगे। क्या होगा, क्या नहीं उसका मुझे पता नहीं। न मुझको उसकी फिकर है। असली बात को मैं कायम कर सकूँ तो आने की और रहने की खूबी रहेगी। और असली बात को छोड़ दूँ तो सब छोड़ देता हूँ।

'उस रोज जब हम आख़र के दिन वर्किंग कमेटी में बैठे थे तो ऐसा कुछ फैसला हुआ था कि इसी चीज को साफ करने के लिए वर्किंग कमेटी 2-3 दिन के लिए बैठेगी। बैठेगी तो मुझको अच्छा लगेगा, लेकिन न बैठे तब भी मैं चाहता हूँ कि हम दोनों एक दूसरे को अच्छी तरह समझ लें। उसके दो सबब हैं। हमारा सम्बन्ध सिर्फ राजकारण का ही नहीं है। वह सम्बन्ध तूट भी नहीं सकता। इसलिए मैं चाहूँगा कि हम एक दूसरे को राजकारण में भी भली-भाँति समझें। दूसरा कारण यह है कि हम दोनों में से एक भी अपने को निकम्मा नहीं समझते हैं। हम दोनों हिन्दुस्तान की आज़ादी के लिए ही जिन्दा रहते हैं और उसी आज़ादी के लिए हमको मरना भी अच्छा लगेगा। हमें किसी की तारीफ की दरकार नहीं है। तारीफ हो या गालियाँ—एक ही चीज़ है। खिदमत में उसे कोई जगा ही नहीं है। अगरचे मैं 125 वर्ष तक सेवा करते-करते जिन्दा रहने की इच्छा करता हूँ तब भी मैं आख़र में बूढ़ा हूँ और तुम मुकाबले में जवान हो। इसी कारण मैंने कहा है कि मेरे वारिस तुम हो। कम से कम उस वारिस को मैं समझ लूँ और मैं क्या हूँ वह भी वारिस

समझ ले तो अच्छा ही है और मुझे चैन रहेगा।'

यहाँ पर गांधी की कल्पना के देहात और उसके आधार पर निर्मित भावी स्वतन्त्र भारत व जगत की बात पूरी हो जाती है। इसके आगे गांधी कस्तूरबा स्मारक तथा हिन्दुस्तानी सभा का जिक्र करते हुए जानना चाहते हैं कि नेहरू इन कामों में कितनी मदद कर सकते हैं। अन्त में नेहरू और शरतचन्द्र बोस के बीच फूटी चिनगारियों के कारण हुए अपने दर्द का हवाला देते हुए वह नेहरू से पूछते हैं कि इस झगड़े की जड़ क्या है। इन अंशों में केवल वह अंश इस पत्र की प्रमुख विषय-वस्तु से सम्बन्धित है जहाँ कस्तूरबा स्मारक को लेकर गांधी नेहरू से कहते हैं :

'कस्तुरबा स्मारक का काम पेचिला है। उपर जो मैंने लिखा है वह अगर तुम को चूभेगा या चूभता है तो कस्तुरबा स्मारक में भी आकर तुमको चैन नहीं रह सकेगा यह मैं समझता हूँ।'

पत्र समाप्त इस तरह होता है :

'इस सब के बारे में अगर हमें मिलना ही चाहिए तो हमारे मिलने का वख्त निकालना चाहिए।

'तुम बहुत काम कर रहे हो, स्वास्थ्य अच्छा रहता होगा। इन्दु ठीक होगी।

बापु के आशीर्वाद'

गांधी की हिन्दी को जीवन्त बनानेवाली वर्तनी, लिंग, वचन और शब्द-चयन की विशिष्टताओं एवं गलतियों पर उनके गुजराती-भाषी होने का स्पष्ट प्रभाव है। सम्भव है कुछ लोगों को यह विशिष्टताएँ व गलतियाँ अखरें भी। पर ध्यान देने योग्य तथ्य यह है कि कई दिनों तक इस पत्र को लिखने का निश्चय करते रहने के दौरान गांधी के लिए यह एक महत्त्वपूर्ण सवाल था कि पत्र अंग्रेजी में लिखा जाए या हिन्दुस्तानी में। हिन्दुस्तानी में लिखने का उनका निर्णय इसलिए और भी विचारणीय हो जाता है कि हिन्दुस्तानी में लिखने के बाद गांधी ने इस पत्र का अँगरेजी में अनुवाद करवा लिया ताकि अगर नेहरू को उससे आसानी होती हो तो वह अनुवाद के सहारे गांधी की बात ज्यादा अच्छी तरह समझ सकें। यदि अन्त में अँगरेजी में ही अनुवाद कराना था, और यदि उनको शक था कि हिन्दुस्तानी की अपेक्षा नेहरू को अँगरेजी अधिक बोधगम्य होगी, तो गांधी ने यह पत्र हिन्दुस्तानी में लिखा ही क्यों ? ऐसा तो था नहीं कि वह सिद्धान्ततः उन लोगों को अँगरेजी में नहीं लिखते थे जो हिन्दुस्तानी जानते थे। और उनका अपना अँगरेजी पर असामान्य अधिकार था ही।

वास्तव में इस पत्र की भाषा के बारे में किया गया गांधी का निर्णय उस विश्व-दृष्टि से जुड़ा है जिसको, इतने वर्ष इस सम्बन्ध में अपने को वैचारिक धरातल पर सीमित रखने के बाद, स्वाधीन भारत में क्रियान्वित कराने के आग्रह से उन्होंने यह पत्र अपने

वारिस को लिखा था। इस विश्व-दृष्टि की अनिवार्य शर्त थी/है मुक्ति। मुक्ति न केवल राजनीतिक औपनिवेशिकता से बल्कि उस औपनिवेशिक मानस से भी जो आधुनिक पश्चिम की औद्योगिक सभ्यता के सार्वभौमिक सांस्कृतिक दावों से अभिभूत था/है। इन सार्वभौमिक दावों के अनुसार समस्त मानव जाति की एक ही अपरिहार्य नियति है और वह है अपने को वर्तमान पश्चिम के साँचे में ढालकर सभ्य, सुखी और सम्पन्न अनुभव करना। इस सार्वभौमिक दृष्टि में किसी सभ्य विकल्प के लिए कोई स्थान ही नहीं है।

ऐसे निरंकुश सांस्कृतिक-बौद्धिक साम्राज्यवाद से मुक्ति पाने के प्रयत्न में गांधी भाषा की शक्ति को अच्छी तरह समझ गए थे। यह मात्र संयोग नहीं है कि उन्होंने *हिन्द स्वराज* की रचना गुजराती में की। जिस वैकल्पिक विश्व-दृष्टि को उन्होंने विकसित किया था वह पश्चिम की वैकल्पिक विचार प्रक्रियाओं से प्रेरित व प्रभावित होने के बावजूद भारतीय 'परम्परा' पर आधारित थी। आश्चर्य नहीं कि अपनी ऐतिहासिक-सांस्कृतिक धरोहर के चेतन और अवचेतन तलों को उद्‌घाटित कर उनके आधार पर एक नई सभ्यता का सपना देखते समय गांधीजी को अँगरेजी के बजाय गुजराती या हिन्दुस्तानी की जरूरत महसूस होती थी।

पर भाषा का मसला सिर्फ देशी और विदेशी का नहीं था। विदेशी साम्राज्यवाद के फलस्वरूप उत्पन्न औपनिवेशिक मानस एक ऐसी सशक्त एवं संश्लिष्ट प्रक्रिया का अंग था जिसमें देशी भाषाएँ भी औपनिवेशिक नियन्त्रण में आ रही थीं। इस प्रक्रिया की सफलता का एक प्रबल और ट्रैजिक उदाहरण है आनन्द भवन, इलाहाबाद से 9 अक्टूबर को अँगरेजी में गांधी को लिखा गया नेहरू का उत्तर। (देखिए एस.गोपाल, सम्पादक, *सिलैक्टड वर्क्स ऑव जवाहरलाल नेहरू*, नई दिल्ली, 1981, खंड 14, पृ. 554-571) अत्यधिक व्यस्त होने के कारण फिर कभी विस्तृत उत्तर देने का आश्वासन देते हुए नेहरू ने कहा कि अच्छा हो यदि वे दोनों मिलकर अनौपचारिक रूप से विचार-विमर्श करें : 'फिलहाल मैं नहीं जानता कि कब यह हो सकेगा। मैं कोशिश करूँगा।' दूसरा पैरा शुरू करते हुए नेहरू ने लिखा :

> 'संक्षेप में मेरा मत यह है कि हमारे सामने सवाल सत्य बनाम असत्य या अहिंसा बनाम हिंसा का नहीं है। हम मानते हैं कि वास्तविक सहयोग और शान्तिपूर्ण तरीके हमारा उद्‌देश्य हैं और हमारा लक्ष्य है इनको बढ़ावा देनेवाला समाज। सारा सवाल तो यह है कि ऐसा समाज हासिल कैसे किया जाए और इस समाज के तत्त्व क्या हों। मैं नहीं समझता कि क्यों कोई भी गाँव अनिवार्यतः सत्य और अहिंसा की प्रतिमा ही हो। गाँव आमतौर पर बौद्धिक और सांस्कृतिक रूप से पिछड़े होते हैं, और पिछड़े वातावरण में प्रगति सम्भव नहीं होती। संकीर्ण मानसवाले लोगों के झूठे और हिंसक होने की कहीं अधिक सम्भावना होती है।'

फिलहाल हम उस जोड़ी की बात छोड़ दें—सत्य और अहिंसा की जोड़ी—जिसके बिना गांधी को मनुष्य जाति का नाश दिखाई पड़ रहा था। इसको समझने के लिए

काफी गहराई में उतरने की जरूरत थी और नेहरू अपनी व्यस्तताओं के बावजूद थोड़ा सा समय निकालकर 'प्रिय बापू' को एक तात्कालिक संक्षिप्त उत्तर दे रहे थे। पर गांधी ने सोच-समझकर स्पष्ट चेतावनी देने के बाद, ताकि गलतफहमी की गुंजाइश ही न रह जाए, जिस देहात की बात की, उसके प्रतिवाद में बरसों उनके निकटतम सम्पर्क में रहनेवाला उनका अनन्य स्नेह भाजन और उत्तराधिकारी किस तरह गाँवों के बौद्धिक व सांस्कृतिक पिछड़ेपन तथा गाँववासियों के अपेक्षाकृत अधिक झूठे और हिंसक होने की बात कर सका ? आखिर क्यों गांधी ने साफ-साफ कह दिया था : 'अगर ऐसा समझोगे कि मैं आज की देहातों की बात करता हूँ तो मेरी बात नहीं समझोगे ?' उनको स्पष्ट ही यह आशंका सता रही थी कि उनकी बात नेहरू नहीं समझ पाएँगे। हुआ भी ऐसा ही। उनके सारे एहतियात के बावजूद नेहरू ने वही समझा जिससे गांधी डर रहे थे, वह नहीं जो गांधी चाह रहे थे। और यह सम्भव हुआ पश्चिम की निरंकुश विश्व-दृष्टि द्वारा औपनिवेशिक सोच की दिशाओं और सीमाओं के प्रभावशाली नियन्त्रण एवं निर्धारण के कारण। असल परेशानी यह थी कि अंग्रेजी और हिन्दुस्तानी के परे, सामान्य रूप से समझ में आ जानेवाले शब्दों के भी परे, गांधी अपने पत्र में एक ऐसी 'भाषा' बोल रहे थे जिसको समझने के लिए पश्चिम की आधुनिक औद्योगिक सभ्यता के सार्वभौमवाद से मुक्ति आवश्यक थी। अलबत्ता यह अवश्य हो सकता था/है कि इस मुक्ति के उपरान्त गांधी की विश्व-दृष्टि को समझकर सिद्धान्ततः उसे अस्वीकार कर दिया जाए। पर यह समझ नेहरू को उपलब्ध न थी, और न ही उपलब्ध था इसके बाद का अस्वीकार।

इस 'असमझ' के परिणामस्वरूप नेहरू अपने पूरे पत्र में वास्तविक भारतीय गाँवों को शोचनीय स्थिति का हवाला देते हुए गांधी से असहमति प्रकट करते रहे। एक बार भी उन्होंने गांधी की कल्पना के देहात को लेकर उस पर आधारित विश्व-दृष्टि का तार्किक खंडन नहीं किया। मसलन कई अबज लोगों के महलों और शहरों में न रह सकने के गांधी के तर्क की उन्होंने इस तरह आलोचना की :

> 'करोड़ों लोगों के लिए महलों का सवाल नहीं उठता। पर इसका तो कोई कारण नहीं कि करोड़ों लोग सुविधा-सम्पन्न आधुनिक मकानों में रहकर सुसंस्कृत जीवन बसर न करें। आज तमाम ऐसे शहरों में जो सीमा से अधिक बढ़ गए हैं अनेकों कुत्सित बुराइयाँ फैल गई हैं। शायद हमें इस वृद्धि को रोकना होगा और साथ ही यह कोशिश भी करनी होगी कि गाँव शहरी संस्कृति के अधिक पास हो जाएँ।'

कहना न होगा कि शहर से अलग सांस्कृतिक जीवन की कल्पना नेहरू के लिए सम्भव नहीं थी। यह ठीक है कि सारी दुनिया शहरों में नहीं समा सकती। पर गाँवों में रहनेवाले असंख्य व्यक्तियों का कल्याण तभी सम्भव था जब गाँव संस्कृति की दृष्टि से नगरों के साँचे में ढल जाएँ।

गांधी अब भी *हिन्द स्वराज* में व्यक्त अपने विचारों से जुड़े हैं इस पर आश्चर्य

जताते हुए नेहरू ने लिखा :

'मैंने बहुत साल पहले हिन्द स्वराज पढ़ा था, और अब उसकी सिर्फ एक धुँधली तस्वीर मेरे दिमाग में है। लेकिन जब मैंने इसे बीस साल पहले पढ़ा था तब भी यह पुस्तक मुझे बिल्कुल अवास्तविक लगी थी। उसके बाद से आपके लेखन व भाषणों में मैंने बहुत कुछ ऐसा पाया है जो इस पुरानी स्थिति से आगे है और जिसमें आधुनिक प्रवृत्तियों का समालोचन है। इसलिए मुझे तो ताज्जुब हुआ जब आपने हमें बताया कि आपके दिमाग में अभी तक वही तस्वीर बरकरार है। जैसा कि आप जानते हैं, उसको अपनाना तो दूर कांग्रेस ने उस तस्वीर पर कभी विचार तक नहीं किया है। आपने भी, सिवाय इसके छोटे-मोटे हिस्सों के, कभी कांग्रेस से इस तस्वीर को अपनाने के लिए नहीं कहा। आप ही फैसला करें कि क्या कांग्रेस के लिए ऐसे बुनियादी सवालों पर विचार करना उचित होगा जिन से विभिन्न जीवन दर्शनों का सम्बन्ध है। मैं समझता हूँ कि कांग्रेस जैसी संस्था को ऐसे मसलों पर तर्क में नहीं खो जाना चाहिए जिनसे लोगों के दिमाग चक्कर में पड़ जाएँ और वे वर्तमान स्थिति में कार्यरत होने की सामर्थ्य खो बैठें। इससे देश में कांग्रेस और दूसरों के बीच दूरी पैदा हो सकती है। अवश्य ही यह तथा दूसरे प्रश्न अन्ततः स्वाधीन भारत के प्रतिनिधियों द्वारा तय किए जाएँगे।...हिन्द स्वराज को लिखे गए 38 साल हो गए हैं। शायद गलत दिशा में, पर तब से अब तक दुनिया पूरी तरह से बदल गई है।...आपका कहना सही है कि दुनिया, या उसका बड़ा हिस्सा, लगता है आत्मघात पर आमादा है। हो सकता है यह अनिवार्य परिणति हो उस कुत्सित बीज की जो सभ्यता के साथ बढ़ता रहा है। मुझे ऐसा ही लगता है। हमारी समस्या यह है कि अतीत व वर्तमान की अच्छाइयों को बनाए रखते हुए कैसे इस बुराई को समाप्त करें। स्पष्ट ही वर्तमान में भी अच्छाई है।

पत्र के इस हिस्से में गांधी की ट्रैजिडी उभरकर आने लगती है। उनका वारिस उनसे बुनियादी तौर से असहमत तो है ही, साथ ही साथ उन्हीं पर वह दोष डाल रहा है उन सिद्धान्तों और आदर्शों को मन ही मन पालते-पोसते रहने का जो वह तथा अन्य कांग्रेसी सोच रचे थे कि गांधी नए जमाने की जरूरतों के मुताबिक बदल चुके हैं। वारिस इससे भी ज्यादा कहता है। वह कहता है कि इतने लम्बे अरसे तक तो आप इस मामले में मौन रहे, अब सोच लीजिए कि क्या आज इसको नए सिरे से उठाना देश के हित में होगा। और अगर फिर भी गांधीजी अपनी जिद न छोड़ें तो एहतियातन वारिस अपना अमोघ जनतान्त्रिक अस्त्र भी चला देता है : आप या मैं जो चाहें सोचते रहें, अंतिम निर्णय तो स्वाधीन भारत के प्रतिनिधयों को ही करना है।

गांधी चाहते हैं कि वह और उनका वारिस एक दूसरे को समझ लें। वारिस न समझ पाता है और न समझना चाहता है। वह आलोचना कर सकता है, दोषारोपण भी कर सकता है। पर समझ नहीं सकता। ज्यादा से ज्यादा वह यह कर सकता है कि गांधी

के हिन्द स्वराजी रूप से उत्पन्न अपनी झुँझलाहट को शालीनता अथवा आदर के वश दबा ले।

नेहरू की 'असमझ' की गहराई उनके गांधी के साथ बुनियादी मतभेद से नहीं पता चलती। असल मतभेद समझ के बिना सम्भव ही नहीं है। इसीलिए वर्तमान सन्दर्भ में सत्य और अहिंसा जैसे प्रश्नों को लेकर नेहरू द्वारा की गई गांधी की आलोचना को छोड़ा जा सकता है। नेहरू की 'असमझ' का कहीं अधिक आभास मिलता है ऐसे तर्कों से जैसे गाँवों को, गाँव होने के कारण, पिछड़ा और असभ्य कह देना। इसी का एक और उदाहरण गाँववाले सन्दर्भ के फौरन बाद नेहरू के पत्र में मिलता है :

> 'फिर हमें भोजन, कपड़ा, आवास, शिक्षा, सफाई इत्यादि में आत्मनिर्भरता जैसे कुछ उद्देश्य बनाने होंगे जिनको देश और हरेक देशवासी की न्यूनतम आवश्यकता माना जाए। इन उद्देश्यों को लेकर हमें सोचना होगा कि कैसे जल्दी से जल्दी उनको हासिल किया जाए। पुनः मुझे यह अनिवार्य लगता है कि यातायात के आधुनिक साधनों तथा अन्य आधुनिक सुविधाओं को बनाए रखना व विकसित करना होगा। उनको अपनाए बगैर कोई रास्ता नहीं। यदि ऐसा है तो कुछ मात्रा में भारी उद्योग रहेगा ही। उसका कहाँ तक एक विशुद्ध ग्रामीण समाज के साथ मेल होगा ? मैं स्वयं तो यह आशा करता हूँ कि जहाँ तक सम्भव हो उद्योगों का विकेन्द्रीकरण हो, चाहे वे भारी हों या हलके, और अब बिजली की शक्ति के विकास के कारण ऐसा हो भी सकता है। अगर देश में दो प्रकार की अर्थव्यवस्थाएँ रहीं तो या तो उनमें संघर्ष होगा या उनमें से एक दूसरी को खा जाएगी।'

नेहरू के उत्तर के इस अंश की क्या व्याख्या की जाए ? क्या गांधी भोजन, कपड़ा, आवास, शिक्षा, सफाई इत्यादि की जरूरत या इनमें आत्मनिर्भरता से इन्कार कर रहे थे ? क्या उन्होंने रेल, डाक, तार या जो भी आवश्यक लगे, 'ऐसी बहुत सी चीज' के रहने और 'बड़े पैमाने' पर बनने की बात नहीं की थी ? जैसा कि गांधी ने नेहरू से कहा था, प्रश्न यह नहीं था कि 'क्या होगा, क्या नहीं।' पर नेहरू इस बात पर ध्यान दिए बिना गांधी को उन आवश्यकताओं के बारे में बता रहे थे जो शुरू में ही अपने पत्र में गांधी ने मान ली थीं। गांधी 'असली बात' पर जोर दे रहे थे और यही बात नेहरू के उत्तर में कहीं नहीं आ रही थी।

नेहरू के पत्र की चर्चा पूरी करने से पहले यह तथ्य भी उल्लेखनीय है कि गांधी ने कस्तूरबा स्मारक के काम और उनके विचारों के साथ सहमति के बीच जो सम्बन्ध जोड़ा था उसकी चर्चा किए बगैर नेहरू ने अपनी व्यस्तताओं के कारण हिन्दुस्तानी प्रचार सभा एवं कस्तूरबा स्मारक का काम करने के लिए अपनी असमर्थता व्यक्त कर दी। इस असमर्थता के कई विश्लेषण हो सकते हैं। किन्तु यहाँ उनकी आवश्यकता सम्भवतः नहीं है।

इस पत्राचार के लगभग एक महीने बाद गांधी और नेहरू की मुलाकात हुई। दूसरे

ही दिन गांधी ने एक पत्र नेहरू को लिख भेजा। लगता है इसके बाद गांधी ने फिर यह विषय नहीं उठाया। पूना से लिखा गया 13 नवम्बर का यह पत्र ज्यों का त्यों यहाँ उद्धृत है :

'चि. जवाहरलाल,

'हमारी कल की बात से मुझे तो बड़ा आनंद हुआ। उससे अधिक बात कल तो कर नहीं सकते थे और मेरा खयाल ऐसा है कि हम एक ही वक्त मिलकर सब काम पूरा नहीं कर सकेंगे। समय-समय पर हमें अवश्य मिलना चाहिए। मैं तो ऐसे बना हूँ कि अगर आज मेरी शक्ति इधर-उधर जाने की रहे तो मैं ही तुमको ढूंढ लूं और भाग जाउं। ऐसी आज मेरी स्थिति नहीं रही है लेकिन ऐसा मैंने किया है इतना समझो। मैं चाहता हूं कि हम एक दूसरे को समझ लें। अन्त में ऐसा हो सकता है कि हमारा मार्ग ही अलग है तो अलग सही। हमारा हृदय तो एक ही रहेगा, क्यौंकि एक है। कल की बात से मैं यह समझा हूं कि हम दोनों में विचार श्रेणी में या तो वस्तु समझने में बड़ा अन्तर नहीं है। तुमको किस तरह से समझा हूं वह बताना चाहता हूं जिससे अगर फरक हो तो मुझे बता दोगे।

(1) तुम्हारी दृष्टि से हरेक इंसान की बौध्धिक, आर्थिक, राजकीय और नैतिक शक्ति कैसे बढ़े वो ही सच्चा प्रश्न है। मेरा भी वही है।

(2) और उसमें भी हरेक इंसान को ऊंचे चढ़ने का एक सा हक और मौका होना चाहिए।

(3) इस दृष्टि से देखते हुए देहात की और शहर की एक ही हालत होनी चाहिए। इसलिए खाना, पीना, रहना, पहनना और रमत गमत एक-सी होनी चाहिए। आज तो यह स्थिति पैदा करने के लिए अपने कपड़े, खोराक और मकान अपने आप पैदा करना और बनाना चाहिए। और ऐसे ही अपना पानी या बत्ती भी अपने आप पैदा करना चाहिए।

(4) इंसान जंगल में रहने के लिए पैदा नहीं हुआ है, लेकिन समाज में रहने के लिए पैदा हुआ है। एक पर दूसरा सवारी न कर सके यह विचार करते हुए पता चलता हैं कि युनिट एक काल्पनिक देहात या ग्रुप होना चाहिए, जो स्वावलम्बी रह सके और उस ग्रुप में एक दूसरे पर अवलम्बन तो होना ही होगा। इस तरह सोचने से सारी दुनिया के इंसानों के संबंध का नक्शा बन जाता है।

'यहाँ तक मैं अगर ठीक समझा हूं तो दूसरा हिस्सा मैं शुरू करूँगा। जो खत मैंने तुमको पहले लिखा था उसका अंग्रेजी राजकुमारी से करवा लिया था वह मेरे पास पड़ा है। इसकी अंग्रेजी भी करवा लेता हूँ और उसे साथ में ही भेजता हूँ। अंग्रेजी करवाकर मैं दो काम कर लेता हूँ। एक तो मैं अपना कहना तुमको अंग्रेजी में ज्यादा समझा सकता हूँ तो समझाऊँ, और दूसरा, मैं तुम्हारी बात पूरी-पूरी समझा हूँ कि नहीं उसका भी अंग्रेजी करने से मुझे ज्यादा पता चलेगा।

'इन्दु को आशीर्वाद।
बापू का आशीर्वाद'

यह लगभग निश्चित है कि गांधी और नेहरू के बीच इस अहम विषय को लेकर और पत्र-व्यवहार नहीं हुआ। पता नहीं इस पत्र और इसके अँगरेजी अनुवाद को देखकर नेहरू को क्या लगा। गांधी ने उनके विचारों और दृष्टिकोण को सही समझा था या गलत ? दस्तावेजों की मदद से इसका उत्तर देना सम्भव नहीं लगता। केवल अपरोक्ष साक्ष्य के आधार पर अनुमान ही लगाया जा सकता है। इस तरह के किसी भी अनुमान में एक तथ्य का विशेष ध्यान रखना पड़ेगा, और वह है गांधी और नेहरू का आपसी सम्बन्ध। इस पत्र में भी गांधी उसकी बात करते हैं। कई बार ऐसा हुआ कि नेहरू ने गांधी की तीव्र आलोचना की और कई बार गांधी ने उनको खुलकर विरोध में आने की आज़ादी दी। पर हर बार नेहरू अन्त में पीछे हट गए। दूसरी तरफ गांधी का रुख नेहरू की अपेक्षा अन्य असहमति व्यक्त करनेवाले नेताओं के प्रति कहीं अधिक कड़ा और 'आक्रामक' होता था—यदि अहिंसा के पुजारी को लेकर 'आक्रामक' शब्द का प्रयोग असंगत नहीं है तो। दोनों व्यक्तियों के पारस्परिक स्नेह का हो सकता है एक परिणाम यह हुआ हो कि जाने या अनजाने दोनों ही अन्ततोगत्वा अपने आपसी मतभेदों को घटाकर देखते हों। ऐसा होने की सम्भावना उस समय और बढ़ जाती रही होगी जब वे दोनों आमने-सामने होते होंगे। वर्ना कोई कारण यह मानने का नहीं है कि उपरोक्त पत्र में 'खाना, पीना, रहना, पहनना, रमत-गमत..., कपड़े, खोराक, मकान...पानी और बत्ती' के बारे में वर्णित नेहरू के विचार कम से कम इस मुलाकात से पहले और इसके बाद, वास्तव में नेहरू के विचार थे। पता नहीं इस बातचीत के दौरान कितना किसने कम या ज्यादा बोला और सुना होगा।

13 नवम्बर के पत्र में अपना 'आनंद' जताने में गांधी ने थोड़ी जल्दी कर दी। वैसे गौर से पढ़ने पर इस पत्र में भी गांधी के मन में तैर रही आशंका की झलक मिल जाती है। अपने 'आनंद' के बावजूद वह अपने और नेहरू के अलग-अलग रास्तों पर जाने की सम्भावना व्यक्त करते हैं। और तो और, उनका यह जरूरी समझना कि नेहरू को लिखकर बताएँ कि दोनों की बातचीत को उन्होंने कैसे समझा है ताकि गलतफहमी की गुंजाइश न रहे, इस डर का द्योतक है कि 5 अक्टूबर के पत्र में जिस मतभेद का जिक्र गांधी ने किया था उसको अभी भी वह निराधार नहीं मान पा रहे थे। खैर जैसे भी हम गांधी के 12-13 नवम्बर के आनन्द को आँकें, इसमें कोई सन्देह नहीं लगता कि यह आनन्द जल्दी ही समाप्त हो गया। इतने उत्साह और तत्परता से इस मसले को उठाने के बाद अचानक गांधी ने इसे ऐसे तज दिया मानो उनकी दृष्टि में इसका कोई स्थान ही न हो।

ऐसा क्यों किया उन्होंने ? गांधी लाख आदर्शवादी या स्वप्नदर्शी क्यों न रहे हों, उनकी व्यवहार-निपुणता अद्भुत थी। सम्भव-असम्भव का उनका बोध विलक्षण था। सम्भावना की संद भी उनको दिखाई पड़ जाए तो अपना रास्ता वह बना सकते थे।

पर जो उनको असंभव लगता उसमें शक्ति और श्रम का अपव्यय उनको स्वीकार्य नहीं था। यह दूसरी बात है कि जो उनको सम्भव दिखाई पड़ता था वह बहुतों को काफी समय तक असम्भव लगता था। *हिन्द स्वराज* में वर्णित सभ्यता उनको न केवल मानव जाति के लिए आवश्यक बल्कि सम्भव भी लगती थी। इसीलिए उन्होंने पहला मौका मिलते ही स्वाधीन भारत के नवनिर्माण की बात छेड़ दी। पर जल्दी ही उनकी समझ में आ गया कि उनका वारिस और कांग्रेस उनकी बात ही नहीं समझ रहे। यह अनुमान बहुत गलत नहीं लगता कि यह आभास होते ही उन्होंने नवनिर्माण की बात बन्द कर दी।

सम्भव है कि समय के साथ उपयुक्त अवसर पाकर वह फिर इस महत्त्वपूर्ण विषय को लेकर सक्रिय हो जाते। पर जो दो साल और ढाई महीने उनको इसके बाद मिले वह उनको व्यस्त रखने और उनकी ट्रैजिडी को नए-नए आयाम देने के लिए काफी थे। जहाँ तक *हिन्द स्वराज* में व्यक्त जीवन-दृष्टि को व्यावहारिक रूप देने के उनके असफल प्रयास का सवाल है, नेहरू का 9 अक्टूबर का पत्र शायद उनके पराभव का निर्णायक क्षण था। यह विजय नेहरू की नहीं थी। यह विजय थी उस निरंकुश विश्व-दृष्टि की जो आज भी मानव की नियति निर्धारित करते रहने का एकाधिकार बनाए हुए है।

गांधी का पराभव आवश्यक नहीं विकल्प की सम्भावना का ही पराभव सिद्ध हो।

अयोध्या : निरन्तर बढ़ती हिन्दू आक्रामकता

सह लेखक : ज्ञान पांडेय

अयोध्या, फ़ैज़ाबाद से आठ किलोमीटर परे सरयू नदी के किनारे बसा पचास हज़ार की आबादी का तीर्थस्थान। कुछ समय पहले तक यह कस्बा ज्यादातर सोता-सा ही रहता था। सिवाय रामविवाह जैसे कुछ विशेष पर्वों के, यात्रियों का आवागमन इसकी मंथर गति में कोई खलल नहीं डालता था। आज यही सुषुप्त नगर एक ऐसी आक्रामक हिन्दू मानसिकता का प्रतीक बन गया है जो हिन्दुत्व को नई तरह से परिभाषित करने के साथ-साथ भारतीय समाज और राष्ट्र के विशाल व विपुल सांस्कृतिक-संवैधानिक आधार को नष्ट कर उसे अपने संकीर्ण हिन्दुत्व के चौखटे में फ़िट कर देना चाहती है।

इस प्रतीक के सहारे हिन्दू आक्रामकता को समझने के इरादे से दिल्ली, सूरत और इलाहाबाद से छः समाजशास्त्री 24 से 27 नवम्बर 1990 के दौरान अयोध्या में घूमे और विभिन्न वर्गों व सम्प्रदायों तथा सरकारी अधिकारियों से लम्बी बातें कीं। ये छः लोग थे–आलोक राय, निशा श्रीवास्तव, राजुल माथुर, मुहम्मद अस्लम तथा इस एहवाल के दोनों लेखक।

अयोध्या के अपने इस अनुभव को आप तक पहुँचाने की हमारी इच्छा है।

हाल तक अयोध्या में आगंतुकों और श्रद्धालुओं के आकर्षण का परम्परागत केन्द्र थे हनुमान गढ़ी तथा कनक मन्दिर। उन्हीं आगंतुकों और श्रद्धालुओं का ध्यान अब बाबरी मस्जिद-राम मन्दिर संकुल की तरफ केन्द्रित होने लगा है। जिस टीले पर यह संकुल स्थित है उसको लोहे की सरियों और कँटीले तारों से घेर दिया गया है। यहाँ पर खासी बड़ी तादाद में सुरक्षा दल भी तैनात रहते हैं।

संकुल में दिन-रात भक्तों और यात्रियों का ताँता बना रहता है। मस्जिद-मन्दिर परिसर के बारे में एक उल्लेखनीय तथ्य यह है कि सामान्य हिन्दू इसको सिर्फ मन्दिर मानते हैं। उनकी दृष्टि में यहाँ मस्जिद का अस्तित्व ही नहीं है। फ़ैज़ाबाद पहुँचकर जब हम अपने रहने की व्यवस्था कर रहे थे तो हमारी मुलाकात एक युवा सरकारी अधिकारी से हुई। उत्तर प्रदेश के एक प्रमुख विश्वविद्यालय से स्नातक बने इस अधिकारी ने हम से कहा : 'आप उसे मस्जिद कहते हैं ? मस्जिद है कहाँ ? आप वहाँ जाकर देखिए। मस्जिद-फस्जिद का नाम तक नहीं है वहाँ। 1951 से तो नमाज़-वमाज़ भी नहीं पढ़ी गई। वह तो रीतिवत मन्दिर है। पूजा-पाठ होता है। 1949 से अखंड कीर्तन चल रहा है।'

यही बात दूसरे दिन हम से एक ऐसे दम्पति ने कही जिन्होंने अयोध्या में स्कूली बच्चों का एक जुलूस निकाला था जिसमें लोगों से अपील की गई थी कि राम को न बेचा जाय। अयोध्या पहुँचने से पहले ही इस जुलूस के बारे में अखबारों में पढ़कर हमें लगा था कि अयोध्या में अभी भी विवेक का कोई स्वर बचा है। पर इस दम्पति का भी मानना था कि मस्जिद-मन्दिर परिसर में मस्जिद है ही नहीं। यद्यपि हम लोगों को टोके बिना उनकी पूरी बात को सुनने और समझने का प्रयत्न करते थे, इस पति-पत्नी की सहिष्णुता का हम पर कुछ ऐसा असर पड़ा कि हम बिना झिझक उनसे पूछ बैठे : 'यदि वह मन्दिर ही है तो फिर वहाँ शिलान्यास और मन्दिर निर्माण की क्या आवश्यकता है ?' तुरन्त ही उनका जवाब हमें पत्नी की मार्फत मिला : 'परन्तु इसका वर्तमान रूप तो बदल ही देना चाहिए, नहीं तो बाद में लोग झगड़ा करेंगे।' (बाद में लोग झगड़ा न करें इसलिए आज ही झगड़ लो !)

ऊपर के दोनों उदाहरण ऐसे हिन्दुओं के हैं जो अपने विचारों और अपनी भाषा में वास्तव में संयमित थे।

हम जल्दी ही फ़ैज़ाबाद से अयोध्या के लिए रवाना हुए और सीधे ही पहुँचे मस्जिद-मन्दिर परिसर। रास्ते में हमने देखा कि अयोध्या की तरफ जाती तमाम सड़कों और गलियों में नाकाबन्दी की जा चुकी थी। मस्जिद-मन्दिर संकुल की किलेबन्दी तो ऐसी जबरदस्त थी कि पहला विचार हमारे मन में यही आया कि 30 अक्तूबर के दिन कारसेवक मस्जिद की गुम्बदों तक पहुँच कैसे सके, उनको तोड़ने का प्रयत्न करने के लिए।

चारों तरफ सुरक्षा दलों से घिरे संकुल में जाने का रास्ता इतना सँकरा था कि एक साथ दो लोग उसमें घुस नहीं सकते थे। हालाँकि दूसरी तरफ से बाहर निकलनेवाले रास्ते में ऐसी कोई परेशानी नहीं थी।

राम जन्मभूमि-बाबरी मस्जिद परिसर में प्रवेश करते ही बाएँ हाथ पर विश्व हिन्दू परिषद का छोटा कार्यालय मिलता है जहाँ प्रचार साहित्य रखा हुआ है। इसे पार कर हम उस इमारत पर पहुँचते हैं जिसे आज बाबरी मस्जिद-राम मन्दिर कहा जाता है। वही जिसको लेकर पूछा जाता है कि मस्जिद है कहाँ। मन्दिर-मस्जिद के मुख्य गृह में तीन चौकियों पर भगवान राम और उनसे सम्बन्धित व्यक्तियों व देवताओं की मूर्तियाँ एवं तस्वीरें हैं। बीच की चौकी पर रामलला की वह मूर्ति स्थापित है जिसका 'प्राकट्य' 23 दिसम्बर 1949 की रात में हुआ था। अगल-बगल की चौकियों के पट सारे दिन दर्शकों के लिए खुले रहते हैं। पर रामलला के दर्शन निर्धारित समय पर ही हो सकते हैं। इमारत के इस भाग को गर्भगृह कहकर सम्बोधित किया जाता है।

गर्भगृह में दो विभिन्न स्थानों पर हमारे ही समय के चार व्यक्तियों के चित्र भी बनाए गए हैं। ये हैं : के.के.नैयर, ठाकुर गुरुदत्त सिंह, भगत सिंह व चन्द्रशेखर आज़ाद। यह एक महत्त्वपूर्ण तथ्य है जिस पर हम आगे विचार करेंगे। यहाँ इतना कहना ही पर्याप्त होगा कि के.के. नैयर 23 दिसम्बर 1949 के प्राकट्य के समय फैजाबाद के

जिलाधीश थे और गुरुदत्त सिंह उसी समय वहाँ सिटी मजिस्ट्रेट थे।

गर्भगृह के बाहर थोड़ी दूर पर अखंड पाठ होता रहता है। वहाँ से लगभग 30 गज परे शिलान्यास स्थल है। यहाँ देश के विभिन्न प्रान्तों तथा विश्व के अनेक देशों से भेजी गई ईंटें प्रदर्शित की गई हैं। नेपाल, श्रीलंका, जर्मनी, हॉलैंड, दक्षिण अफ्रीका, बोत्सवाना, इंग्लैंड और अमेरिका तक के नामवाली ईंटें हिन्दुओं के अन्तर्राष्ट्रीय ऐक्य के प्रतीकस्वरूप रखी गई हैं।

शिलान्यास स्थल से मानो जुड़ा हुआ है विश्व हिन्दू परिषद का प्रदर्शन कक्ष जो सम्भवतः मस्जिद-मन्दिर परिसर का सबसे महत्त्वपूर्ण भाग है। इसका आयोजन स्पष्ट ही हिन्दू विचारधारा को पनपाने के प्रयोजन से किया गया है। चूँकि श्रद्धालुओं के मन में प्रदर्शन कक्ष का महत्त्व भी मन्दिर के बराबर है, इसलिए प्रदर्शन कक्ष का विस्तृत वर्णन ज़रूरी है।

प्रदर्शन कक्ष के मध्य में प्रस्तावित राम मन्दिर का एक भव्य मॉडल रखा हुआ है। मॉडल के गर्भगृह में रामलला की मूर्ति विराजमान है। इस मूर्ति के दर्शन श्रद्धालुगण सामने के भाग से झुककर कर सकते हैं। मॉडल के गर्भगृह में विराजमान इस मूर्ति की जानकारी हो सकता है किसी आगंतुक को न हो, तो खासे प्रभावशाली व्यक्तित्व का एक अवकाश प्राप्त सरकारी अधिकारी बाहर खड़ा सबसे अनुरोध करता रहता है कि इस मूर्ति का दर्शन अवश्य करें। इस भूतपूर्व अधिकारी ने अपना जीवन रामजन्म भूमि के लिए समर्पित कर दिया है।

मॉडल की तीन तरफ की दीवालों पर अनेक चित्र लटके हुए हैं जो रामन्दिर की स्थापना की दन्तकथा से लेकर 30 अक्तूबर (गुम्बदों पर कारसेवकों का धावा) की घटनाओं तक को दर्शाते हैं। मॉडल के सामने की दीवाल से सटा एक तख्त है जिस पर आसन जमाकर कोई अर्धशिक्षित कार्यकर्ता एकालाप की मुद्रा में राम मन्दिर के इस लम्बे 'इतिहास' पर प्रवचन करता रहता है।

प्रदर्शन कक्ष के तमाम चित्र भड़काऊ शैली और गहरे रंगों में बनाए गए हैं। इनमें से कुछ चित्र उसी तरह के हैं जैसे स्वर्णमन्दिर (अमृतसर) के संग्रहालय में सिखों के इतिहास को दर्शाने के लिए रखे गए हैं। इस तरह के चित्र दर्शक के मानस को कट्टरपंथी बना सकते हैं।

प्रदर्शन कक्ष में विश्व हिन्दू परिषद के स्वयंसेवक जिज्ञासुओं को सूचित करते रहते हैं कि चित्रों के माध्यम से दर्शाए गए इस 'इतिहास' की विस्तृत और प्रामाणिक जानकारी आप वहीं बिक रहे *श्रीराम जन्मभूमि का रक्तरंजित इतिहासः ताला कैसे खुला ?* से केवल पाँच रुपए में ले सकते हैं। (धार्मिक उन्माद से ओतप्रोत और दन्तकथाओं को ऐतिहासिक तथ्यों की मान्यता देनेवाले इस *रक्तरंजित इतिहास* की प्रामाणिकता के दो नमूने दृष्टव्य है : (1) 'ईसवी सन् की चौदहवीं शताब्दी में भारत पर मुगलों का अधिकार हो गया।' (पृ. 17) (2) 'राणा सांगा ने 30 हजार सेना लेकर बाबर की छह लाख सेना का मुकाबला किया था...।' (पृ. 19)। तथ्यों की ही भाँति

तिरस्कृत होकर तर्क भी इस 'इतिहास' में पूर्वनिर्धारित एवं स्वतः सिद्ध मान्यताओं की पुष्टि का साधन भर है।)

प्रदर्शन कक्ष का पहला चित्र दिखाता है वह 'चमत्कार' जिसके फलस्वरूप विक्रमादित्य ने प्रयागराज के निर्देशानुसार राम जन्मभूमि का पता लगाया और यहाँ लव-कुश द्वारा निर्मित व बौद्ध राजा मिहिर गुप्त द्वारा विनष्ट आदि–राम मन्दिर के स्थान पर एक मन्दिर का पुनः निर्माण करवाया। एक और चित्र है जो दर्शकों को इस मन्दिर की भव्यता का आभास कराता है। उसके बाद प्रदर्शन होता है बाबर के समय में राम मन्दिर के विनाश का। इसी श्रृंखला में एक चित्र हिन्दुओं को यह आदेश देता है : 'गौ-हत्यारे की हत्या करना प्रत्येक हिन्दू का धार्मिक कर्तव्य है।' गौहत्या तो तमाम लोग करते हैं, किन्तु यहाँ हिन्दुओं को जिस 'धार्मिक' कर्तव्य का उपदेश दिया गया है, उसका लक्ष्य केवल मुसलमान हैं। हिन्दुओं को और आगे प्रेरणा देने के लिए यह सौगन्ध भी सामनेवाली दीवाल पर लिखी हुई है :

कहीं न फिर हमसे छिन जाए
राम जन्मभूमि हमारी,
उठो चुनौती को स्वीकारो
युवको आज तुम्हारी बारी,
मिटा विश्व से इन दुष्टों को
बनें जगत के विश्वविजेता।

मॉडल के पीछे की तरफ़ हैं के.के. नैयर तथा ठाकुर गुरुदत्त सिंह के बड़े-बड़े चित्र। चित्रों के साथ दिए गए इन अधिकारियों के प्रशस्तिमय परिचय से सन्देह नहीं रहता कि एक नवीन 'राम भक्तमाल' की रचना का सिलसिला प्रारम्भ हो गया है। स्पष्ट ही इस भक्तमाल का एक प्रमुख उद्देश्य है राम के काज में सहाय होनेवालों के मन में यश, प्रसिद्धि और अमरत्व की असीम सम्भावनाएँ जगा देना। उदाहरणस्वरूप, नैयर का परिचय हमें 'न्याय और संविधान के प्रति समर्पित आदर्श सरकारी अधिकारी' के रूप में कराया जाता है। हमें बताया जाता है कि इस समर्पित अधिकारी ने दिल्ली से डाले गए उच्चतम सरकारी दबाव के समक्ष घुटने टेकने के बजाय इतनी बड़ी नौकरी को ही ठुकरा दिया। ऐसी थी उनकी निष्ठा ! इसी निष्ठा का मान करते हुए नैयर तथा ठाकुर गुरुदत्त सिंह को गर्भगृह व प्रदर्शन कक्ष में स्थापित किया गया है।

एक और कार्य सम्पन्न करता है विश्व हिन्दू परिषद का प्रदर्शन कक्ष। यह श्रद्धालुओं के मन में एक अन्तर उत्पन्न करता है नैयर व गुरुदत्त सिंह जैसे 'निष्ठावान' अधिकारियों और उन अधिकारियों में जिन्होंने न्याय व संविधान की 'अवहेलना' करके 30 अक्तूबर तथा 2 नवम्बर को निहत्थे कारसेवकों का दमन किया और पुण्यकार्य में बाधा डाली। यह अन्तर प्रदर्शन कक्ष से बाहर आते-आते पूरी तरह से उजागर हो जाता है। विशेष रूप से तब जब दर्शक निकास द्वार से पहले दीवाल पर हाल की घटनाओं

से सम्बन्धित तस्वीरें देखते हैं। इनमें 2 नवम्बर को शहीद हुए कोठारी बन्धु जैसे रामभक्तों के अतिरिक्त 'हत्यारे' परमजीत सिंह भुल्लर की भी तस्वीरें हैं। परमजीत सिंह भुल्लरः हैलमेट पहने सुरक्षा दल का एक लम्बा-चौड़ा जवान जिसके बारे में आसपास खड़े प्रचारक आपको बताएँगे कि इन्दिरा गांधी की हत्या के समय वह दिल्ली में था। (यह सन्दर्भ कुछ ऐसे गोलमोल तरीके से बताया जाता है कि, बग़ैर यह समझे कि परमजीत सिंह भुल्लर उस समय दिल्ली में क्या कर रहा था, एक औसत हिन्दू दर्शक के दिमाग में यह बात घर कर जाए कि यह 'हत्यारा' सिख है। विश्वास और भक्ति से सम्पृक्त इस वातावरण में कम ही लोगों को तथाकथित परमजीत सिंह भुल्लर की तस्वीर देखकर यह सन्देह होता है कि हैलमेटधारी यह जवान वास्तव में सिख है भी या नहीं। तथाकथित इसलिए कि इस नाम का कोई व्यक्ति 2 नवम्बर की घटनाओं से सम्बद्ध था ही नहीं। इस 'हत्यारे' की रचना की गई है दो व्यक्तियों को एक बनाकर।)

प्रदर्शन कक्ष में प्रवेश से निकास तक की परिक्रमा के दौरान एक आह्वान-सा होता है, आह्वान उस वैकल्पिक समाज का जो 'सैक्युलर' भारतीय राष्ट्र के स्थान पर 'आदर्श' हिन्दू राष्ट्र की स्थापना के परिणामस्वरूप अस्तित्व में आएगा। संचारित होते हैं चेतन व अवचेतन को छूनेवाले सन्देश ताकि श्रद्धालु अभिसिक्त हो जाएँ हिन्दू राष्ट्रवादी विचारधारा से। यदि इस प्रदर्शनी का प्रथम चित्र हमें दर्शाता है सदियों पहले का वह चमत्कार जिसके प्रभाव से विक्रमादित्य ने राम मन्दिर का 'पुनर्निमाण' कराया था, तो इसके अन्त में प्रदर्शित 30 अक्तूबर की तस्वीरें हमारा साक्षात्कार कराती हैं हमारे ही समय में घटित एक दूसरे चमत्कार से। उस दिन 'मस्जिद-मन्दिर' के गुम्बदों पर चढ़ गए कारसेवक चकित कर देते हैं श्रद्धालुओं को केसरी ध्वज के चमत्कार से।

भीड़ में खड़ा एक अधेड़ व्यक्ति अपने बच्चे को गोद में लिये एकटक निहारता है इन तसवीरों को और बोलने लगता है : 'अमर हो गए ये लोग ! वीर थे ये लोग ! कोई शक्ति थी उनमें जो ऐसे रपटीले गुम्बदों पर ले गई उनको।' इस तरह चमत्कृत होनेवाला वह अकेला नहीं है। उसके आसपास खड़े स्त्री-पुरुषों के चेहरों पर भी ऐसा ही भाव दिखाई पड़ता है। पिछले दिन फ़ैज़ाबाद में जो नवयुवक सरकारी अधिकारी मिला था उसने भी हमसे ऐसी ही बात कही थी। उन महाशय का कहना था कि 30 अक्तूबर के दिन कारसेवक निमिष मात्र में गुम्बदों पर चढ़ गए थे, यद्यपि चढ़ने के लिए उनके पास कोई भी साधन नहीं थे। उन्होंने हमें यह भी बताया कि जब कमांडो के दस्तों को गुम्बद बचाने का आदेश दिया गया तो उनको ऊपर तक पहुँचने में डेढ़ घंटा लग गया। हिन्दुओं से राम को न बेचने की अपील करनेवाले दम्पत्ति से जब हमने पूछा कि इतनी भारी किलेबन्दी के होते कारसेवक कैसे गुम्बदों तक चढ़ सके, तो उनका उत्तर था : 'सरकार की सहायता के बिना यह सम्भव ही नहीं था।' पर उल्लेखनीय यह भी है कि जब यह बातचीत चल रही थी तो वहाँ उपस्थित एक सज्जन ने तपाक से टिप्पणी करते हुए कहा : 'ईश्वर की कृपा थी तभी तो 30 तारीख को सरकारी शासन का सहयोग मिल सका।'

मिथ, इतिहास, धर्म और राजनीति की इस गडमड से लोगों में विश्वास व श्रद्धा का जो अतिरेक होता है, उसके बाद तथ्यों का अस्तित्व ही समाप्त हो जाता है।

जो भावनाएँ जागृत होती हैं, इन चित्रों और तस्वीरों के माध्यम से, उनको बल मिलता है तख्त पर आरूढ़ एकालाप की मुद्रा में बोलते जानेवाले अर्धशिक्षित कार्यकर्ताओं के 'प्रवचनों' से। 'कौन कहता है कि अकबर महान था ? वह तो एक विदेशी अंग्रेज था। विदेशी शासक था। हम कहने को तो स्वतन्त्र हो गए, पर अभी स्वतन्त्र हुए नहीं हैं। विदेशियों ने बता दिया कि अकबर महान था और ये अंग्रेजी पढ़े-लिखे बकने लगे कि अकबर महान था। ये तो अभी तक गुलाम बने हुए हैं।' या फिर : 'मन्दिर तो बनेगा ही। पर यह तो शुरुआत है। अभी तो कृष्ण जन्मभूमि, विश्वनाथ जी, साढ़े तीन हजार मन्दिर बाकी हैं।'

जैसे अकबर 'विदेशी अंग्रेज' हो जाता है, वैसे ही विश्व हिन्दू परिषद के तीन हजार मन्दिर साढ़े तीन हजार और दूसरे दिन तीस हजार हो जाते हैं। इस मनःस्थिति में अतिशयोक्ति का कोई अर्थ नहीं रहता। कुछ भी कहो, अपने पक्ष में—और 'शत्रु' के विरुद्ध—सब विश्वसनीय है। जैसे : 'सन् 1947 में हिन्दुस्तान में चार लाख मुसलमान थे। वे आज नौ करोड़ हो गए हैं। और पाकिस्तान में पचास लाख हिन्दू थे, वे अब केवल तीन हजार रह गए।'

प्रदर्शन कक्ष में भाँति-भाँति के लोग आते हैं : नारी और पुरुष, बच्चे, जवान और बूढ़े, शिक्षित, अर्धशिक्षित और अशिक्षित, दरिद्र और सम्पन्न ग्रामीण और नगरवासी। यदि इन लोगों के चेहरे इनके अन्तर के थोड़े भी द्योतक हैं तो अधिकतर लोग भावविभोर से दिखाई पड़ते हैं। और तो और, परिसर में तैनात सुरक्षा दल के सैनिक भी प्रायः प्रदर्शन कक्ष में श्रद्धाभाव से घूमते और नाना प्रकार के प्रश्न पूछते रहते हैं। निस्संदेह ही ये सैनिक विश्व हिन्दू परिषद् के समर्थक और कट्टर हिन्दुत्ववादी बन रहे हैं। संध्या की आरती के समय हमने देखा कि केन्द्रीय सुरक्षा बल के वर्दीधारी जवान अत्यन्त उत्साह के साथ घंटे बजा रहे थे। हमको यह भी बताया गया कि ये लोग 'जय श्रीराम' के नारों के साथ ड्यूटी बदलते हैं। रात में जब परिसर दर्शकों के लिए बन्द हो जाता है तो कभी-कभी पहरेदारों द्वारा मस्जिद-मन्दिर की दीवालों को तोड़ने की आवाज़ें भी सुनाई पड़ती हैं। ऐसा होने की पुष्टि प्रशासनिक स्रोतों से भी हुई है।

विश्वास और श्रद्धा के साथ चमत्कृत होने की तत्परता एक हद तक स्वस्थ धार्मिकता का भी अंग हो सकती है। किन्तु अयोध्या जिस हिन्दू मानसिकता की प्रतीक एवं पोषक है, वह संकीर्ण और हिंसक है। इसीलिए हमारे समाज और राष्ट्र के लिए खतरनाक भी। यह मानसिकता हिन्दुत्व की एक नई आक्रामक परिभाषा कर रही है जो प्रतिशोध पर आधारित है। विश्व हिन्दू परिषद के प्रदर्शन कक्ष में दिखाए गए नैयर जैसे 'समर्पित' और भुल्लर जैसे 'हत्यारे' अधिकारियों के अन्तर की परिणति होती है बाहर अयोध्या

की सार्वजनिक दीवालों पर लगी हिटलिस्टों में जो विश्व हिन्दू परिषद तथा हिन्दू रक्षा भूमिगत वाहिनी ('भूमिगत' पर ध्यान दें) की तरफ़ से 'हत्यारों' की हत्या के लिए पुरस्कार की घोषणा करती हैं।

उदाहरणार्थ, लाल अक्षरों में छपा विश्व हिन्दू परिषद् का एक विज्ञापन कहता है : 'हत्यारों की खोज—उस्मान खाँ, मधुकर गुप्ता की हत्या करनेवाले को एक लाख का इनाम।' लाल अक्षरों में ही विश्व हिन्दू परिषद् का एक और विज्ञापन माँ-बहन की गालियों के साथ घोषित करता है : 'निहत्थे कारसेवकों का कत्ल करनेवाले अधिकारी का कत्ल करके उसका सिर लानेवाले को एक लाख।' एक तीसरा विज्ञापन, काले अक्षरों में, पुलिस महानिरीक्षक गिरधारी लाल शर्मा के सिर के लिए एक लाख रुपए का ऐलान करता है। इसी तरह हिन्दू रक्षा भूमिगत वाहिनी निहत्थे कारसेवकों के हत्यारे मुलायम सिंह की हत्या के लिए एक लाख की घोषणा करती है। यह सब कोई मज़ाक नहीं है। फ़ैज़ाबाद मंडल के आयुक्त मधुकर गुप्ता को कमांडो संरक्षण में निकलना पड़ता है। उनके बच्चों को किसी अज्ञात जगह पढ़ने के लिए भेजा गया है।

'हत्यारों' की सूची में उस्मान खाँ के नाम का सम्मिलित किया जाना उस योजना का अंग है जिसके अन्तर्गत प्रतिशोध का वास्तविक केन्द्र सरकारी अधिकारी नहीं, मुसलमान बन जाते हैं। यह वही योजना है जिसमें गौ-हत्यारों की हत्या करना तथा इन 'दुष्टों' को विश्व से मिटा देना हिन्दुओं का धार्मिक कर्त्तव्य बताया गया है।

उस्मान खाँ के नाम के अलावा कोई भी उसके बारे में कुछ नहीं जानता। सच तो यह है कि अयोध्या जैसी विस्फोटक स्थिति में किसी मुसलमान को तैनात करने की मूर्खता तो हमारी सरकार भी नहीं कर सकती थी। पर जब विश्वास तथ्य और तर्क दोनों पर ही हावी हो जाए तो क्या फर्क पड़ता है कि उस्मान खाँ का यथार्थ में अस्तित्व है भी या नहीं।

प्रदर्शन कक्ष में मुसलमानों के विरुद्ध पोषित हिंसक प्रवृत्ति की भयावहता का और अधिक अन्दाज हमको राम जन्मभूमि मुक्ति आन्दोलन से जुड़े एक प्रमुख महन्त के 'दर्शन' करके हुआ। हम दोनों (ज्ञान और सुधीर) का परिचय मिलने पर महन्तजी स्मित फैलाते हुए बोले : 'यहाँ तो ज्ञान एवं धैर्य का समागम हो रहा है।' उन्होंने बोलना शुरू किया ही था कि जिस विशाल पीपल के वृक्ष के नीचे हम सब बैठे थे उसकी एक पत्ती महन्तजी की भव्य लहराती दाढ़ी में आकर अटक गई। यह देखते ही एक भक्त ने लपक कर पत्ती को निकाल फेंका। अस्सी वर्षीय महन्तजी हँस पड़े, और बोले : 'अरे हमारे ऋषि-मुनियों की जटाओं में तो पक्षी अपने घोंसले बना लेते थे और अंडे-बच्चे देते थे, तुम एक पत्ती तक नहीं रहने दोगे।' फिर हमारी तरफ मुड़कर कहा : 'अब आप लोग इतनी दूर से आए हैं तो कुछ तो बताना ही पड़ेगा।'

तभी अचानक महन्तजी की मुद्रा बदल गई। हमें लगा कि साक्षात् दुर्वासा हमारे समक्ष विराजमान हैं। 2 नवम्बर के 'नरसंहार' की चर्चा करते हुए महन्तजी कहने लगे : 'मन्दिर तो बनेगा ही। पर आज प्रश्न मन्दिर का नहीं। उस दिन मेरी पन्द्रह सौ सन्तानें

गई हैं। मुझे बदले में पन्द्रह हजार चाहिए। मन्दिर बनाने की बात तब होगी।'

पन्द्रह सौ 'सन्तानों' के बदले में पन्द्रह हजार ! पन्द्रह हजार प्रशासनिक कर्मचारी नहीं। पन्द्रह हजार मुसलमान। यह है प्रतिशोध का तर्क। इस तर्क की बात उस समय महन्त जी ने भले ही 2 नवम्बर की घटनाओं के बहाने की हो, इसकी मनोवैज्ञानिक नींव डाली गई है भारतीय इतिहास की गहराइयों में। और इसको दार्शनिक-नैतिक आधार भी दिया गया है।

महन्त जी हमको बता रहे थे कि कैसे 40 वर्ष पूर्व, जब वे स्वयं 40 वर्ष के थे, बाबरी मस्जिद-राम मन्दिर विवाद वे न्यायालय के समक्ष ले गए। 40 वर्ष तक निरन्तर उन्होंने न्याय की निष्फल प्रतीक्षा की। अन्त में हताश होकर उन्होंने न्यायालय को बता दिया कि वे 'अपना' मुकदमा वापस ले रहे हैं। जब न्यायधीश महोदय ने उनसे पूछा कि फिर इसका निर्णय कैसे होगा तो महन्त जी ने उत्तर दिया : 'वैसे ही जैसे बाबर ने किया था !' सिद्धान्त स्पष्ट है : 'जो चीज तलवारों से गई है, वह लौटेगी भी तलवारों से।' इसी सिद्धान्त को दार्शनिक-नैतिक स्तर प्रदान करते हुए वे कहते हैं : 'तुम पूछ सकते हो कि मस्जिद को गिराना क्या पाप नहीं ? तो बाबर ने मन्दिर का जो किया, वह पुण्य था ? तुम पाप को पुण्य से धोओगे या पाप से ?'

सम्भव है कि हिंसा का यह तर्क आप में से कुछ को आक्रामक न लगे। कम से कम अयोध्या में, और महन्त परमहंस रामचन्द्र दास की भाषा में मुखरित होते समय, तो यह तर्क संयत ही प्रतीत होता है बहुत से हिन्दुओं को। इस सम्बन्ध में सम्भवतः यह उल्लेखनीय है कि हमको महन्त जी के पास एक ऐसे सज्जन ले गए थे जिनको स्थानीय मुसलमान अपना शुभचिन्तक मानते हैं और जो हमको यह दिखाना चाहते थे कि वृद्ध महन्त जी जैसे 'कट्टरपंथी' हिन्दू भी कोई 'ऐसी-वैसी' बात नहीं करते। लगभग 45 मिनट तक महन्त जी का 'संगलाभ' करके जब हम बाहर निकले तो मुसलमानों के हितैषी उक्त सज्जन ने हमें लेशमात्र भी कुछ ऐसा नहीं महसूस होने दिया कि पन्द्रह सौ के एवज में पन्द्रह हजार की माँग या पाप से पाप के प्रक्षालन का सिद्धान्त उनकी दृष्टि में 'ऐसी-वैसी' बातें हैं।

हिंसा और प्रतिशोध का यह तर्क वृद्ध महन्त अथवा कुछ अन्य व्यक्तियों द्वारा प्रतिपादित होने पर उन्माद जैसा नहीं लगता। उनकी भाषा और स्वर दोनों ही ऊपर से संयत बने रहते हैं। मसलन, एक अन्य महन्त ने हमको धर्म के प्रति अपने आलोचनात्मक रवैये से अचम्भे में डाल दिया जब उन्होंने कहना शुरू किया : 'मार्क्स ठीक ही कहता था कि धर्म जनता की अफीम है। मानव इतिहास में धर्म का खासा नकारात्मक योगदान है।...मैं तो पूछता हूँ कि कल यदि बौद्ध तुमसे वे मन्दिर माँगने लगें जो हिन्दुओं ने हथिया लिए थे तो क्या करोगे।...जो यहाँ अयोध्या में हो रहा है, उसके बड़े खतरनाक परिणाम हो सकते है।' और तभी हमें धक्का लगा। अयोध्या विवाद के खतरे की बात करते-करते यह महन्त बोल उठे : 'पर है यह आवश्यक।' और आगे : 'यह राम की भूमि है। यहाँ इनका क्या काम ? यहाँ रहना है तो रहीम और रसखान

बनकर रहना होगा।'

अर्थात् बात मस्जिद हटाकर मन्दिर बना देने से आगे भी जाती है। इसी तर्क का अगला तकाज़ा है : अयोध्या में मुसलमानों का क्या काम ? यही प्रच्छन्न आग्रह है आडवाणी के 'उदार' प्रस्ताव के पीछे कि बाबरी मस्जिद को उसके वर्तमान स्थान से पाँच किलोमीटर दूर यथावत पुनः स्थापित करवा दिया जाए। किधर भी ले जाइए, पर पाँच किलोमीटर का अर्थ है अयोध्या की सीमाओं से परे।

जब अयोध्या प्रतीक हो सारे देश का, सोचिए खतरा इस प्रश्नात्मक आग्रह का : 'यहाँ इनका क्या काम ?'

भाषा और स्वर कितने भी संयत हों, उन्माद अन्तर्निहित है उस मानसिकता में जो हिंसा और प्रतिशोध के इस तर्क को गर्हित न मानकर इसमें अपनी महानता ढूँढ़ती है। प्रदर्शन कक्ष से निशि-वासर सम्प्रेषित यह संकीर्ण और हिंसक मानसिकता सारे अयोध्या में व्याप्त है। चहुमन्दिर कुछ चुनिन्दा कैसेट बजते रहते हैं गलियों और बजारों में जोर-जोर से। इनमें प्रमुख हैं उमा भारती का जहर उगलता भाषण, नरेन्द्र चंचल का भक्तिरस को वीर और रौद्र में बदल देनेवाला 'हम मन्दिर वहीं बनाएँगे', वेदप्रकाश त्रिवेदी की बर्बर तुकबन्दियाँ और आडवाणी तथा अशोक सिंघल के अयोध्या में दिए गए 19 नवम्बर के भड़कानेवाले भाषण। (उमा भारती का कैसेट कहते हैं कि रितम्भरा का है। पर उससे क्या फर्क पड़ता है ?)

इस आक्रामक मानसिकता में 'बाबर' और 'विदेशी' पर्याय हो गए हैं भारतीय मुसलमान के। इस मानसिकता के अनुसार मुसलमान भारतीय हो ही नहीं सकते। मुहम्मद बिन कासिम से लेकर मुहम्मद अली जिन्ना तक मुसलमानों का एक ही ध्येय रहा, हिन्दुस्तान में 'इस्लामिक राष्ट्र' (दारुल इस्लाम) की स्थापना करना, अन्यथा देश के टुकड़े-टुकड़े कर देना। हिन्दू राष्ट्र के सहारे ही हम अपनी गौरवमयी अस्मिता पुनः प्राप्त कर सकते हैं। उमा भारती के शब्दों में, '30 अक्तूबर बतावेगी कि यह (इस) देश में हिन्दू रहेगा या मुसलमान रहेगा।' इसी विचार की और अधिक हिंसक अभिव्यक्ति वेदप्रकाश की कविता (?) में दिखाई पड़ती है :

स्वयं को मानते जो भारत का पुत्र यदि
श्रद्धा होती आपकी भारत संविधान में,
बाबर को मानते हैं बाप आप अपना
और गीत गाते हैं हमेशा पाकिस्तान के,
पैदाइश आपकी है दोगली जरूर यार
जा के पूछ लीजिए अपनी अम्मीजान से।

और :

हिन्दू रहे हिन्दू रहे और बना यह हिन्दुस्तान रहे
लुट जाए हमारा तन मन धन
पर शेष न पाकिस्तान रहे।

अपनी तुकबन्दी का गद्य में अर्थ विस्तार करते हुए वेदप्रकाश त्रिवेदी कहते हैं : आज आवश्यकता मुसलमान के साथ 'एकता की नहीं वरन् क्रूरता और वीरता' की है।

अयोध्या में जगह-जगह इस प्रकार की हिंसात्मक प्रवृत्ति का प्रसार जोर-शोर से कैसट बजा-बजाकर किया जा रहा है और मुसलमानों के विरुद्ध ज़हर उगला जा रहा है। साथ ही नगर की दीवालों पर मुसलमानों को विदेशी घोषित करनेवाले एक-से-एक भद्दे नारे लिखे हुए हैं। ये ऐसे नारे हैं जिनसे किसी भी सामान्य व्यक्ति की संवेदना को आघात पहुँचे। लेकिन आज इन नारों के जरिये हिन्दुओं की अस्मिता और आत्मसम्मान को जगाने का प्रयास हो रहा है। ये नारे भी अधिकतर ऐसे हैं जिनको उदाहरणार्थ देना भी शिष्टता का अतिक्रमण होगा। फिर भी निस्बतन कुछ कम आक्रामक निम्नलिखित दो नारों से इनकी उग्रता का अन्दाज लगाया जा सकता है :

मुल्ला का न काजी का,
यह देश है शिवाजी का।

और :

कटी सुपारी बंगला पान,
कटुआ जाओ पाकिस्तान।

इस प्रचार को माना जाए तो सिर्फ़ एक ही स्थिति में मुसलमानों को भारतीय समझा जा सकता है : जब वे रहीम और रसखान जैसे हों। वैष्णव भक्ति से ओतप्रोत कविता करने के साथ-साथ रहीम और रसखान अपने जीवन में मुसलमान भी थे। लेकिन आज जिस अर्थ में मुसलमानों से अपेक्षा की जा रही है कि वे रहीम और रसखान बनकर रहें उसका मतलब है हिन्दू होकर रहना।

चूँकि हिन्दू राष्ट्रवाद की दृष्टि से सामान्य हिन्दू-मुस्लिम संस्कृति की अवधारणा सम्भव नहीं है, रहीम और रसखान अब किसी साँझी सांस्कृतिक परम्परा के प्रतीक नहीं हो सकते। इसी कारण भारतीय इतिहास की इस समय हो रही हिन्दू व्याख्या में अकबर की महानता भी स्वीकार नहीं की जा सकती। अकबर की महानता का आधार है एक ऐसी संस्कृति की अभिव्यंजना जिसमें हिन्दू और इस्लामी तत्त्व समाज और जीवन के विविध अंगों में दूध और पानी की भाँति घुलमिल जाएँ।

मालूम पड़ता है कि हिन्दू राष्ट्रवाद के पक्षधर हाल तक इस ऐतिहासिक तर्क को पूरी तरह से नहीं समझ पाए थे कि भारतीय इतिहास की साँझी धरोहर का उनके राष्ट्रवाद से कोई तालमेल नहीं है। हिन्दू राष्ट्र का सैद्धान्तिक प्रतिपादन करते हुए भी वे 'मुस्लिम' सहिष्णुता के इक्के-दुक्के उदाहरणों की उपस्थिति स्वीकार कर लेते थे।

अयोध्या का *रक्तरंजित इतिहास* भी अकबर की पारम्परिक सहिष्णु छवि प्रस्तुत करता है। इस इतिहास के अनुसार वह अकेला मुगल बादशाह था जिसने बाबरी मस्जिद में पूजा करने के हिन्दुओं के अधिकार की रक्षा की। किन्तु वर्तमान स्थिति में हिन्दू राष्ट्रवाद इस इतिहास को नहीं मान सकता। अतएव सम्भव है कि अयोध्या के *रक्तरंजित इतिहास* जैसे विवरणों में भी जल्दी ही यथानुसार परिवर्तन कर दिए जाएँ।

फिलहाल यह कार्य प्रवचनों एवं भाषणों के माध्यम से प्रारम्भ हो गया है। हम देख ही चुके हैं कि विश्व हिन्दू परिषद के प्रदर्शन कक्ष में किस तरह अकबर को विदेशी शासक के रूप में प्रस्तुत किया जा रहा है। उधर उमा भारती एक ही तार्किक प्रहार से अकबर की महानता का आधार ही मिटाए दे रही हैं। उनका दावा है कि अकबर की महानता का उसकी नीतियों से कोई सम्बन्ध नहीं है। वह तो हम हिन्दुओं ने मुसलमानों के साथ एकता बनाए रखने के उद्‌देश्य से ही अकबर की महानता और सहिष्णुता की बात शुरू कर दी थी।

आज हिन्दू राष्ट्रवाद की भाषा में सहिष्णुता जैसे 'नपुंसक' शब्दों के लिए कोई स्थान नहीं है। उमा भारती के विस्फोटक शब्दों में : 'बहुत कर लीं हमने दया-धरम की बातें।...अब नहीं जागे तो सदियों तक सर उठाने लायक नहीं होंगे।' गद्य का प्रभाव जनमानस पर निस्बतन कम होता है, इसलिए इसी बात को वह पद्य के माध्यम से दोहराती हैं :

यह देश राम का है,
परिवेश राम का है,
अरि का संहार करना,
आदेश राम का है।

कौन है यह अरि, देश का दुश्मन ? इस प्रश्न का उत्तर न दिया जाए तो भी स्पष्ट है। यदि वृद्ध महन्त अपनी 15 सौ सन्तानों के बदले में 15 हजार मुसलमानों की आहुति माँग सकते हैं और यदि 30 अक्तूबर और 2 नवम्बर की घटनाओं के लिए मुसलमानों को उत्तरदायी ठहराया जा सकता है तो उन पर कोई भी आरोप आराम से लगाया जा सकता है।

2 नवम्बर की घटनाओं को एक खतरनाक संज्ञा दे दी गई है : नरसंहार। जलियाँवाला बाग और जनरल डायर की याद दिलानेवाली इस संज्ञा में क्रोध और आक्रोश उत्पन्न करने की अपार शक्ति है। इस 'नरसंहार' में मारे जानेवालों की संख्या स्थानीय अधिकारियों के 16 और वृद्ध महन्त के 15 सौ से लेकर छह हजार तक आसानी से चली जाती है। 2 नवम्बर का गोलीकांड जिस गली में हुआ था, वहाँ के निवासियों से बात करके और उस घर को देखकर जिसे 'नवतीर्थ' का नाम दे दिया गया है, यही लगता है कि अधिकारियों द्वारा दी गईं मृतकों की संख्या ही यथार्थ के अधिक निकट है। यही पता चलता है विश्व हिन्दू परिषद के जैन स्टूडियो द्वारा अयोध्या प्रकरण

पर बनाई गई फिल्म से। बशर्ते उसमें दिखाए गए चित्रों को ध्यान से देखा जाए और उसमें किए गए अतिशयोक्तिपूर्ण मौखिक दावों पर आँख मूँद कर विश्वास न किया जाए। पर इस शर्त को आज के धर्मजुनूनी वातावरण में निभाना आसान नहीं है। सच तो यह है कि नरसंहार जैसे नामकरण के सहारे 2 नवम्बर की घटनाओं को जलियाँवाला बाग से जोड़ देने के बाद कोई फर्क नहीं पड़ता कि उस दिन अयोध्या में 16 व्यक्ति मारे गए या छह हज़ार।

इस वातावरण से उत्पन्न हुए क्षोभ और क्रोध की दिशा मुड़ जाती है मुसलमानों की ओर जब उनको जिम्मेदार ठहरा दिया जाता है तथाकथित नरसंहार के लिए। हम पहले ही देख चुके हैं कि किसी अज्ञात उस्मान खाँ का नाम उन प्रशासनिक कर्मचारियों में जोड़ दिया गया है जिनकी हत्या के लिए विश्व हिन्दू परिषद तथा हिन्दू रक्षा भूमिगत वाहिनी ने पुरस्कार घोषित किए हैं। इसके अतिरिक्त सारी अयोध्या में यह अफवाह भी वास्तविकता का आसन ग्रहण कर चुकी है कि मुन्नन खाँ नाम का तस्कर-सांसद और उसके मुसलमान गुंडे 2 नवम्बर के 'नरसंहार' के लिए उत्तरदायी थे।

अफवाह और तथ्य के मिटते भेद का एक और परिचायक है राष्ट्रपति वेंकटरामन को भूतपूर्व राजनयिक व सांसद डॉ. सत्यनारायण द्वारा 9 नवम्बर को दिया गया ज्ञापन। इसके अनुसार तत्कालीन प्रधानमन्त्री विश्वनाथ प्रताप सिंह द्वारा मुसर्रत इकबाल के नेतृत्व में भेजे गए कश्मीरी आतंकवादियों ने सुरक्षा दल के जवानों का छद्‌म वेष धारण करके 2 नवम्बर को कारसेवकों का निर्मम संहार किया था। डॉ. सत्यनारायण के ज्ञापन के अनुसार इसी मुसर्रत इकबाल ने इन्दिरा गांधी की भी हत्या की थी।

ये ऐसे 'तथ्य' हैं जिनका प्रभाव उनकी प्रमाणिकता का मोहताज नहीं होता। पर इनसे भी अधिक शक्तिशाली है वह भावना—मुस्लिम-विरोधी भावना—जो उन हिन्दुओं को भी मुसलमान समझ लेती है जो किसी भी तरह हिन्दू 'राष्ट्रवादियों' का विरोध करते हैं। उदाहरणार्थ, मुलायम सिंह यादव का नामान्तर करके उनको मुलायम खाँ बना दिया जाता है : मुलायम खाँ जिसके रूप में बाबर राज कर रहा है। जिम्मेदारी किसी की भी हो, परिणाम मुसलमानों को ही भोगना पड़ेगा।

आश्चर्य नहीं कि अयोध्या के लगभग तीन हजार मुसलमान एक अरसे तक शान्तिपूर्वक उस नगर में बसर करने के बाद आज दहशत में जी रहे हैं। रास्ता चलते उनको गालियाँ सुननी पड़ती हैं। उन्हें जान-माल का खतरा बना रहता है और हिन्दुओं द्वारा उनका आर्थिक बहिष्कार जोर पकड़ चुका है। 2 नवम्बर की रात में और दूसरे दिन उनके कम-से-कम सोलह घर भी जला दिए गए थे।

अयोध्या में जो हम कुछ मुसलमानों से मिल सके उसका काफी श्रेय उन पंडितजी को जाता है जिन्होंने 'राम को न बेचो' वाले जुलूस का आयोजन किया था। मुसलमानों के साथ अपने मैत्रीपूर्ण सम्बन्धों की बात करते-करते 'पंडितजी' ने हमको यह भी जता दिया कि उन्होंने आसपास की बस्तियों में जाकर मुसलमानों को सांत्वना देते हुए

आश्वस्त कराया था कि उनके डरने की कोई वजह नहीं। उनके हिसाब से मुसलमानों को घबराने की कोई ज़रूरत नहीं थी क्योंकि अयोध्या में हिन्दू-मुस्लिम सम्बन्ध हमेशा से सौहार्दपूर्ण रहे हैं। उन्होंने हमको भी विश्वास दिलाया कि आज भी दोनों सम्प्रदायों के बीच कोई वैमनस्य नहीं है। पर हमारा अपना अनुभव कुछ और ही कहता है।

जिन मुसलमानों से हम मिले, उनमें हम सबसे अधिक प्रभावित हुए एक हकीम से जो शौकिया शायर भी हैं। स्वभाव से प्रसन्नवदन ये हकीम साहब अपना डर और अपने अन्दर की उदासी छिपाते नहीं। उनके स्वर में अपनापन है। वे अपने अन्दर सिकुड़ नहीं गए हैं। पर हैं वे दुखी, आक्रान्त भी। शायद इसलिए कि 'पंडितजी' हमें उनसे मिलाने ले गए थे, और 'पंडितजी' को कम-से-कम उस इलाके के मुसलमान अपना हितैषी मानते हैं। हकीमजी को हमसे खुलकर बात करने में देर नहीं लगी और उनकी देखादेखी दूसरे लोग भी हमसे निरापद भाव से बोलने लगे।

मिलवाने के तुरन्त बाद 'पंडितजी' ने फरमाइश की कि हकीमजी अपनी कोई नई रचना सुनाएँ। हमने भी फरमाइश में हिस्सा लिया। पर हकीमजी न माने और बोले : 'शायरी सुकून की चीज है। 30 अक्तूबर के बाद कुछ नहीं लिखा।' थोड़ी देर बाद अपनी नहीं पर किसी अनजान शायर की रचना बगैर तरन्नुम के सुनाने लगे :

ज़ुल्म चलता नहीं ज़ुल्म फलता नहीं
ज़ुल्म से बात बनती नहीं दोस्तो
गर शब व रोज़ यूँ ही भड़कता रहा
घर के दीपक से ही घर सारा जल जाएगा।

किसी और की शायरी सुनाने के बाद हकीम जी ने अपनी बात जोड़ी : 'यह संदेश नहीं हकीकत है।'

हम लोगों की बातें एक दर्जी की दुकान में चाय पीते-पीते हो रही थीं। थोड़ी ही देर में वहाँ तीन और व्यक्ति–तीनों ही मुसलमान–आ गए जिनमें से एक ने फौरन ही बातचीत में हिस्सा लेना शुरू कर दिया। पेशे से दर्जी और बौद्धिक रूप से जागरूक ये सज्जन हमको बड़े संयत भाव से बताने लगे : 'अब लोग गाली देते रहते हैं। हम नज़रअन्दाज़ कर देते हैं। चलने में दहशत होती है। सावधानी से चलना पड़ता है। अपने को समेट कर रखना पड़ता है।' हताशा और सिद्धान्त को मानो समेट रहे हों, वे आगे कहने लगे : 'हम लोग तो गांधी के बच्चे हैं। इधर कोई मारे तो उधर मुँह मोड़ दें। चाहे आप इसको हमारी मजबूरी समझें।'

'पंडितजी', जो हमसे पहले ही कह चुके थे कि अयोध्या में साम्प्रदायिक भाईचारे की ज़रा भी कमी नहीं है, इस तरह की बातों के लिए तैयार नहीं थे। परिणामतः, अपनी बात को बनाए रखने के लिए, वह शुरू से ही हकीमजी व और मुसलमान सज्जनों की बातों के बीच में अपनी टिप्पणी देने लगे। एक विचित्र प्रकार की जुगलबन्दी शुरू हो गई जिसमें 'पंडितजी' का आलाप सतत वर्जित स्वर में चलता रहा। मिसाल के तौर पर,

जब हकीमजी ने अयोध्या और देश की मौजूदा स्थिति की तरफ इशारा करते हुए 'घर के दीपक से ही घर सारा जल जाएगा' वाली नज़्म सुनाई, तो 'पंडितजी' ने हिन्दू-मुसलिम एकता की असलियत सिद्ध करने के लिए अयोध्या के ही एक कवि का यह शेर सुनाया :

उर्दू हिन्दी में फ़र्क है बस इतना
वो देखते हैं ख़्वाब हम देखते हैं सपना।

हिन्दू-मुसलिम मैत्री का ऐसा ही एक और साक्ष्य प्रस्तुत करते हुए उन्होंने अयोध्या के एक अन्य हिन्दू कवि का यह शेर सुनाया :

बला से कुफ्र का इलज़ाम लगता है लगने दो
आँख में सूरत दिल में मूरत उस नूरे मुहम्मद की।

यह शेर भी हकीमजी द्वारा सुनाई गईं किसी दूसरे शायर की पंक्तियों के जवाब में था। हकीमजी हमसे कह रहे थे : 'मज़हबी और सियासी नेताओं ने अपने ज़ाती स्वार्थों की ख़ातिर अयोध्या को बरबाद कर दिया है। अब पुराना एका बचा नहीं।'

जब हकीमजी ने हमें यह पंक्तियाँ सुनाईं :

क्या सुनाएँ तुम्हें दास्ताने अलम
साँस रुक जाएगी दिल दहल जाएगा
इतनी चिनगारियाँ जज़्ब-ए दिल में हैं
सख़्त से सख़्त पत्थर पिघल जाएगा।
कितने फूलों को कदमों से रौंदा गया
अध खिले कितने गुंचे जलाए गए
क्या ख़बर थी ख़िज़ा आग बरसाएगी
इस कदर रंगे गुलशन बदल जाएगा।

तो एक बहुत ही बेचैन करनेवाला अनुभव होने लगा।

'पंडितजी' स्पष्ट ही मुसलमानों का भला चाहते थे और उनके विश्वासपात्र थे। पर मुसलमानों के लिए उत्पन्न संकट का दोनों का आकलन बिल्कुल भिन्न था। जब मुसलमानों ने हमें बताया कि 2-3 नवम्बर को उनके 16 से अधिक घर जला दिए गए तो 'पंडितजी' ने कहा कि केवल तीन घर जलाए गए थे और वह भी अराजक तत्वों का काम था। फिर उन्होंने कहा कि यह पुलिस के और आपसी दुश्मनी के कारण हुआ। जब मुहल्लों के हिसाब से एक-एक जले घर का हिसाब दिया जाने लगा तो वे बोल पड़े : 'वे तो झोपड़ियाँ थीं।' (हम उस नाज़ुक स्थिति में नहीं पूछ सके कि क्या झोपड़ियाँ किसी का घर नहीं होतीं !) या जब इस मुलाकात के दौरान हमें बताया गया कि 6 दिसम्बर से प्रारम्भ होनेवाली कारसेवा के भय से मुसलमान अयोध्या से भागने लगे हैं तो 'पंडितजी' ने तपाक से टिप्पणी की : 'हिन्दू भी भाग रहे हैं। असल में लोग कर्फ्यू

के डर से भागते हैं।' जब हम हकीमजी और दूसरे मुसलमानों से बात करके एक और महन्त से मिलने जा रहे थे तो रास्ते में कई बार 'पंडितजी' ने हमसे कहा : 'अब आप खुद देख लीजिए, क्या कोई भी गाली दे रहा है ?' ('पंडितजी' समेत हम तीनों ही हिन्दू थे, हमें कोई क्यों गाली देता ?)

उसी मुलाकात के वक़्त एक वृद्ध मुसलमान सज्जन हमारे बीच आकर बैठ गए। तकरीबन फुसफुसाते हुए उन्होंने हमें बताया कि उनकी एक छोटी-सी दुकान ऐसे इलाके में है जहाँ कुछ हिन्दुओं की दादागीरी चलती है। इन लोगों की धमकी से घबराकर पिछले 35 दिनों से वे अपनी दुकान नहीं खोल सके थे। पस्त अन्दाज में वे अन्त में बोले : 'देखते हैं, क्या होता है। जाना है तो चले जाएँगे।' उनकी उम्र, झुकी पीठ और बोलने के अन्दाज़ से यह भी सवाल उठ सकता था कि कहाँ से जाने की बात कर रहे हैं वे, अयोध्या से, देश से या दुनिया से ?

पर सबसे द्रावक अनुभव हमको दूसरे दिन हुआ जब हम पहले दिन वाले दर्जी से दुबारा मिलने गए। जिस समय हम उनकी दुकान में घुसे, वे नमाज़ पूरी करके उठ ही रहे थे। खड़े होकर मुड़ते ही उन्होंने हमें देखा और जो पहले शब्द उनके मुँह से निकले, वह थे : 'क्या आप ऐसी कोई तरकीब नहीं सोच सकते जिससे यह रुक जाए, जो होनेवाला है ?' नमाज़ पढ़ते वक़्त भी घिर रहे संकट की भयावहता उनको त्रस्त कर रही थी।

कितने हैं हममें जो इस संकट की भयावहता को इतनी शिद्दत से महसूस कर सकें ?

हिंसा और प्रतिशोध की भाषा बोलनेवाले अपने-आपको इस भ्रम से मुक्त नहीं कर सकते कि यह संकट केवल मुसलमानों का नहीं, सारे राष्ट्र का है। हिन्दुत्व की अभिनव आक्रामक परिभाषा करनेवाले तो आनन्दित ही हो सकते हैं कि मुसलमान दहशत में जी रहे हैं। वे तो व्यस्त हैं एक नई 'राष्ट्रीय' विरुदावली बनाने में जिसमें गांधी और गौतम बुद्ध के लिए कोई स्थान नहीं है। उमा भारती की भाषा में उनका तर्क है : 'एक तो महात्मा गांधी तुम्हारा बेड़ा गर्क कर गए कि कोई एक गाल पर थप्पड़ मारे तो दूसरा गाल आगे कर दो। अरे, कोई दूसरे गाल पर भी धमक देवे तो तीसरा गाल कहाँ से लाओगे ?' आगे, 'बलिदान देने से पहले हम हजारों बलिदान लेंगे। केवल अपना ही नहीं, खून औरों का भी बहाएँगे। दया धर्म का ज़माना गया। पाप का प्रक्षालन अब पाप से होगा।'

हिंसा को सिद्धान्त की प्रतिष्ठा देनेवाली इस नवीन विरुदावली में दधीचि और विश्वामित्र, राणा प्रताप और शिवाजी से लेकर शहीद भगत सिंह और चन्द्रशेखर आज़ाद प्रभृत महापुरुषों का समावेश होगा। मस्जिद-मन्दिर के तथाकथित गर्भगृह में भगत सिंह एवं चन्द्रशेखर आज़ाद के चित्रों की उपस्थिति इसी योजना का भाग है। (अयोध्या में नवहिन्दुत्व के कुछ बुद्धिजीवी समर्थकों से मिलने के बाद हमें ऐसा भी लगा कि

निष्कासित गांधी का स्थान अविलम्ब नाथूराम गोडसे को दिया जानेवाला है।)

एक नया मन्त्र प्रसारित हो रहा है। इसके उद्घोषकों में अग्रणी, तुकबन्दीकार वेदप्रकाश त्रिवेदी, आह्वान करते हैं :

क्या मिल गया तुम्हें
बुद्ध और गांधी बनकर ?
... ...
हो चुकी यहाँ पर गूँज बहुत
अब शान्ति-शान्ति के नारों की,
तो आवश्यकता है आन पड़ी,
तलवारों की झनकारों की।

इस चिन्ताजनक आक्रामकता के प्रसार का एक महत्त्वपूर्ण और अत्यन्त प्रभावशाली लक्षण है राम का बदलता निरूपण। राम परम्परा से धीरोदात्त मर्यादापुरुषोत्तम के रूप में चित्रित हुए हैं। सीता और लक्ष्मण के मध्य प्रतिष्ठित शान्त, गम्भीर, स्मितयुक्त राम को कवियों, चित्रकारों एवं मूर्तिकारों ने दयालु, कृपालु और सर्वकल्याणकारी ही माना है। पर आज हिंसा और विग्रह के प्रतीक बनकर वे चित्रित हो रहे हैं एक उग्र यौधेय के रूप में। युद्ध विज्ञान में बारूद के प्रयोग से हुई क्रान्ति से पूर्व के सभी प्रधान अस्त्रों व शस्त्रों से लैस कर दिया गया है सियावर राम को। धनुर्धारी तो वे हैं ही, अब धरा का स्पर्श करती विशाल तलवार लटकने लगी है उनकी कटि से ; उनके परमप्रिय हनुमान का परिचय चिह्न स्वयं उनको दे दिया गया है; परशुराम का फरसा भी उनकी संहारकारी छवि को सँवार रहा है; और आक्रामक हिन्दुत्व का चिह्नस्वरूप त्रिशूल तो अनिवार्यतः उनको थमाया ही जाना था। राम का सुन्दर निर्वस्त्र वक्षस्थल अब कवचाच्छादित है। वे महादेव की भाँति मृगचर्मधारी हो गए हैं और उनके जटा-सदृश केश रणोद्यत भाव से ऊपर बादलों में लहरा रहे हैं, मानों उद्घोष कर रहे हों कि अरि का अन्त दूर नहीं। न केवल मस्जिद-मन्दिर परिसर के प्रदर्शन कक्ष में वरन् समस्त अयोध्या में क्रुद्ध यौधेय राम के विभिन्न चित्र पोस्टकार्ड से लेकर बड़े कलैंडर तक के आकार में प्रदर्शित हो रहे हैं, बिक रहे हैं, और बाँटे जा रहे हैं।

बदलती मानसिकता का एक प्रमाण यह भी है कि परस्पर भाईचारे और आदर को व्यक्त करनेवाले 'राम राम' और 'जय रामजी की' का स्थान 'जय श्री राम' के जुझारू उच्चारण ने ले लिया है।

हिंसा और प्रतिशोध की भाषा को हम धर्म, राष्ट्र या ऐसे ही किसी अन्य आदर्श की गरिमा भले ही दे दें–जैसे भी चाहें इसका उदात्तीकरण कर लें–इसका सीधा सम्बन्ध हमारे अन्दर छिपे आदिम खूँखार से है। सैकड़ों-हजारों साल के विकास के बाद भी मानो हम वहीं खड़े हैं। प्रतिशोध का वही पुरातन विधान : आँख के बदले आँख और दाँत के बदले दाँत। क्या फर्क पड़ता है कि आज के प्रस्तावित प्रतिशोध का बहाना सदियों

पहले ली गई कोई आँख है या कोई दूसरा अन्याय ? आवश्यकता हमको कुछ 'शत्रुओं' की है जिनको हम अपने विरुद्ध स्थापित कर सकें ताकि अपने अन्दर की हिंसा और बर्बरता उन शत्रुओं पर आरोपित कर स्वयं उससे मुक्ति का आभास अर्जित कर सकें। आज शत्रु ये हैं, कल दूसरे मिल जाएँगे। प्रतिशोध के यज्ञ में आहुति के लिए यदि आवश्यक हुआ तो हम पुनः कुछ 'अपनों' को अलग कर देंगे 'शत्रु' के रूप में। इतिहास से ही यदि सबक लेना है तो बहुत पीछे नहीं जाना पड़ेगा। हिन्दू-सिख सम्बन्धों का पिछले सात वर्षों का इतिहास गवाह है कि बहुत देर नहीं लगती यह सब करने में।

कितना जाना-पहचाना लगता है अयोध्या का यह वृत्तान्त ! यह जाना-पहचानापन सबूत है आक्रामक हिन्दुत्व के निरन्तर फैलते और गहराते प्रभाव का। इस प्रभाव क्षेत्र में वे ही नहीं हैं जो विश्व हिन्दू परिषद, भारतीय जनता पार्टी, राष्ट्रीय स्वयंसेवक संघ और बजरंग दल जैसे धार्मिक-राजनैतिक संगठनों से जुड़े हैं। दलगत राजनीति और घोषित विचारधाराओं के परे सामान्य मध्यवर्गीय हिन्दुओं के मानस में भी यह प्रभाव घुस रहा है। यहाँ तक कि अचानक हिन्दुत्व को लेकर परस्पर संवाद की गुंजाइश दिनोंदिन कम होती जा रही है।

धर्म या राष्ट्र का कौन-सा तक़ाज़ा हो सकता है कि संवाद बंद कर दो ? विविधता हमारे राष्ट्र का जीवन-आधार है। इस विविधता पर प्रहार राष्ट्र की एकता पर प्रहार है। कैसी विडम्बना है कि राष्ट्र को सशक्त बनाने की इच्छा रखनेवाले हिन्दुत्ववादी नहीं समझ रहे कि भारतीय राष्ट्र के वैविध्य को नकार कर वे उन सारी सांस्कृतिक-राजनैतिक इकाइयों को ललकार रहे हैं जो बग़ैर विकेन्द्रीकरण और सीमित स्वायत्तता के अपने अस्तित्व को सुरक्षित नहीं समझ सकतीं। इन इकाइयों का धर्म से कोई अनिवार्य सम्बन्ध नहीं है। देश के अन्य धर्मावलम्बियों के साथ हिन्दू भी इन इकाइयों से जुड़े हुए हैं।

राष्ट्रवाद का अर्थ होता है एक ऐसी सामूहिक अस्मिता जो अन्य अस्मिताओं को मिटाती नहीं, उनके साथ सहअस्तित्व का नाता जोड़ती है। सच्चा राष्ट्रवाद अपने समाज के विभिन्न वर्गों, सम्प्रदायों व क्षेत्रों के हितों में सामंजस्य बनाकर, उनकी रक्षा करता है, उनको स्वाभिमान से जीने का समान अधिकार देता है, किसी एक गुट को अपने आपको ही राष्ट्र समझ बैठने की धृष्टता का अधिकार नहीं देता।

आक्रामक हिन्दूवाद के उपासक इस भ्रान्ति में हैं कि वे ही राष्ट्र हैं। उनकी यह भ्रान्ति राष्ट्रघातक है। अयोध्या में ही हमसे एक गरीब हरिजन औरत ने कहा : 'हमारा घर उधर है जिधर आप जाएँगे ही नहीं।...यह झगड़ा किस बात का है ? इसे (मस्जिद) भी रहने दो, उसे (मन्दिर) भी रहने दो।'

हिन्दू धर्म–या कोई अन्य धर्म–हिंसा, प्रतिशोध और घृणा को नीति के आसन पर नहीं बिठा सकता। बुद्ध और गांधी बस इसी देश की थाती नहीं हैं। वे सारे जगत की धरोहर हैं। फिर भी मान लीजिए कि हमारी संस्कृति इतनी समृद्ध है कि बिना दिवालिया हुए इन विभूतियों का परित्याग कर सकती है। उस स्थिति में भी क्या हिन्दू धर्म और हिन्दू

सांस्कृतिक परम्परा का आक्रामक हिन्दुत्व से निबाह हो सकता है ? इस परम्परा में यदि राम का कोई धार्मिक अथवा सांस्कृतिक सातत्य है, तो क्या उसकी ऐसी कोई सैद्धान्तिक मीमांसा सम्भव है जिसमें पाप का नाश करते हुए भी राम दया, क्षमा, शान्ति और परोपकार को तज दें ?

औरों की बात से, सम्भव है, वाद-विवाद वितंडावाद बन जाए। अतएव स्वयं आडवाणी जी का ही उदाहरण लें। अपनी रथयात्रा के अन्तिम चरण तक वे शान्ति, अहिंसा व सद्भाव की भाषा बोल रहे थे। दिल्ली में उच्चस्तरीय बातचीत की असफलता के बाद बिहार के लिए रवाना होते समय उन्होंने लोगों से शान्ति बनाए रखने की अपील की और इस बात पर विशेष बल दिया कि राम के नाम पर हिंसा की ही नहीं जा सकती। आडवाणी जी का यह वक्तव्य नैतिक निष्ठा और धार्मिक विश्वास पर आधारित था। ये निष्ठा एवं विश्वास जुड़े थे एक व्यापक जीवन-दृष्टि से जिसकी जड़ें सनातन सांस्कृतिक बोध की गहराइयों में जाती हैं। इस वक्तव्य के समय आडवाणी जी नम्रता और शान्ति की मूर्ति लग रहे थे।

कैसे इस नैतिक निष्ठा, इस धार्मिक विश्वास और इस जीवन-दृष्टि को झुठलाया जा सकता है ? कैसे राम के नाम पर हिंसा, घृणा और प्रतिशोध को धर्मासीन किया जा सकता है ?

गांधी का नाम नवहिन्दुत्ववादियों को असह्य है। किन्तु आडवाणी जी और गांधी के बीच एक तुलना मन में आए बिना नहीं रहती। चौरीचौरा की हिंसा के बाद जब गांधी को अपनी 'हिमालय जैसी ग़लती' का एहसास हुआ और उनको लगा कि देश अहिंसक आन्दोलन के लिए तैयार नहीं है तो तुरन्त उन्होंने असहयोग आन्दोलन समाप्त कर दिया। आडवाणी जी अगर वास्तव में मानते थे कि राम के नाम के साथ हिंसा का जुड़ना अनुचित है—और उनके वक्तव्य पर सन्देह नहीं करना चाहिए—तो हिंसा भड़क उठने के बाद उनका क्या दायित्व था ?

चूँकि यह ग़लती ऐसी नहीं है जिसको सुधारा न जा सके, प्रश्न अब भी बना हुआ है : आडवाणी जी और उनके समानधर्मियों का आज क्या दायित्व है ?

अब ऐसा लगने लगा है कि हिन्दू नेता अपने अनुयायियों के विचारों और कृत्यों को नियन्त्रित कर पाने में अधिक समर्थ नहीं हैं। उन्माद की जिस राजनीति को उन्होंने बढ़ावा दे दिया है, उसका अपना प्रवाह और अपनी दिशा है जो जल्दी ही ऐसी स्थिति में पहुँच जाएगी कि न उनके रोके रुकेगी और न उनके बदले बदलेगी। उस समय इन नेताओं के दायित्व का प्रश्न निरर्थक हो जाएगा। प्रत्येक समझदार हिन्दू और भारतवासी की ही भाँति आडवाणी जी और बाकी हिन्दुत्ववादियों का कर्तव्य है कि समय रहते चेतें। नहीं तो आधुनिक युग में मध्ययुगीन बर्बरता की हमारी विलक्षण वर्तमान सामर्थ्य हमको उत्तरोत्तर बौना और विकृत बनाती रहेगी। और इसमें देखते रहेंगे हम अपनी गरिमा और शौर्य। यह भूलकर कि न्याय, समता और दो वक़्त की रोटी से हटकर जब देश की राजनीति साम्प्रदायिक द्वेष पर आधारित होने लगे तो उसके भीषण दुष्परिणाम होते हैं।

इस वृत्तान्त को समाप्त करने से पूर्व बतौर निवेदन एक अन्तिम बात। अयोध्या में हम हाई स्कूल के एक मुसलमान छात्र से मिले। अपने चारों ओर हो रही घटनाओं से त्रस्त इस लड़के ने हमसे कहा : 'आज हमारी मस्जिद माँग रहे हैं। कल हमारा घर माँगेंगे।' इससे एक दिन पहले, और बातों के साथ-साथ महन्त परमहंस रामचन्द्र दास ने हमसे यह भी कहा था : 'कश्मीर में मेरे ढाई लाख घर गए हैं। मुझे पाँच लाख चाहिए। ढाई लाख उनकी जगह और ढाई लाख भविष्य के लिए।'

हमारा निवेदन है कि देश की नियति की बात शान्ति, धैर्य, ईमानदारी और खुले मन से सोचें। ग़लती किसी एक की नहीं है। और कोई भी सम्प्रदाय बहैसियत सम्प्रदाय देश का शत्रु नहीं है।

पुनश्च :

दिसम्बर 1990 में लिखा गया यह एहवाल यहाँ पहली बार बग़ैर किसी कतर-ब्यौंत के हिन्दी में छप रहा है। अलबत्ता बांग्ला और गुजराती में अनूदित होकर यह उसी समय छप गया था। खासी पैरवी के बाद–ज़िन्दगी में बस उसी बार हमने अपने लिखे के प्रकाशन के लिए चिरौरी की थी–इस आलेख का एक संक्षिप्त पाठ *नवभारत टाइम्स* (रविवार्ता), 3 मई 1991, में छपा था। जब हम हिन्दी में इसके प्रकाशन का प्रयास कर रहे थे हमारे मन में आया कि क्यों न हम स्वयं मूल पाठ को विभिन्न प्रकार के व्यक्तियों को भेजें। इनमें से कुछ लोगों ने हमें अपनी प्रतिक्रियाएँ भेजीं। आज जब हिन्दुत्व की आक्रामकता सारी सीमाएँ लाँघती नज़र आ रही हैं, पता नहीं आप इसे कैसे पढ़ेंगे। सम्भव है उस समय हुई दो प्रतिक्रियाओं से आप अपनी प्रतिक्रिया का मिलान करना चाहें। सो वे भी उपस्थित हैं आपके अवलोकनार्थ। ज्यों की त्यों।

अयोध्या : निरन्तर बढ़ती आक्रामकता
अपने वर्तमान प्रागैतिहास से साक्षात्कार

लेखक : सुधीर चन्द्र व ज्ञान पांडेय

उक्त लेख मैंने आदि से अन्त तक पढ़ा। मुझे यह लेख 'सुधीर चन्द्र व ज्ञान पांडेय' के छद्म नाम से किसी मुसलमान लेखक का लगता है। इसकी हिन्दी भी इस प्रकार की त्रुटियों से युक्त है जिसे हिन्दी भाषा के विद्वान मुसलमान लेखक करते हैं जैसे लेख के शीर्षक प्रागैतिहास तथा अन्यत्र स्मित हास्य आदि शब्द। प्रागैतिहासिक रूप सम्भव है लेकिन उस आधार पर प्रागैतिहास नहीं। इसी प्रकार स्मित हास्य के स्थान पर स्मित ही पर्याप्त है अथवा मन्दहास्य। सम्पूर्ण लेख में मुसलमानों का पक्ष लिया गया है, मुसलमान आक्रान्ताओं के द्वारा की गई बर्बरता की चर्चा भी नहीं की गई। ऐसा करने

से मुसलमानों के पक्ष के दुर्बल होने की आशंका थी। इस उदारता के लिए एक शब्द भी नहीं कहा गया कि तीर्थस्थल होने के कारण से और हिन्दुओं का विश्वास होने के कारण से हिन्दुओं के राम मन्दिर के आग्रह को मुसलमान प्रसन्नता से स्वीकार कर लें।

सत्य को अब जान पाना कठिन है। राम मन्दिर को तोड़कर मस्जिद बनाई गई है या मस्जिद मूल रूप में है। दोनों पक्षों के पास फौलादी तर्क हैं।

हाँ, लेखक का यह विचार अच्छा है कि भारत में हिन्दू और मुसलमान प्रेम से रहें। धर्म से जुड़ी हुई मूर्खताओं को त्यागें और मानवता तथा सहिष्णुता को अपनाएँ। यह भी उचित है कि वे भी भारत के हिन्दुओं की भाँति ही नागरिक हैं, द्वितीय श्रेणी के नहीं। उन्हें मुसलमान धर्म छोड़ने के लिए नहीं कहा जाना चाहिए। केवल आदर्श नागरिक बनने की बात कही जा सकती है।

2 फरवरी 1991

प्रभुदत्त शर्मा

●

22 जनवरी, 1991

प्रिय सुधीर जी,

आपके 19 जनवरी के पत्र के साथ आलेख आज ही मिला। मैं तत्काल पढ़ गया। आपने मुझसे प्रतिक्रिया देने के लिए कहा है। आलेख समाप्त होते-होते मैं सोचने लगा, क्या प्रतिक्रिया दूँ। फिर सोचने लगा कि मुझे लगा कैसा ? पता नहीं। शायद पता है, लेकिन मेरे लिए, ख़ासकर मेरे लिए इतना आसान नहीं कि मैं तटस्थ भाव से आलेख का मूल्यांकन कर सकूँ। यही कहना चाहूँगा कि अब तक असुरक्षा ही थी, अब तो डर लगता है। मैंने कभी नहीं सोचा था कि एक दिन ऐसा भी आ सकता है कि देश मुझसे कहेगा कि तुम मेरे नहीं हो। आप नहीं जान सकते कि यह एहसास कितना मारक होता है।

आपने आलेख भेजा, आभारी हूँ। आपने वही लिखा है, जो हर सही सोचनेवाला लिख और कह सकता है।

आपका

शानी

'आस्था' की अवसरवादिता

अयोध्या पर प्रधानमन्त्री के वक्तव्य को लेकर लोकसभा में हुई बहस का एक पहलू बरबस उस दिन की याद दिलाता है जब इसी संसद भवन में एड़ी से चोटी तक का ज़ोर लगा देने के बाद भी भाजपा इसी प्रधानमन्त्री के नेतृत्व में बनी अपनी सरकार को बनाए रखने में असफल हो गई थी। आयाराम-गयाराम-सुखराम इत्यादि में से एक व्यक्ति भी उस सरकार को बचाने के लिए उपलब्ध नहीं था। ऐसा तो था नहीं कि अचानक ठीक उसी दिन क्रय-विक्रय के लिए अन्यथा लालायित सांसद किसी रहस्यमय नैतिक ज्वर से ग्रस्त हो गए। अवश्य ही, सही या ग़लत, इन चतुर करतबियों को डर था कि भाजपा की सरकार को बचाकर वह एक ही झटके में कुछ भी प्राप्त कर लें, उनका अपना राजनैतिक भविष्य किसी हाल में भी नहीं बचेगा। नेपथ्य में हुए नाना प्रयत्नों की नाकामी के बाद, तेरह-दिवसीय सरकार के प्रधानमन्त्री ने अपना आखिरी दाँव खेला। एक ऐसा दाँव जो भले ही उस दिन कोई चमत्कारी जीत न दिलाए, आनेवाले दिनों में कारगर सिद्ध हो सकता था। यह दाँव शब्दों से खेला गया था; और माना जाता था कि इस व्यक्ति को शब्दों में महारत हासिल है।

आज से सिर्फ़ तीन साल पहले अपनी सरकार के प्रति लोकसभा—और लोक—का विश्वास प्राप्त करने के लिए शब्दों का कौन-सा जाल बुना था इस महारथी ने ? ज़रूरी नहीं कि आपको अब उस ऐतिहासिक भाषण के विभिन्न तर्क याद हों। पर आप यह नहीं भूले होंगे कि उस भाषण में कैसा दारुण प्रयत्न किया गया था उस सरकार को सहिष्णुता और उदारतावाद की प्रतिमूर्ति सिद्ध करने का। न ही भूले होंगे आप इस हताश कोशिश के हश्र को।

और आज, सिर्फ़ तीन साल के अन्तराल के बाद, वही प्रधानमन्त्री किस विश्वास के साथ उल्टा ही राग अलाप रहा है। उस समय जबकि न केवल तृणमूल कांग्रेस और तेलगू देशम पार्टी जैसे सरकार के घटक बल्कि सारा देश सोच रहा था कि अपने अयोध्या सम्बन्धी विवादास्पद बयान को लेकर यह महारथी शब्दों की कोई बाजीगरी करेगा, उसने दो टूक कह दिया कि उसने वही कहा है जो लोगों ने समझा है। यह भी कि अगर उसका जवाब सहयोगियों को मान्य न हो तो जनता से फैसला करवाया जा सकता है। उसके जवाब पर।

यह जवाब भी एक दाँव-भर है। उस जुए में खेला गया एक और दाँव जिसकी

शुरुआत आडवाणी की रथयात्रा से मानी जा सकती है। 1997 के दयनीय समर्पण के बाद सहयोगी दलों को अँगूठा दिखा देने का दाँव। ज़रूरत पड़ने पर कल फिर चाल बदली जा सकती है। फिलहाल भाजपा का हानि-लाभ का आकलन धर्मोन्माद को हवा देने के पक्ष में है।

सम्भव है कि, 1997 के असफल समर्पण की ही तरह, भाजपा की आज की ऐंठ के पीछे भी हताशा हो। पर अभी तो बड़े-बड़े राजनैतिक पंडित भी केवल अटकल ही लगा सकते हैं कि भाजपा के इस नए दाँव का अंजाम क्या होगा। अंजाम जो भी हो, होगा वह भारतीय राजनीति के लिए निर्णायक महत्त्व का।

और चीज़ों के साथ-साथ इस दाँव का अंजाम इस बात पर भी निर्भर करेगा कि लोगों की इसके प्रति क्या प्रतिक्रिया होती है।

प्रधानमन्त्री के अयोध्या सम्बन्धी बयान की चर्चा कई दृष्टियों से की जा सकती है। मसलन, जैसा कि भाजपा ने करना चाहा है, इसको गांधीवादी निर्मला देशपांडे के उस वक्तव्य की रोशनी में देखा जा सकता है जिसमें 6 दिसम्बर 1992 के सन्दर्भ में उन्होंने कहा : 'मैं आडवाणी और वाजपेयी की पीड़ा भी जानती हूँ। शायद यह उनके भी वश के बाहर था।' भाजपा, और विशेष रूप से आडवाणी व वाजपेयी, को इससे अधिक विश्वसनीय प्रमाणपत्र नहीं मिल सकता था। अतः स्वाभाविक है कि निर्मला देशपांडे के इस साक्षात्कार की सारी प्रतियाँ मुफ़्त वितरण के लिए भाजपा ने खरीद ली हैं जिसमें यह प्रमाणपत्र दिया गया है।

समय हमको बदलता रहता है। कभी-कभी तो समय हमारा कायाकल्प ही कर देता है। प्रेम, दाम्पत्य, वैवाहिक कलह और अन्त में सम्बन्ध-विच्छेद उसी खेल का एक रूप है जो समय हमारे साथ खेलता रहता है। प्रथम विश्वयुद्ध तक अंग्रेजों के लिए सैनिक जुटानेवाले गांधी ने ही युद्ध समाप्ति के दो साल के अन्दर देशव्यापी असहयोग आन्दोलन प्रारम्भ कर दिया था, और एक लम्बे अरसे तक भारतीय राष्ट्रीय कांग्रेस से जुड़े रहनेवाले जिन्ना पाकिस्तान आन्दोलन के अग्रदूत बन गए थे। मानव चरित्र की इसी परिवर्तनशीलता के चलते अक्सर नौकरियों के विज्ञापनों में कहा जाता है कि आवेदक कम से कम एक चरित्र-पत्र ऐसा ज़रूर पेश करें जो सालभर या छह महीने से अधिक पुराना न हो।

तो 6 दिसम्बर की आडवाणी और वाजपेयी की पीड़ा को सच मानकर भी कोई कारण नहीं बनता उसके आधार पर उनके और भाजपा के आज के आचरण को अकलुषित मानने का। सच तो यह है कि उनकी उस समय की पीड़ा भी उनके तत्कालीन आचरण को अकलुषित बनाने के लिए नाकाफ़ी है।

असल चीज़ है कि पीड़ा हमको माँजती है या नहीं।

एक बिम्ब है जो आठ साल से मेरे मानस पर अंकित है। छोड़ता ही नहीं। आडवाणी अपनी रथयात्रा रोककर किसी ज़रूरी बातचीत के लिए दिल्ली आए हुए थे। वापस जाने से पहले दूरदर्शन पर उन्होंने कहा : 'राम के नाम में हिंसा हो ही नहीं

सकती।' मैं प्रायः सुने या पढ़े शब्द भूल जाता हूँ। बस उन शब्दों से उत्पन्न भाव मन में रह जाते हैं। पर आडवाणी के ये शब्द मैं भूल नहीं पाता। मैं वह सौम्य चेहरा और मर्मस्पर्शी वाणी भी नहीं भूल पाता जो मेरे मन में उन शब्दों के साथ जुड़ गए हैं।

'राम के नाम में हिंसा हो ही नहीं सकती।'

आप इसे निरा भोलापन कह सकते हैं, निर्मला देशपांडे के आडवाणी को दिए गए प्रमाणपत्र को मैं सही मानता हूँ। 6 दिसम्बर की हिंसा से आडवाणी को पीड़ा हुई होगी। सदमा तो ज़रूर ही लगा होगा। लेकिन वह पीड़ा चन्द दिन ही चली। जल्दी ही आडवाणी का कायाकल्प हो गया। यहाँ तक कि आठ साल पूर्व मेरे मन में अंकित बिम्ब कुछ समय बाद ही एक बिल्कुल विरोधी छवि उजागर करने लगा उसी व्यक्ति की। यह एक ऐसी छवि है जिसका वर्णन शिष्ट भाषा में नहीं हो सकता। चूँकि अशिष्ट भाषा का सार्वजनिक प्रयोग न तो सम्भव है और न ही वांछनीय, इशारतन इतना कहना काफ़ी है कि आडवाणी मूर्तिमान करते हैं सिद्धान्तहीनता की उस राजनीति को जहाँ परम वैराग्य भाव से लोगों की पवित्र आस्थाओं और आकांक्षाओं का व्यवस्थित दोहन होता है।

आडवाणी की पीड़ा पर विश्वास करनेवाले कम हो सकते हैं। पर बाबरी मस्जिद के विध्वंस के तुरन्त बाद और हाल में संसद में उनका रूप देखने के बावजूद, आज भी ज्यादातर लोगों का मानना है कि वाजपेयी को उस विनाश से वाकई दुख हुआ था। आम लोगों के अपने तरीके होते हैं बड़े लोगों के दुख-दर्द जानने के। इन पर हमेशा विश्वास नहीं किया जा सकता। किन्तु वाजपेयी के बारे ऐसे लोग भी जो सत्ता के गलियारों की खबर रखते हैं, दावे के साथ कहते हैं कि 6 दिसम्बर ने उनको हिला दिया था। आज ज़रूर यह भोलापन लगता है, पर 6 दिसम्बर के बाद के कुछ दिनों में बहुतों ने सोचा था कि वाजपेयी की पीड़ा किसी प्रायश्चित तक उनको ले जाएगी। न केवल ऐसा नहीं हुआ, वरन् आज का उनका आचरण उस समय की उनकी पीड़ा से कोई मेल नहीं खाता।

अतएव आज के बदले सन्दर्भ में, आठ साल पहले दिए गए, निर्मला देशपांडे के प्रमाण पत्र का कोई अर्थ ही नहीं बचता।

बच सकता था, यदि पीड़ा का वह क्षण–पीड़ा का दायित्व निभाते हुए–पश्चात्ताप व प्रायश्चित को जन्म देता।

चौरीचौरा–फिर वही मासूम नासमझी !–को हममें से कितने लोग 6 दिसम्बर के फ़ौरन बाद के दिनों में याद करते रहे थे। वही चौरीचौरा जहाँ बाईस पुलिसकर्मियों को ज़िन्दा जला दिए जाने की खबर सुनते ही गांधी ने असहयोग आन्दोलन वापस ले लिया था। याद करते रहे थे इस उम्मीद में कि और कोई नहीं तो कम-से-कम अटल बिहारी वाजपेयी तो अपनी आत्मा की आवाज़ सुनकर कुछ बोलेगा।

आज गरज रहा है वही अटल बिहारी वाजपेयी। पर उसकी आत्मा कहाँ है ?

वाजपेयी निश्चय ही एतराज़ कर सकते हैं कि उनको या उनकी पार्टी को

ज़बरदस्ती गांधी के साथ क्यों जोड़ा जा रहा है। ठीक है गाहे-बगाहे किसी मौके का इस्तेमाल करते हुए, अपने दूसरे देशवासियों या पार्टियों की ही तरह, वे भी गांधी का जाप कर लेते हैं। पर उन्होंने कभी गांधी की अहिंसा और साधन शुचिता से बँधे होने का दावा तो किया नहीं है। फिर उनके सन्दर्भ में यह अनर्गल गांधी-स्मरण क्यों ?

कही जाए अगर यह बात तो सोलह आने सच होगी। पर उस दो-टूक बात के बाद पीड़ा की बात भी अनर्गल हो जाती है। कैसा अद्‌भुत कृत्य है और कैसा अद्‌भुत मानस कि आप उस कृत्य से पीड़ित भी होते हैं और शौर्य दिवस के रूप में याद करके उससे आल्हादित भी ?

पश्चात्ताप के अभाव में इस तरह की पीड़ा से निपटने का एक अपेक्षाकृत आसान तरीका होता है उस पीड़ा को भुला देने का। इस भूलने के जो भी दूरगामी कुपरिणाम हों, फ़ौरी तौर पर इससे ख़ासी मानसिक शान्ति मिल जाती है। पर वह दूसरा तरीका बड़ा खतरनाक होता है जिसमें पीड़ा के एहसास—या दिखावे—के बाद उस पीड़ा को पैदा करनेवाले कुकृत्य को किसी कथित बड़े प्रयोजन से जोड़ दिया जाता है। पीड़ा की इस प्रयोजन-जनित विवशता और उसी आधार पर उदात्तीकरण के उदाहरण दुर्भाग्यवश हमारे समाज में बढ़ते ही जा रहे हैं। 1984 में जब रातोंरात सिख साम्प्रदायिक हिंसा का निशाना बन गए थे—तो कितनी बार भोले-भाले लगते हिन्दुओं ने आपस में कहा था : 'बड़ा बुरा हुआ, पर यह सबक सिखाना ज़रूरी था' ! कितनी बार हम इसी तरह बच निकलते हैं उस अपराधबोध से जो स्त्रियों, दलितों एवं अन्य दमितों के ऊपर आए दिन होती वैयक्तिक और सामूहिक हिंसा के कारण हमें होना ही चाहिए ?

पीड़ा के सहारे अपराधबोध से किए गए बचाव की गहराई में दरअसल अपराध वृत्ति ही होती है।

ज़रा सोचिए उस समाज का भविष्य जहाँ देश की सत्ताधारी पार्टी और उसका प्रधानमन्त्री जाने या अनजाने ऐसी खतरनाक प्रवृत्ति से ग्रसित है। यह प्रवृत्ति राजनीति के उस प्रत्यक्ष अपराधीकरण से कहीं ज्यादा अनिष्टकर हो सकती है जिसका हमको अब तक ख़ासा अन्दाज़ लग चुका है। इसीलिए प्रश्न अहिंसा, साध्य-साधन सम्बन्ध या न्यूनतम राजनैतिक नैतिकता का उतना नहीं है जितना समाज के बने रहने का है। कौन-सा शब्द-जाल है जो छोटी-से-छोटी हित-सिद्धि के लिए शब्दों का यह महारथी नहीं बुनेगा ? कैसे समाज बचाएगा अपने आप को उन नित नए शब्द-जालों से ? निरन्तर बढ़ते अनुभव-सिद्ध अविश्वास के चलते कैसे बचेगी राज्य की तरफ़ से किए गए वादों और इकरारों की विश्वसनीयता ?

6 दिसम्बर 1992 से पहले के अनिश्चित नाटकीय दिनों की याद कीजिए। कितनी तरह की परस्पर विरोधी बातें आ रही थीं संघ गिरोह के विभिन्न घटकों और उनके पृथक नेतृत्वों से। समझ में नहीं आता था कि किस बात पर भरोसा करें, किस वक्तव्य को आधिकारिक मानें। हाँ, इतना ज़रूर था कि अनिश्चितता की उस घड़ी में विश्वास

इतना ज्यादा हिल गया था कि देश के सर्वोच्च न्यायालय में दाखिल किए गए सरकारी हलफनामे को लेकर भी यह सन्देह आम था कि हलफनामा झूठा साबित हो सकता है।

आठ साल के बाद आज फिर संघ गिरोह की तरफ़ से विभिन्न स्वर उठाए जा रहे हैं। सवाल फिर उठता है कि इनमें से किस पर विश्वास किया जाए। पर, 6 दिसम्बर 1992 के सबक के बाद, शायद असली सवाल कुछ और ही है। वह सवाल है : इन स्वरों में कौन-सा स्वर निर्णायक साबित होगा ?

सौभाग्य से इस दूसरे सवाल का जवाब सिर्फ़ संघ गिरोह के ही बस में नहीं है। उसके निर्धारण में दूसरों की भूमिका भी अहम होगी। और उस भूमिका के दायित्वपूर्ण निर्वाह में इससे बड़ा फर्क पड़ेगा कि हम कितनी सफ़ाई से इन स्वरों की असलियत समझ लेते हैं।

वैसे कुछ हड़बड़ाहट तो दिखाई देती है प्रधानमन्त्री और दूसरे संघ गिरोहियों के बयानों में, और इस हड़बड़ाहट के कारण उन्होंने अपनी स्थिति कुछ कमज़ोर कर ली है। लगता है कि सिवाय उनके जो अन्दर तक हिन्दुत्व के रंग में रँग गए हैं, काफ़ी आसानी से लोग इन बयानों की विसंगतियों को भाँप लेंगे।

दो चीज़ें इस सन्दर्भ में बड़ी सन्तोषकारी रही हैं। सामान्यतः हिन्दुओं की प्रवृत्ति कुछ ऐसी रहती है कि वह 'हिन्दू' और 'भारतीय' अथवा 'राष्ट्रीय' के भेद को भूले रहते हैं। बहुत सतर्क रहकर ही वह इस भेद का ध्यान रख पाते हैं। शायद इसी का फायदा उठाने की उम्मीद से प्रधानमन्त्री ने 'राष्ट्रीय', न कि हिन्दू, भावनाओं के प्रकटीकरण का नारा बुलन्द किया था। तत्काल उसके विरुद्ध हुई तीखी प्रतिक्रिया से लगता है कि प्रधानमन्त्री और उनके गिरोहियों को कोई और जटिल शब्द-व्यूह रचना होगा लोगों को भ्रमित करने के लिए। सम्भावना कम ही है उनके ऐसा कर पाने की। आख़िर राम मन्दिर वाले बयान की असफलता जाहिर होने पर प्रधानमन्त्री उसके पक्ष में क्या तर्क दे पाए ? यही न कि अगर सोमनाथ राष्ट्रीय भावनाओं का प्रकटीकरण है तो अयोध्या भी है ! पर उस 'अगर' पर वह पहुँचे कैसे, और कौन नेक, न्यायप्रिय हिन्दू उनको उस 'अगर' पर टिकने देगा ? वैसे भी सोमनाथ मन्दिर के पुनर्निर्माण और बाबरी मस्जिद नष्ट कर वहाँ मन्दिर निर्मित करने के प्रयास को शब्दों का कोई भी जादू और वितर्क का कोई भी कमाल समान सिद्ध नहीं कर सकता।

इतनी ही सन्तोषदायी और कहीं अधिक आनन्दकर चीज़ है हिन्दुत्व के उमा भारती और मुरली मनोहर जोशी जैसे तुमुल उद्घोषकों की अप्रत्याशित वर्तमान कातरता। एक बार फिर गांधी का स्मरण। असहयोग आन्दोलन के ही सन्दर्भ में। ब्रिटिश सरकार द्वारा लगाए गए देशद्रोह के अभियोग का अदालत में जवाब देते हुए गांधी ने आरोप स्वीकार करते हुए देशद्रोह को अपना परम कर्तव्य बताया था और कठिन से कठिन सज़ा की सहर्ष माँग की थी। वह थी आस्था की राजनीति ! वह थी आस्था।

आज राजनीति है। आस्था के नाम पर ज़रूरत पड़ने पर प्रधानमन्त्री अपने अभियुक्त मन्त्रियों की इस आधार पर रक्षा कर सकता है कि उन पर लगे अभियोग

का सम्बन्ध एक आन्दोलन से है। कल तक गर्जन करनेवाले यही मन्त्री ज़रूरत पड़ने पर—महावीर विक्रम बजरंगी वाले *हनुमान चालीसा* की दुहाई देते हुए—वह सब कह सकते हैं जो, देश जाने या न जाने उनकी आत्मा ज़रूर जानती है, उनकी आस्था और अब तक के आचरण के प्रतिकूल है।

राम की राम जानें, नंग बड़े भगवान से।

राष्ट्रीय सहमति और वैयक्तिक दायित्व

'मैं यहाँ सन् सोलह में आया और तब से मैंने कहा है कि हर कोई अपने को देखे।' (25 मई 1947 के गांधी के 'प्रार्थना-प्रवचन' में से)।

एक वक़्त था जब मैं नियमित रूप से 'आपकी अदालत' देखने की कोशिश करता था। आज याद नहीं कि उन दिनों किन-किन 'अभियुक्तों' को अपना बचाव पेश करते इस कार्यक्रम में देखा था। पर एक भाव, जो इन तमाम बचावों ने मेरे मन पर छोड़ा था, अभी भी अच्छी तरह याद है। कमोबेश हर बचाव का एक ही आधार होता था : मैंने (या मेरी पार्टी ने) ऐसा क्या किया जो दूसरे नहीं करते ? प्रत्यारोप से आरोप के खंडन का दुष्चक्र इस बीच और प्रबल हुआ है, टूटा नहीं है। सारा समाज ही मानो काजल की कोठरी हो गया है। ऐसे में कौन किसको काला कहे ? (काजल की केन्द्रीयता मानकर इस प्रयोग को वर्णवाद के आक्षेप से कृपया मुक्त रखें।) कहे भी तो उसकी विश्वसनीयता क्यों और कैसे हो ?

एक और प्रसंग याद आ रहा है। 1978 या 1979 की बात है। देश के कुछ शीर्षस्थ कलाकार-लेखकों ने सोवियत संघ में हो रहे आन्तरिक दमन के विरुद्ध समाचारपत्रों में एक अपील छपवाई कि जिन भारतीय बुद्धिजीवियों-कलाकारों को सोवियत संघ जाने का न्यौता मिले वे उसे विरोध-स्वरूप ठुकरा दें। संयोग कुछ ऐसा हुआ कि उसी समय मुझे भारतीय समाज विज्ञान अनुसन्धान परिषद की तरफ़ से कुछ अन्य समाजशास्त्रियों के साथ सोवियत संघ जाने को कहा गया। कई दिन तक मैं ऊहापोह में रहा। अन्त में मैंने जाने का निश्चय किया। इसी के थोड़े दिनों बाद मुझे पता चला कि सोवियत दमन के विरुद्ध उस सार्वजनिक अपील को जारी करनेवालों में से दो प्रसिद्ध लेखक स्वयं भारतीय सांस्कृतिक सम्बन्ध परिषद की ओर से सोवियत संघ गए हुए थे।

आप अवश्य ही अब तक सोचने लगे होंगे कि मैं 'अपने' को देख रहा हूँ या दूसरों को। यही करना था तो गांधी के आत्मावलोकन सम्बन्धी आह्वान को क्यों याद किया ? वैसे भी, अपने को देखने की तात्त्विक कठिनाइयों (अन्ततः असम्भव) के अलावा, आज के अविश्वास-सिक्त वातावरण में, इससे क्या हासिल होनेवाला है ? आत्म-मोह, आत्म-दया, आत्म-प्रवंचना इत्यादि से—चेतन स्तर पर जहाँ तक सम्भव है—अपने को मुक्त करके यदि मैं—और आप—अपने को 'देखना' शुरू कर भी दें, तो दूसरों को क्योंकर हमारे अपने 'देखने' पर भरोसा होने लगा ?

आख़िर क्यों प्रधानमन्त्री वाजपेयी दिसम्बर के दौरान अयोध्या विवाद पर दिए गए अपने वक्तव्यों के बाद, नव वर्ष वाले अपने आत्मावलोकन से हमको आश्वस्त नहीं कर पा रहे ? पर, शायद अपने को देखने की गांधी की हिदायत की रोशनी में, यह प्रश्न सही नहीं है। सही प्रश्न कुछ इस तरह बनता है : क्या मैं—और आप—आश्वस्त हैं कि वाजपेयी पर विश्वास न करने के पीछे हमारे कोई पूर्वग्रह—हमारी अपनी कोई खोट—तो नहीं है ?

हम अक्सर इसे भूले रहते हैं, पर पढ़ना-सुनना बड़े गम्भीर दायित्व का काम होता है। जिनसे हमारी असहमति है उनके प्रति असहिष्णुता और समानधर्मियों के प्रति स्वीकृति की प्रवृत्ति हमें बौद्धिक रूप से असतर्क कर देते हैं। भेड़ियाधसान न भी हो, राजनैतिक दृष्टि से सही दिखते रहने की इच्छा, और ऐसा न होने की स्थिति के सम्भावित ख़तरों से उत्पन्न डर भी हमारे सोच को प्रभावित करते हैं। विचारों और तर्कों का अपना समरतन्त्र बन जाता है। हम स्वयं, या सहधर्मियों के दबाव में, सामरिक कारणों से कुछ प्रश्न पूछने से कतरा जाते हैं, कुछ जवाबों में कतर-ब्यौंत कर देते हैं, कुछ चीज़ें अनदेखी कर देते हैं या देख ही नहीं पाते।

पढ़ने और सुनने के इसी दायित्व का एहसास रखते हुए उसको पूरी तरह से निभाते हुए, मुझे विश्वास है कि वाजपेयी ने नए साल, नई शताब्दी और नई सहस्राब्दी की शुरुआत एक नए शाब्दिक भ्रमजाल से की है। आस्था के जिस अवसरवाद की बात मैंने पिछले लेख में की उसी का एक और रूप वाजपेयी की इस नई कोशिश में दिखाई पड़ता है। पिछली बार मेरे लिखने में आक्रोश था। और शायद ठीक ही था। पर इस समय क्षोभ और अचरज है। अन्तरात्मा जैसी दकियानूसी चीज़ों को छोड़ देना ही बेहतर है—भले ही बात आस्था की हो रही हो—पर क्या हमारे राजनेताओं की नजर में सामान्य विवेक भी ग़ैरज़रूरी हो गया है ?

फिर भी वाजपेयी ने एक बात कही है, जिसके आधार पर हम मन्दिर-मसजिद जैसे विवादों के मामले में एक राष्ट्रीय सहमति की दिशा में बढ़ सकते हैं। बाबरी मसजिद के विध्वंस को ग़लत बताते हुए उन्होंने माना है कि अतीत में हुई ग़लतियों के परिमार्जन के लिए वर्तमान में ग़लतियाँ नहीं की जा सकतीं। यह एक महत्त्वपूर्ण बुनियादी सिद्धान्त है जिसे इतिहास में हुई ग़लतियों—अन्यायों—के सुधार का दावा करते समय हम नज़रअन्दाज़ नहीं कर सकते। सम्भव है कि, जैसा कि वे पहले भी करते रहे हैं, वाजपेयी इस सिद्धान्त को नित बदलती राजनैतिक परिस्थितियों से उत्पन्न किसी दबाव में साफ़-साफ़ तज दें ; या इसी सिद्धान्त को कुछ इस तरह शब्दायित करें कि वह पूरी तरह उलट ही जाए। वह जब होगा तब देखा जाएगा। इस वक़्त तो विश्वास करके या थोड़े-बहुत शकोशुबह के बावजूद इस सिद्धान्त को बढ़ाना चाहिए।

यही एक न्यायोचित, मानवोचित सिद्धान्त है।

इस सिद्धान्त पर सहमति जुटा पाना, मुझे लगता है, उतना मुश्किल नहीं होगा जितना उस सहमति को अमल में बनाए रखना। 6 दिसम्बर अमलीकरण की समस्या

को चरितार्थ करता है। बाबरी मसजिद के विध्वंस ने लगभग सारे देश को हिला दिया था। ऐसा इसलिए हुआ कि लोग कहीं न कहीं यह मानते थे कि सदियों पहले जो कुछ भी हुआ हो, हमें धार्मिक स्थलों को नष्ट नहीं करना चाहिए। दुर्भाग्य यह है कि जब एक बार वह कुकृत्य हो गया तो कुछ ही समय में, उससे उत्पन्न सदमे और अपराधबोध से उबरने के लिए लोगों ने अपने-अपने तरीकों से उसको मानना शुरू कर दिया। अभी हम इस तथ्य को ठीक से समझ नहीं पाए हैं, पर 6 दिसम्बर के कारण हुए अपराधबोध से निपटने के कुछ ऐसे तरीके भी रहे हैं जिन्होंने हमारी संवेदनशीलता को, हमारे नैतिक बोध को शिथिल कर दिया है।

किन्तु इतना सब कुछ होने के बाद भी बाबरी मसजिद का विध्वंस आज ऐसी घटना भर नहीं रह गया है जो सिर्फ़ मुसलमानों को ही उद्वेलित करे। वाजपेयी की 6 दिसम्बर वाली पीड़ा कितनी रिस चुकी है, यह विवाद का विषय हो सकता है। पर यह निर्विवाद है कि 6 दिसम्बर के परिणामस्वरूप हुए नैतिक ह्रास के बावजूद, बाबरी मसजिद के विध्वंस से जुड़ी पीड़ा सिर्फ़ मुसलिम पीड़ा नहीं है। वह राष्ट्रीय पीड़ा भी है। इस सत्य को ध्यान में रखना ज़रूरी है। इसी सत्य के आधार पर एक ऐसी कारगर राष्ट्रीय सहमति बनेगी जो 6 दिसम्बर जैसे अन्याय की पुनरावृत्ति रोके भी और उस दुर्भाग्यपूर्ण अन्याय का परिमार्जन भी सम्भव बनाए।

इस ज़रूरी सत्य को ध्यान में रखते हुए ही मैं *जनसत्ता* में 'कितने टूटे हुए मुखौटे' शीर्षक से 3 जनवरी 2002 को छपे प्रभाष जोशी के लेख से यह उद्धरण देना चाहूँगा : 'अगर वह महज ढाँचा होता तो क्या इस देश के मुसलमान उसके ध्वंस से इतनी बुरी तरह आहत होते ? मन्दिर वहीं बनाना अगर संघ सम्प्रदाय की भावना का मामला है तो क्या मुसलमानों की कोई भावना बाबरी मसजिद से नहीं जुड़ी थी ?' स्वयं प्रभाष जोशी उन ग़ैरमुसलमानों में हैं जो बाबरी मसजिद के विध्वंस से बुरी तरह आहत हुए और आज भी आहत हैं। तो क्यों वे सिर्फ़ मुसलिम भावनाओं का हवाला दे रहे हैं ?

बाबरी मसजिद (विध्वंस से मसजिद का अस्तित्व खत्म नहीं हो गया है) पर बहुत स्पष्ट न सही, एक राष्ट्रीय सहमति है। यदि वाजपेयी वही मानते हैं जो उन्होंने अभी कहा है, तो वे भी इस राष्ट्रीय सहमति में शामिल हैं। बाबरी मसजिद नहीं ढहाई जानी चाहिए थी, अतएव उसका पुनः निर्माण होना चाहिए। यह है राष्ट्रीय सहमति। जो इसके विरुद्ध है वह, चाहे एक व्यक्ति हो या किसी समूह का सदस्य, साम्प्रदायिक अथवा जातीय है।

विडम्बना यह है कि बाबरी मसजिद के सम्बन्ध में तो एक अस्पष्ट-सी राष्ट्रीय सहमति नज़र आती है, पर इसी को 'सोमनाथ' से जोड़ते ही कुछ लोगों को हिन्दू साम्प्रदायिकता की बू आने लगती है। उन मसलों को उभारने के ख़िलाफ़, सिद्धान्त और इतिहास से लेकर व्यवहार तक के, अनेक तर्क दिए जाते हैं जिनका सोमनाथ एक प्रतीक बन गया है। मैं मानता हूँ कि सोमनाथ को लेकर यदि वही संवेदना और समझ नहीं उभरती जो सौभाग्य से बाबरी मसजिद के प्रति है, तो जातीय स्मृति और साम्प्रदायिक

सम्बन्धों जैसे जटिल प्रश्न और जटिल बनते जाएँगे।

ज़रा सोचिए, देश में अगर ऐसी चेतना हो कि जातीय स्मृतियों को अनिवार्यतः संकीर्ण और अराष्ट्रीय न माना जाए, और उनके सम्यक विकास की सम्भावना भारतीय राष्ट्र-राज्य के अन्तर्गत अवांछनीय न मानी जाए, तो परस्पर विश्वास और सौहार्द का वातावरण आज हो रहे संघर्ष को कितना बेमानी बना देगा।

पेशे से मैं इतिहासकार हूँ। मैंने जिस आत्मावलोकन का शुरू में ज़िक्र किया वह मात्र वैयक्तिक नहीं है। वर्तमान भारतीय इतिहास लेखन भी मेरे लिए उसी आत्मावलोकन का एक हिस्सा है। मुझे लगता है कि वक़्त के साथ धर्मनिरपेक्षता–जो मुझे प्रिय है–अपने आप को उस कट्टरता से नहीं बचा पाई है जो हमेशा ही विचार विशेष या विचारधारा विशेष के सत्ता से जुड़ जाने के बाद उपजती है। उस कट्टरता से धर्मनिरपेक्षता और परिणामतः भारतीय लोकतन्त्र का घाटा ही हुआ है। इतिहास लेखन में इस कट्टरता के प्रवेश का एक प्रभाव यह पड़ा कि धर्म के प्रति एक असहिष्णुता का रवैया विकसित हो गया, और धर्म साम्प्रदायिकता का पर्याय-सा बन गया। एक ऐसे समाज को समझने के लिए जहाँ धर्म जीवन के नाना पक्षों में बिंध गया था (है), यह रवैया खास सहायक नहीं रहा है।

सम्भावना नहीं के बराबर है, पर यदि प्रधानमन्त्री का ध्यान इस तरफ़ खिंच जाए तो उनसे निवेदन है : एक बार अपने को देखकर चुपचाप अपने आप को बता दीजिए कि क्या आप सच का सामना कर (पा) रहे हैं।

और उसी न्याय से मुझे अपने आप से और अपने सहधर्मी इतिहासकारों से पूछना चाहिए : क्या हम अपने को देख रहे हैं ? यदि हाँ तो हमारे लेखन में इतिहास की स्थिति क्या है ?

'पर उपदेश कुशल बहुतेरे' से काम बिगड़ता ही जाएगा।

समरथ को नहिं दोस

तरह-तरह से हम अपने मन की अँधेरी गहराइयों से अपने को बचाते रहते हैं। डायरी लेखन की गोपनीयता में भी हम बहुत गहरे जाने से कतरा जाते हैं, या सच का छलावा देकर अपने साथ ही दुराव कर जाते हैं। अभिव्यक्ति की गोपनीयता जैसे-जैसे कम होती है, मन और वचन की दूरी बढ़ने लगती है। मसलन, डायरी जितना न सही पर उन गहराइयों का काफ़ी कुछ हम अपने किसी अंतरंग मित्र को बता जाते हैं, किन्तु शायद ही वह सब हम खुलेआम कहने को तैयार होंगे। साहित्य और कला में उन अँधेरी गहराइयों का सार्वजनिक चित्रण-विश्लेषण हो भी जाए तो वह किसी व्यक्ति-विशेष के सन्दर्भ में न होकर सामान्य सामाजिक-मानवीय स्तर पर होता है।

अनुभूति और अभिव्यक्ति का अलगाव, कुछ परिस्थितियों में, पाखंड और आडम्बर की कोटि से बच नहीं सकता। लेकिन हमारे जीवन में ऐसा भी होता है जब कुछ खास तरह के विचारों और भावों को अन्दर ही दबा देना—और उनसे मुक्त होने की कोशिश करना—हमारा नैतिक दायित्व हो जाता है। शान्तिमय सभ्य सामाजिक जीवन ऐसा कर पाने की हमारी क्षमता पर ही निर्भर करता है।

इस अनिवार्य नैतिक दायित्व की दृष्टि से देखें तो कर्नाटक के मन्त्री टी. जॉन का गुजरात के भूकम्प को लेकर दिया गया वह बयान जो उनकी कुर्सी खा गया निश्चित रूप से आपत्तिजनक है। पर, जैसा कि पिछली बार मैंने कहा था, इस बयान की वजह से उनको इस्तीफा देने के लिए विवश नहीं किया जाना चाहिए था। इस बीच मैंने इस विषय पर और सोचा है। साथ ही इसी बीच मैं गुजरात भी हो आया हूँ जहाँ लोगों से उनके अनुभवों और प्रतिक्रियाओं को जानने का मौका मिला। अलावा इसके मैं पिछले पखवाड़े किसी एक विषय पर टिक नहीं पा रहा था। सो उस बात को आगे बढ़ाने के लिए आपकी इजाज़त चाहता हूँ। खास तौर से इसलिए कि इस विषय को टी. जॉन नामक एक व्यक्ति तक ही सीमित नहीं किया जा सकता—जैसा कि मैं पिछली बार कर रहा था। इसका एक अल्पसंख्यक जमात और भारतीय राष्ट्र में उसकी स्थिति से भी सम्बन्ध है और इस संवेदनशील पहलू पर भी चर्चा होनी चाहिए।

जॉन का बयान, आपको याद होगा, था कि इस भूकम्प के द्वारा ईश्वर ने गुजरात में हुए ईसाइयों के उत्पीड़न का हिसाब बराबर कर दिया है। यह एक ऐसे व्यक्ति का बयान है जो राजनीति के दाँव-पेंच कम-से-कम इतनी अच्छी तरह तो समझता ही है

कि अपने लिए मन्त्रिमंडल तक का रास्ता साफ़ कर ले। वह ऐसा भोला तो हो नहीं सकता कि मान बैठे कि ऐसे विस्फोटक बयान से उसको खुद और उसके समुदाय को कोई नुकसान नहीं होगा। न ही उसके इतने संवेदनहीन और निष्ठुर होने की कोई बड़ी सम्भावना है कि ऐसी भीषण त्रासदी उसको छू तक न पाए। यदि फिर भी उसने दैवी प्रतिशोध की बात की, तो ज़रूर उसको प्रेरित करनेवाला कोई ऐसा अदमनीय भाव रहा होगा जो निजी हानि-लाभ, सामुदायिक हित अथवा सामान्य मानवीय संवेदना पर भारी पड़ता हो।

यदि हम जॉन के वक्तव्य से बिलबिलाकर स्वयं ही संवेदनशून्य नहीं हो गए हैं तो उस अदमनीय भाव का अन्दाज़ लगाना बहुत मुश्किल नहीं है। वह भाव है ईसाइयों पर अचानक और अकारण हुए अत्याचार के कारण पैदा हुए रोष और नपुंसकता का। ज़रा उस समुदाय की मनःस्थिति सोचिए जो अपने ही देश में रातोंरात अपने ही लोगों के हाथों त्रसित और अपमानित होने लगता है, पर कुछ कर नहीं पाता। बेबसी और बेचारगी के नीचे पलता यही आक्रोश जॉन के जैसे बयान में फूट पड़ता है। फूट पड़ने के उस क्षण में, और बाकी सारे भाव और विचार एक किनारे रह जाते हैं। अपनी बेबसी की शिद्‌दत मानो एक ही इच्छा जगाए रखती है : अपने विरुद्ध हुए अन्याय का प्रतिकार। प्रतिकार का एहसास पूरा होने पर ही दूसरे भाव और विचार वापस आ पुराना मानसिक-भावानात्मक सन्तुलन फिर स्थापित कर पाते हैं।

जॉन के सन्दर्भ में पिछली बार मैंने क्षमा और प्रायश्चित के जिन 'ईसाई' गुणों की बात की थी, अवश्य ही प्रारम्भिक भावावेश के बाद उनको शान्त चित्त से अपने दुर्भाग्यपूर्ण बयान पर मनन करने को प्रेरित करते। पर—यह दूसरा दुर्भाग्य है—वह अवसर आ सके उससे पहले ही जॉन को अपने बयान की कीमत चुकानी पड़ गई।

जॉन की अपनी वर्तमान मनःस्थिति जो भी हो, देश के ईसाइयों को ज़रूर ही अपनी बेबसी का एहसास और गहराई से हुआ होगा। जॉन का वक्तव्य कितना ही दुर्भाग्यपूर्ण और आपत्तिजनक क्यों न हो, उसने हमको उस व्यापक रोष—नपुसंक रोष—का, जो भारतीय ईसाइयों को भुगतना पड़ा है, कुछ अन्दाज़ कराया है। ज़रूरी नहीं कि सारे ईसाई अपनी इस मनःस्थिति में, जॉन की तरह, यह भी मानें कि गुजरात का भूकम्प उनके उत्पीड़न के लिए हिन्दुओं को दिया गया ईश्वरी दंड है। पर जॉन को उनके वक्तव्य के लिए दिया गया दंड अवश्य ही ईसाइयों के इस विश्वास को दृढ़ करेगा कि उनकी बेचारगी के चलते उनको न्याय मिलना कठिन है।

ऐसा क्या कर दिया था जॉन ने कि अविलम्ब उनकी छुट्‌टी कर दी जाए ? उनको कम से कम इतना समय तो मिलना चाहिए था कि यदि उनको अपनी ग़लती का एहसास हो तो वे खेद-ज्ञापन कर सकें।

उस वक़्त कोई बहुत दिन तो नहीं हो गए थे जो लोग भूल गए हों कि देश के प्रधानमन्त्री ने अयोध्या विवाद को लेकर कैसी भद्‌दी दायित्वहीनता दर्शाई थी। उनके अपने ही कथनानुसार बहुत सोच-समझकर दिए गए उस कुख्यात वक्तव्य—कि मन्दिर

का मामला राष्ट्रीय भावनाओं का प्रकटीकरण था—की लीपापोती वे सिर्फ़ 'था' के सहारे कर पाए। पर उसके तुरन्त बाद अपनी पार्टी के लोगों के बीच बोलते हुए एक बार फिर उन्होंने अपने उसी कुख्यात वक्तव्य की पुष्टि कर दी। और पुष्टि का अन्दाज़ निहायत ही ग़ैरजिम्मेदाराना था। कहा, 'मन में आया सो कह दिया !'

कौन हिसाब करेगा प्रधानमन्त्री के दुर्भाग्यपूर्ण और आपत्तिजनक वक्तव्यों का ? त्यागपत्र तो दूर वे तो खेद-ज्ञापन भी ज़रूरी नहीं समझते। राष्ट्र में से—राष्ट्रीय भावनाओं की उनकी परिभाषा के तर्क से—यदि ईसाई, मुसलमान, अन्य अल्पसंख्यक समुदाय और प्रधानमन्त्री से असहमत होनेवाले असंख्य हिन्दू निकल भी जाएँ तो उनको क्या !

पर जॉन को अपनी औकात समझनी चाहिए।

समरथ को नहिं दोस गुसाईं !

समर्थ भी देश में तरह-तरह के हैं। प्रधानमन्त्री तो आख़िर सत्ता के सर्वोच्च शिखर पर हैं। बाल ठाकरे क्या उनसे कम समर्थ हैं ? उनकी उच्छृंखलता को लगाम देनेवाला कोई है इस देश में ? वे जब चाहें न्यायपालिका को धता बता दें, प्रेस को ठिकाने लगा दें, ग़ैर महाराष्ट्रवासियों के पीछे पड़ जाएँ ; मुसलमान तो उनके लिए इस देश के नागरिक हैं ही नहीं।

जॉन को भी कहीं मन्त्रित्व का नशा तो नहीं हो गया था जो अपनी असलियत भूल बैठा ?

क्या है जॉन की असलियत ?

बात गुजरात के भूकम्प के सिलसिले में एक राज्य के मन्त्री की हो रही है। ज़रा याद करिए गुजरात के ही मन्त्री नलिन भट्ट की। जब किसी पत्रकार ने कच्छ से—बिल्कुल सही—रपट भेजी कि वहाँ राहत के मामले में मुसलमानों के साथ सौतेला व्यवहार हो रहा है, तो नलिन भाई उस पत्रकार पर बरस पड़े और फ़तवा दे दिया कि उसकी रपट—और जाहिर ही वह पत्रकार खुद—राष्ट्र-विरोधी है। संयोग कुछ ऐसा बना कि वह रपट भेजनेवाला पत्रकार मुसलमान है।

कितने हैं हम में जो यह महसूस करें कि राष्ट्र-विरोधी असल में नलिन भट्ट हैं, न कि उनके क्रोध का शिकार वह पत्रकार। अगर ऐसी भयावह आपदा के समय भी मुसलमानों के साथ भेदभाव होता है तो क्या इस देश में अपनी स्थिति को लेकर उनको कोई बेचैनी नहीं होगी ? इस शर्मनाक भेदभाव के मानवीय पहलू के प्रति वे कितने भी उदासीन हों, जिनको राष्ट्र की चिन्ता वैसे ही सताए रहती है जैसे नलिन भट्ट और उनकी पार्टी को, भेदभाव की शिकायत को ही राष्ट्र-विरोधी घोषित करके वे राष्ट्र-हित का पोषण कर रहे हैं अथवा नाश ?

पर जबरदस्त को कौन रोक सकता है ? वह तो मारेगा भी और रोने भी नहीं देगा। वरना राष्ट्र संवर्धित कैसे होगा ?

तो फिर क्या बनती है जॉन की असलियत ?

इस प्रश्न के कई उत्तर दिए जा सकते हैं। पर यदि आपको राष्ट्र की चिन्ता है

तो आपको इसके उस उत्तर पर ग़ौर करना पड़ेगा जो (कम से कम) इस देश के ईसाई और मेरे–आपके भी !–जैसे ग़ैरईसाई खासी दुश्चिन्ता के साथ महसूस कर रहे हैं। जॉन अन्ततः एक पीड़ित ईसाई है जो अपनी और अपने समुदाय की वेदना अपने अन्दर दबाए रहा। विवश, निराश, क्षुब्ध। हताशा में भी इस घोर अन्याय के प्रतिकार की साध लिये। हाय पाले हुए गरीब की। यही हाय, एक क्षण को लगा, फट पड़ी भूकम्प में। न्यू टेस्टामेंट की क्षमा दिल में आ सके उससे पहले ओल्ड टेस्टामेंट का रौद्र ईश्वर दिखाई पड़ गया भूकम्प में। (मानव मन का यह अन्तर्विरोध–प्रतिकूल दिशाओं में जाने की प्रवृत्ति–ऐसी कोई असाधारण चीज़ भी नहीं। हम सब ही उसको जानते हैं।) पर हताश मन की अदम्य अभिव्यक्ति नितान्त अक्षम्य हो गई। अल्पसंख्यकों को अपनी बिसात समझनी होगी। और यह बिसात वे तय करेंगे जिनका यह राष्ट्र है। और वे नहीं मानेंगे कि राष्ट्र को सबसे बड़ा खतरा उन्हीं से हैं।

कही न जाइ का कहिए

चाहे वह पखवाड़े में केवल एक बार ही क्यों न हो, नियमित स्तम्भ लेखन के साथ एक धुकधुकी जुड़ी रहती है। लगता है, ऐसा क्या है मेरे पास कहने को कि हर दो हफ्ते बाद हज़ार-बारह सौ शब्द जुटा ही पाऊँगा लिखने को। अभी तक तो सिर्फ़ पाँच किस्तें ही लिखी हैं, पर हर बार अचरज-सा हुआ है कि कैसे कुछ बात बन गई। हो सकता है कि आत्महीनता का कोई भाव अन्दर गहरे में बैठा हो। जिस ज़माने में पढ़ाने का काम करता था–रिसर्च के सहारे जीवनयापन तो 1980 से शुरू हुआ–क्लास में घुसने से पहले डर लगा रहता था कि पचास मिनट तक बोलने के लिए मेरे पास सामग्री है भी या नहीं।

किन्तु आज मन का भाव बिल्कुल विपरीत है। लग रहा है बहुत कुछ है कहने को जो हज़ार-बारह सौ शब्द की सीमा में नहीं कहा जा सकता। पाकिस्तान जाने से पहले ही उस यात्रा को लेकर ऐसा उत्साह था कि उसी के विभिन्न पहलुओं पर लिखने की इच्छा थी। सोचा था वही सब लिखकर पाकिस्तान से फैक्स कर दूँगा। पर पाकिस्तान में कहाँ वक़्त था बैठकर कुछ लिख पाने का ? वहाँ तो जैसे घात लगाए बैठे थे अनजान मित्र–मित्रों के मित्र जो मिले बग़ैर हमारे अपने थे–कि हम लाहौर हवाई अड्डे पर उतरें और वे हमको हमसे ही छीन लें ! फिर जब ख़ैबर में तीन दिन तक हम बाहरी दुनिया से नितान्त अलग, और निपट अपने साथ हुए भी तो न लिखना सम्भव था न फैक्स। ख़ैबर का यह रहस्य भी आपको बताना है। पाकिस्तान के और अनेक अनुभवों के साथ-साथ। इस बार नहीं। कभी और। इंशाअल्लाह !

पाकिस्तान से लौटे ही थे कि गुजरात का भयंकर भूकम्प आ गया। यह विभीषिका अभी घटने की प्रक्रिया में ही है। इससे होनेवाला जान-माल का नुकसान तो अभी होता ही जा रहा है। बाद में उसको हम आँकेंगे। अभी तो मात्र अनुमान ही लगा सकते हैं। जान-माल के नुकसान के अलावा भी इस विभीषिका का 'होना' जारी है। यह हमको दिखा रही है कि हमारी मानवीयता और हमारी कमीनगी दोनों ही अपरिमेय हैं। अहमदाबाद में पहले दिन से ही संकट-ग्रस्त लोगों ने जिस अनुशासन, धीरज और समझ से इस आपदा से निपटना शुरू कर दिया, उससे सहज ही अन्दाज़ लगाया जा सकता है गुजरात, और विशेष रूप से अहमदाबाद, में वर्षों से पनप रहे सहकारिता आन्दोलन का। पर इसी गुजरात के कच्छ इलाके में भूकम्प से त्रस्त लोगों को लूटने की जो घटनाएँ

छपी हैं, उनके बारे में क्या कहा जाए ? कैसे हम अपने में समोये रहते हैं आचरण की अप्रत्याशित, विरोधी सम्भावनाएँ ? अप्रत्याशित और अकल्पनीय। फिर भी–कैसा विरोधाभास है यह–सम्भाव्य।

इसी बीच–उसे तो आना ही था–30 जनवरी भी आ गई। गांधी की याद ताज़ा करने को। 30 जनवरी तो बहुत बड़ी बात है, मुझे आजकल बात-बात पर गांधी की याद आ जाती है। मसलन, नई शताब्दी में प्रवेश एक कारण रहा है मेरे लिए गांधी को याद करने का। निस्सन्देह गांधी उस सदी की एक निर्णायक विभूति थे जिसका कलैंडरी अवसान पाँच सप्ताह पूर्व हो गया। यही वह सदी थी, जिसने एक स्तर पर और गांधी के अपने देश में विशेष रूप से, 30 जनवरी 1948 की शाम को हुई हत्या से पहले ही, उस युग-पुरुष को दरकिनार कर दिया था। बाद के वर्षों में तो गांधी का स्मरण भी उनके विसर्जन का निमित्त बना। इस स्मरण-विसर्जन का एक अद्‍भुत प्रमाण है भारतीय गणतन्त्र में प्रचलित विभिन्न मूल्यों के नोट जिन पर इस अर्धनग्न फकीर का चित्र अंकित रहता है। जिन्ना पाकिस्तान के गवर्नर-जनरल बने। गांधी 15 अगस्त 1947 के दिन दिल्ली में रहने के लिए भी तैयार नहीं थे। पर आज गांधी भारतीय नोटों को वैसे ही सुशोभित कर रहे हैं जैसे जिन्ना पाकिस्तानी नोटों को। व्यवस्था के इन प्रयासों के परे भी गांधी की एक उपस्थिति है, और यह जिज्ञासा बहुत अस्वाभाविक नहीं कि इक्कीसवीं सदी में गांधी का क्या अर्थ हो सकता है।

पाकिस्तान प्रवास के दौरान गांधी की याद कुछ ज्यादा ही शिद्‍दत से आई। लगा कि विभाजन की हैवानियत के बावजूद गांधी एक ऐसी सीधी-सच्ची बात समझ रहे थे जो उस समय के जुनूनी वातावरण में लोगों की समझ से परे थी। आज, दोनों देशों में फैले थोड़े या बहुत पागलपन के बावजूद, धीरे-धीरे गांधी की वह बात लोगों की समझ में आने लगी है। ऐसा नहीं कि वे उस बात को गांधी की बात समझकर मान रहे हैं। पचास साल के मुसलसल अविश्वास और फलहीन झगड़े के बाद सामान्य स्वार्थ और हित-सिद्धि के तहत अब लोग उसी तरह सोचने को विवश हो रहे हैं जैसे गांधी अपने चारों ओर फैले जुनून से प्रभावित हुए बग़ैर–उससे संघर्ष करते हुए–सोच रहे थे। गांधी ऐसा कर सके क्योंकि वह हिन्दुस्तान और पाकिस्तान के विभाजन को मानकर भी नहीं मानते थे। उनके लिए यह सम्भव नहीं था कि दोनों राजनीतिक इकाइयों के बीच वह किसी तरह का भेदभाव कर सकें। भूगोल का बँटवारा उन्होंने मान लिया था। पर इस बँटवारे की उन्हें विशेष चिन्ता नहीं थी। शर्त यह थी कि लोगों के दिलों का बँटवारा न हो।

गांधी का मानना था कि परिस्थितियों ने कुछ ऐसा दुर्भाग्यपूर्ण मोड़ ले लिया कि देश का बँटवारा बचाया न जा सका। पर यह बँटवारा आपसी सम्बन्धों को सुधारने के लिए था, न कि आपस में दुश्मनी ठानने के लिए। जटिल से जटिल मसले की तह में जाकर उसको सूत्रवत कह देने के अपने अन्दाज़ में गांधी ने चेतावनी देते हुए पूछा : 'यह टुकड़े दोस्त बनने के लिए किए गए हैं या दुश्मन बनने के लिए ?' आश्चर्य है

कि बरसों हम इस बुनियादी सवाल को भूले रहे। समझते और समझाते रहे विभाजन की त्रासदी तथा उसके परिणामस्वरूप अनिवार्यतः पनपती रही दोनों देशों की दुश्मनी को। गांधी को डर था कि विभाजन की ऐसी परिणति भी हो सकती है। इसीलिए विभाजन की हकीकत को टालने में नाकाम होने के बाद उन्होंने तुरन्त ही इस दुखद परिणति को टालने की दिशा में कोशिश शुरू कर दी। विभाजन के सकारात्मक स्वीकार की सम्भावना उजागर करते हुए उन्होंने कहा :

> *अब मैं ऐसा मानकर चलता हूँ कि हिन्दुस्तान के हिस्से हो गए हैं और सब कांग्रेस ने मजबूरी में कबूल किया है। लेकिन हिन्दुस्तान के टुकड़े हो जाने पर अगर हम खुश नहीं रह सकते तो हम रंजीदा भी क्यों हों ? हमें अपने दिल के टुकड़े नहीं होने देने चाहिए। हृदय को चूर-चूर होने से बचाना चाहिए। वरना, जिन्ना साहब की बात सही साबित हो जाएगी कि हम दो राष्ट्र हैं। मैंने कभी यह माना ही नहीं। जबकि हमारे-उनके माँ-बाप एक थे तो महज धर्म बदलने से क्या राष्ट्र बदल जाएगा ? जबकि सिन्ध, पंजाब और शायद सीमाप्रान्त भी पाकिस्तान में चले जाएँगे तो क्या वे अब हमारे नहीं रहे ?...*
>
> *...हम सच्चे बनेंगे, ईश्वर के बन्दे बनेंगे और ज़रूरत पड़ने पर मरेंगे भी। (मारेंगे नहीं।) जब ऐसा करेंगे तब हिन्दुस्तान अलग और पाकिस्तान अलग, यह बात नहीं रह जाएगी और ये कृत्रिम हिस्से निकम्मे बन जाएँगे। अगर हम लड़ाई करेंगे तो हम पर दो राष्ट्र का इल्जाम सच्चा साबित होगा। इसलिए आप और मैं ईश्वर से प्रार्थना करें कि हिन्दुस्तान और पाकिस्तान अलग तो हुए, पर अब हमारे दिल अलग-अलग न हों।*

हममें से बहुतों को गांधी की भाषा और तर्क-पद्धति से परेशानी हो सकती है। कुछ को यह भी लग सकता है कि धर्म और राष्ट्र के पारस्परिक सम्बन्ध को लेकर गांधी की समझ सैद्धान्तिक दृष्टि से बहुत आश्वस्त नहीं करती। अतिरिक्त भावुकता भी व्याप्त है उसमें। फिर भी गांधी के पास वह दृष्टि थी, और मानवीय मूल्यों के प्रति ऐसी अडिग आस्था, जो अपने-तेरे के समस्त भेदों को लाँघ समदर्शी होने की सामर्थ्य उनको देती रही।

गांधी ने जिस बड़ी त्रासदी को बचाने के लिए जो गुहार की वह, उन्हीं के विवश शब्दों में, अरण्य-रोदन बनकर रह गई। वह त्रासदी विभाजन की नहीं थी। विभाजन दोस्ती के लिए भी हो सकता था। असल त्रासदी रही है विभाजन की नियति। इस क्रूर, कष्टकारी नियति को पचास साल से अधिक भोगने के बाद, लगता है, दोनों ही देशों में लोग अब इससे आजिज़ आने लगे हैं। ज़रूरी नहीं कि यह आजिज़ी संगठित होकर किसी सक्षम मुहिम का रूप ले ही ले। यह भी ज़रूरी नहीं कि इस आजिज़ी के फलस्वरूप इन लोगों के दिलों से परस्पर वैमनस्य, कटुता और अविश्वास के जज़्बे गायब ही हो जाएँ। फिर भी यह एक बड़ा सुखद तथ्य है कि दोनों ही देशों में बढ़ रहे मतान्धता

के वातावरण में इस तरह की आजिज़ी भी ज़ोर पकड़ रही है। आपसी दोस्ती की ज़रूरत और दुश्मनी की भारी ग़ैरज़रूरी कीमत लोगों की समझ में आने लगी है। सिवाय एक खास तरह के राजनीतिज्ञों और आला फ़ौज़ियों के, किसको यह दुश्मनी रास आ रही है ?

एक साथ कई चीज़ों पर लिखने का जी कर रहा है। पर एक बेचैनी भी है जो किसी एक चीज़ पर टिकने नहीं दे रही। गुजरात में भूकम्प की तबाही है। हम यहाँ बैठे हैं। कुछ भी तो नहीं कर पा रहे। सब कुछ मानो सामान्य-सा चल रहा है हमारे इर्द-गिर्द। भुज में विसनजी भाई जेठी हैं, उनका बड़ा परिवार है। भगवान करे क्रिया का यह प्रयोग जेठी परिवार के सम्बन्ध में सच हो, भुज में हुई तबाही के बावजूद। वैसे भी—मन उम्मीद बँधाता है—उनका तो बस तिमंज़िला मकान है, वह भी पुख्ता। उधर बन्नी क्षेत्र के होडका गाँव में बसे वासल बूड़ा और उनके विशाल परिवार की चिन्ता है। कुछ भी तो पता नहीं चल रहा इन मित्रों का !

कैसा होता है हमारा मानस ? कच्छ से ऐसा आत्मीय सम्बन्ध न होता तो सम्भव है यह भूकम्प एक भयंकर किन्तु अमूर्त प्राकृतिक आपदा भर रह जाता। किन्तु अब, मित्रों के सुरक्षित होने की प्रबल कामना के साथ-साथ मन में एक अवसाद है जो शायद मात्र अमूर्त त्रासदी से नहीं उपजता। इन मित्रों की मार्फ़त मानो उन अनजान मृतकों से भी रिश्ता बन गया जिनको हज़ारों की संख्या में भूकम्प उठा ले गया है। और उनसे जो बच गए हैं तरह-तरह की कठिनाइयों से उबरने के लिए।

मानस की बात चली तो क्या यह खासा बेमानी नहीं लगता कि अभी जब कि राहत कार्य भी ढंग से चलना शुरू नहीं हुए हैं, हम अपना कितना समय उनकी आलोचना में लगा रहे हैं जिनका आचरण हमको लगता है ऐसे संकट की घड़ी में अशोभनीय है ? कर्नाटक के नागरिक उड्डयन मन्त्री टी. जॉन के इस्तीफे को ही ले लीजिए। जॉन ने गुजरात के भूकम्प को 'ईसाइयों पर हमलों के खिलाफ हिसाब बराबर करने का ईश्वर का अपना तरीका' बताया था। मुझे स्वयं, बहुतों की तरह, जॉन का वक्तव्य दुर्भाग्यपूर्ण लगता है। पर क्या इस वक्तव्य को जन्म देनेवाली मानसिकता से निबटने का ज्यादा कारगर तरीका यह न होता कि जॉन को इस्तीफा देने के लिए मजबूर करने के बजाय उनके अन्दर के सच्चे ईसाई को जगाने का प्रयास किया जाता ? क्षमा और प्रायश्चित किसी भी ईसाई—सच्चे ईसाई—के आवश्यक गुण होते हैं। दूसरे लोग नहीं, कर्नाटक और देश के अन्य भागों के विवेकशील ईसाई ही जॉन को उनकी ग़लती का एहसास अवश्य ही कराते। पर भला कर्नाटक के हिन्दुत्ववादी, भूकम्प के विकट संकट के वक़्त भी, एक भटके ईसाई के दुर्भाग्यपूर्ण वक्तव्य का राजनीतिक फायदा उठाने से क्यों चूकते ?

मानस के ही सन्दर्भ में, यद्यपि इस बात की चर्चा शायद अखबारों में उस समय नहीं हुई थी, जब सूरत में अचानक प्लेग का प्रकोप छा गया तो कुछ आस्थावान हिन्दुओं का मानना था कि ईश्वर उनको दिसम्बर 1992 और जनवरी 1993 के साम्प्रदायिक

उपद्रव के लिए दंड दे रहा था। मौत के सामने खड़ा कर देनेवाली संकट की घड़ी चाहे-अनचाहे आत्म-साक्षात्कार करा ही देती है।

प्राकृतिक आपदा और दैवी दंड की बात चले तो गांधी की याद आएगी ही। 1934 के बिहार के भूकम्प का कारण गांधी ने अस्पृश्यता के कारण हुआ ईश्वरी प्रकोप बताया था। मैं अभी तक गांधी की इस बात को मान नहीं पाया हूँ। मुझे लगता है कि ठीक ही टैगोर ने गांधी के इस वक्तव्य का प्रतिवाद किया था। हालाँकि मैं उस दर्द और रोष को समझ पाता हूँ जिसके प्रभाव में—अस्पश्यृता निवारण के अपने सारे प्रयत्नों की अपेक्षाकृत प्रभावहीनता की हताशा के चलते—गांधी ने दैवी दंड की बात कही थी।

पर, यह न मानते हुए भी कि सामाजिक अन्यायों को ईश्वरी प्रकोप झेलना पड़ता है, मुझे सुर्ती हिन्दुओं का यह विश्वास उद्वेलित कर देता है कि प्लेग—भले ही उसने मुसलमानों को भी मारा—के द्वारा ईश्वर उनको सज़ा दे रहा है। भले ही यह उतना ही ग़लत विश्वास हो जितना कि टी. जॉन का है, इसमें कोई आक्रामकता नहीं है। इसमें अपराधबोध है, प्रायश्चित्त है।

संकट हमें सद्‌बुद्धि दे। हम कुछ कम छोटे हो जाएँ।

धर्म, राष्ट्र और राष्ट्र-धर्म

आप अपनी निजी ज़िन्दगी को लेकर कितने ही आश्वस्त हों, यक्ष से साक्षात्कार के समय युधिष्ठिर की भाँति, अपने चारों तरफ़ की ज़िन्दगी को लेकर आपको एक हैरत तो ज़रूर होती होगी। कैसे होता है कि बग़ैर किसी परेशानी या ग्लानि के लोग एक ही क्षण में किसी भव्य आदर्श की बात करते-करते अमलीकरण में उसको नकार देते हैं ? ज्यादातर तो उनको एहसास भी नहीं होता कि उनका आचरण ऐसा विस्मयकारी है। एहसास हो भी जाए तो उससे पैदा हो सकनेवाली परेशानी और ग्लानि को दूर रखने के उपाय और तर्क निकाल लिए जाते हैं। ऐसे उपाय और तर्क जो चमत्कार से कम नहीं होते। चमत्कार इसलिए कि सामान्य स्थितियों में यह उपाय और तर्क मान्य हो ही नहीं सकते। उससे भी अधिक चमत्कार इसलिए कि लोग सामान्य स्थितियों में भी ऐसे उपायों और तर्कों को मान लेते हैं।

सदियों तक, अहिंसा और मानवीय भ्रातृत्व से सैद्धान्तिक स्तर पर विचलित हुए बग़ैर, पश्चिम में ईसाइयत—कम से कम संगठित ईसाइयत—का साम्राज्यवादी अन्याय और उत्पीड़न का भागीदार बने रहना ऐसे ही चमत्कारों में एक है। हमारे अपने यहाँ इसी चमत्कार का उद्घाटन आए दिन होता रहता है 'वसुधैव कुटुम्बकम्' के अनथक उद्देश्य और उतने ही अनथक नकार—व्यावहारिक नकार—में।

इससे पहले कि मेरी बात मानवीय आचरण के बारे में किसी सामान्यीकरण या सरलीकरण का रूप ले ले, मैं बता देना चाहता हूँ कि इस समय मेरी खिन्नता—यक्ष प्रश्न की स्मृति के बावजूद—मानव प्रकृति के किसी शाश्वत दोष को लेकर नहीं है। यह खिन्नता, फिलहाल, अपने समय और अपने ही समाज को लेकर है। और इस समय इसके उभरने का कारण है बद्रिकाश्रम के शंकराचार्य स्वामी स्वरूपानन्द सरस्वती का हाल में दिया गया एक वक्तव्य।

अपने शंकराचार्य बनने की 27वीं वर्षगाँठ के अवसर पर बोलते हुए परम पूज्य स्वामी ने, इस समय व्याप्त 'हिन्दुत्व' के परिप्रेक्ष्य में एक बड़ी सुन्दर और साहसपूर्ण बात कही। आपने कहा कि राम जन्मभूमि, गोरक्षा और दूसरे धार्मिक मुद्दों के आधार पर चलाई जानेवाली राजनीति का यथासम्भव विरोध होना चाहिए। धर्म के राजनैतिक इस्तेमाल को पाप बताते हुए आपने ज़ोर दिया कि धर्म की राजनीति नहीं चलनी चाहिए, बल्कि राजनीति में धर्म की प्रतिष्ठा होनी चाहिए। ऐसा तभी हो सकता है जब राजनेता मानवीय मूल्यों को महत्त्व दें।

राजनीति और धर्म के पृथकीकरण के समर्थकों को हो सकता है बद्रिकाश्रम के शंकराचार्य के इस वक्तव्य से असहमति हो। पर उनको भी संघ गिरोह की राजनीति पर किए गए इस सीधे प्रहार का महत्त्व तो मानना ही पड़ेगा। विशेष रूप से इसलिए कि जिस तरह से इस वक्तव्य में मानवीय मूल्यों को राजनीति में (पुनः) स्थापित करने पर बल दिया गया है, उसके बाद यहाँ प्रयुक्त धर्म का अर्थ काफ़ी विशाल होता-सा लगता है। वैसे भी, गांधी के ज्वलन्त उदाहरण को हम बिल्कुल भुला न दें तो, राजनीति और धर्म का सामंजस्य अनिवार्यतः आपत्तिजनक हो, यह ज़रूरी नहीं है। धर्म से उत्प्राणित राजनीति एक उदात्त आदर्श बन सकती है।

पर इसी वक्तव्य में बद्रिकाश्रम के शंकराचार्य यह भी कहते हैं कि कश्मीर में संघर्ष विराम करने से धर्म की हानि हुई है। आपके अनुसार अधर्म के विरुद्ध युद्ध जारी रखना चाहिए।

ज़ाहिर है कि परम पूज्य शंकराचार्य को अपने वक्तव्य में कोई अन्तर्विरोध, वह भी आपत्तिजनक, नहीं दिखाई दिया होगा। और चूँकि यह वक्तव्य एक शंकराचार्य का है, न जाने कितने श्रद्धालु इसको यथावत् इसीलिए मान लेंगे कि यह शंकराचार्य की व्यवस्था है। पर, श्रद्धालु बने रहकर ज़रा भी खुले दिमाग़ से इस पर ग़ौर करें तो फौरन दिखाई पड़ जाएगा कि राजनीति में धर्म और मानवीय मूल्यों की प्रतिष्ठा का महत् सिद्धान्त इस वक्तव्य में प्रतिपादित होने के साथ ही स्खलित हो जाता है।

धर्म की कौन-सी व्याख्या या परिभाषा के सहारे शंकराचार्य जी अपनी इस व्यवस्था का औचित्य स्थापित करेंगे कि संघर्ष विराम से कश्मीर में धर्म को धक्का और अधर्म को बढ़ावा मिला है ? वह कौन-सा धर्म है जो शान्ति स्थापना की उम्मीद में परीक्षण के तौर पर किए गए एक अस्थायी युद्ध-विराम से लड़खड़ा जाता है ? साथ ही, इस धर्म का विलोम वह कौन-सा अधर्म है जिसको उनसे जोड़ा जा रहा है जो इस युद्ध में हमारे विरुद्ध हैं ? और जो कुछ भी हो वह 'अधर्म', इस्लाम तो नहीं ही है। सौभाग्य की बात है कि कट्टरपन्थी से कट्टरपन्थी हिन्दुओं तक ने इस्लाम को अधर्म का नाम नहीं दिया है। फिर बद्रिकाश्रम के शंकराचार्य जैसे उदार धर्माधीश के बारे में तो सोचा भी नहीं जा सकता कि वह अधर्म की बात करते समय इस्लाम की तरफ़ इशारा कर रहे हैं।

न ही यह मानने का कोई कारण है कि संघर्ष-विराम के फलस्वरूप जिस धर्म की हानि का दावा किया जा रहा है वह हिन्दू धर्म है। कश्मीर का मसला या देश की अखंडता का मुद्दा किसी धर्म विशेष का मामला नहीं है। भारत सरकार द्वारा घोषित संघर्ष-विराम से यदि लाभ न होकर कोई हानि होती है तो वह राष्ट्र की हानि होगी, हिन्दू धर्म या किसी अन्य विशिष्ट धर्म की हानि नहीं।

राष्ट्र की हानि ! वही है धर्म की हानि। राष्ट्र-धर्म की हानि ! 'वसुधैव कुटुम्बकम्' एक आदर्श है। दूसरा आदर्श है 'जननी जन्मभूमिश्च स्वर्गादपि गरीयसी'। पहला आदर्श, आमतौर पर, खासा आरामदेह होता है। सिर्फ़ ज़बानी जमा-ख़र्च और, ज़रूरत पड़ने पर,

सारी संकीर्णता, हिंसा और द्वेष के बाद भी, हमारी उदात्त आत्म-छवि सुरक्षित ! उदात्त आत्म-छवि की रक्षा तो, आप कह सकते हैं, राष्ट्र-धर्म भी करता है। पर यह रक्षा एक हद तक मात्र सतही रक्षा होती है। राष्ट्र के रूप में 'हम' अनिवार्यतः किसी 'दूसरे' की कल्पना करते हैं जो 'हमारा' विलोम होता है और जिसके प्रति हमारी सारी संकीर्णता, हिंसा व द्वेष जायज़ हो जाते हैं। संकीर्णता, हिंसा, द्वेष आदि भावों का हम लाख उदात्तीकरण करें राष्ट्र-धर्म के नाम पर, इन भावों से हमारा नैतिक-भावनात्मक ह्रास तो होता ही है।

राष्ट्र और धर्म की इस एकरसता के बाद ही ऐसा होता है कि चूँकि 'हम' धर्म का प्रतिनिधित्व करते हैं, हमारा विरोधी और अधर्म एकरस हो जाते हैं। अतएव, तर्कतः, अगर भारत सरकार के संघर्ष-विराम से धर्म की हानि होती है तो अधर्म को बढ़ावा मिलता है।

राष्ट्र और धर्म की समकक्षता सिर्फ़ भारतीय राष्ट्रवाद का गुण नहीं है। प्रत्यक्ष या परोक्ष तरीके से हर राष्ट्रवाद में कमोबेश यह प्रवृत्ति विद्यमान रही है। जहाँ तक भारतीय राष्ट्रवाद का सम्बन्ध है, उन्नीसवीं सदी के आख़िर में शुरू होकर यह प्रवृत्ति बंगाल में पनपे क्रान्तिकारी आन्दोलन के दौरान बीसवीं सदी के शुरू के सालों में पूरी तरह उभरकर आई। राष्ट्र ही ईश्वर हो गया और राष्ट्र ही धर्म। हालाँकि बाद में क्रान्तिकारी आन्दोलन भी धर्मनिरपेक्षता और समाजवाद से प्रेरणा लेने लगा, विदेशी शासन के विरुद्ध राष्ट्रीय चेतना का कुछ ऐसा आवेग हुआ कि राष्ट्रवाद की सत्ता धर्म को अपदस्थ-सी कर बैठी।

विदेशी शासन से संघर्षरत राष्ट्रवाद की जो भी खामियाँ रही हों, उसका बुनियादी स्वरूप एक मुक्तिकामी विचारधारा का था। आज़ादी के तिरपन सालों में यह खामियाँ खासी उभरकर आई हैं, और वर्तमान इतिहास लेखन में इनका विश्लेषण भी होता रहा है। पर स्वतन्त्रता-संग्राम के उन्माद के समय भी टैगोर और प्रेमचन्द जैसे संवेदनशील लेखकों ने राष्ट्रवाद के खतरों और उसके घिनौने रूप को साफ़-साफ़ देख लिया और दर्शा दिया था। राष्ट्रवाद पर दिए गए टैगोर के व्याख्यान, स्वदेशी को लेकर गांधी से उनकी सार्वजनिक असहमति, और *घरे बाइरे* जैसे उनके उपन्यास आज भी प्रासंगिक हैं, और हमको आश्चर्य में डाल देते हैं कि कैसे टैगोर, देश की आज़ादी के प्रति समर्पित रहते हुए भी, राष्ट्रवाद के नकारात्मक पहलुओं को उस समय ही पहचान गए। टैगोर जैसी बारीकी और पैनापन भले ही वहाँ न हो, प्रेमचन्द के अनेक लेखों और *प्रेमाश्रम*, *कर्मभूमि* और *गोदान* जैसे उपन्यासों में भी राष्ट्रवाद के अनाकर्षक यथार्थ का पर्याप्त चित्रण और विश्लेषण है।

हैरत होती है–चिन्ता भी–कि बीसवीं सदी के ऐन छोर पर खड़े हम, राष्ट्रवाद के नाम पर हुई और हो रही विभीषिका के चश्मदीद गवाह, उतना भी नहीं देख-समझ पा रहे जो टैगोर और प्रेमचन्द जैसों ने उस समय देख-समझ लिया था। क्यों हैं हम इस आततायी विचारधारा से इस कदर आक्रान्त ?

सरलीकरण का खतरा उठाते हुए, राष्ट्रवाद को एक फॉरमूले में बाँधा जा सकता है। इसका विकास दो स्तरों पर होता है। एक स्तर सामुदायिक स्वार्थ अथवा हित का, और दूसरा आदर्श का। पहला स्तर सीमित और दूसरा व्यापक। पहले स्तर पर किसी या किन्हीं वर्ग अथवा समुदाय विशेष को उम्मीद रहती है कि राष्ट्रवाद से उसके/उनके हित सिद्ध हो सकेंगे। यह ऐसे वर्ग और समुदाय होते हैं जिनका समाज में वर्चस्व होता है। इस वर्चस्व के चलते उनके हित संकीर्ण हितों की तरह नहीं, राष्ट्रीय हितों की तरह उपस्थित किए जाते हैं। ऐसा नहीं कि इन वर्गों और समुदायों के लोग सचेतन रूप से सिर्फ़ स्वार्थ-सिद्धि में लगे रहते हैं। उनके लिए भी राष्ट्रवाद एक सर्वोपरि आदर्श के रूप में प्रेरणा का स्रोत बन जाता है। पर यह प्रेरक आदर्श उन तक सीमित नहीं रहता। धीरे-धीरे राष्ट्रवाद का आदर्श समाजभर में फैलने लगता है।

इन दोनों स्तरों में से कोई भी स्थिर नहीं रहता। राजनैतिक चेतना के विकास के साथ-साथ नए वर्ग और समुदाय भी अपने हितों को राष्ट्रवाद के सहारे सिद्ध करने का प्रयत्न करते हैं, और परिणामस्वरूप पहला स्तर न सिर्फ़ बढ़ने लगता है बल्कि उसमें आपसी टकराव भी शुरू हो जाते हैं। पर ऐसा कभी नहीं होता कि लगातार फैलते यह दोनों स्तर एक हो जाएँ।

हितों की यह टकराहट कई बार एक राष्ट्रवाद के विरुद्ध दूसरे राष्ट्रवाद को जन्म भी दे देती है। साम्राज्यवाद के खिलाफ़ भारत में पनपी राष्ट्रीय चेतना (ओं) के इतिहास को याद कीजिए। जो 'भारतीय' राष्ट्रवाद के रूप में उन्नीसवीं सदी में उभरी, उस राष्ट्रीय चेतना के बरक्स एक प्रवृत्ति लगभग उसी समय उभरी और वक़्त के साथ ज़ोर पकड़ती गई। आज भी, ज्यादातर, हम इसको मुस्लिम साम्प्रदायिकता का नाम देते हैं जबकि पाकिस्तान और सारी दुनिया के लिए वह एक पृथक और स्वतन्त्र राष्ट्रवाद है।

भारतीय राष्ट्रवाद से हमें कुछ ऐसा मोह—अन्धा मोह—हो गया है कि इतिहास का वास्तविक यथार्थ भी हम देख नहीं पाते। बंग्लादेश के जन्म पर हमें विजय-सुख तो हुआ ही, हमने यह भी माना कि इस ऐतिहासिक घटना ने दो-राष्ट्र के सिद्धान्त को, जिसके आधार पर पाकिस्तान बना था, पूरी तरह झुठला दिया है। पर हम यह न देख सके कि बंग्लादेश का जन्म, दो-राष्ट्र के सिद्धान्त से भी अधिक, 'एक भारतीय राष्ट्र' के सिद्धान्त को झुठला रहा है।

उन्नीसवीं सदी का मुस्लिम पृथकवाद तो दरअसल बाद में राष्ट्रवाद बना, भारतीय राष्ट्रवाद के प्रादुर्भाव के ही साथ-साथ तमिल, उत्कल, अहोम इत्यादि तमाम 'क्षेत्रीय' राष्ट्रवाद उभरने लगे थे। इन अनेक राष्ट्रवादों के अपने अलग-अलग सम्बन्ध भारतीय राष्ट्रवाद से बने। इन सम्बन्धों में कभी सामंजस्य उभरता था, कभी टकराव। इन सम्बन्धों का इतिहास अभी लिखा जाना है। वैसे शुरुआत इस दिशा में हो चुकी है।

कुछ इसी तरह का सम्बन्ध 'भारतीय' राष्ट्रवाद से बना उन समुदायों का, जो आज दलित के रूप में अपनी अस्मिता और अपनी राजनीति निर्धारित करना चाह रहे हैं। इस सम्बन्ध को भी 'भारतीय' राष्ट्रवाद ने काफ़ी सुविधाजनक ढंग से निबटाने की

कोशिश की है। ऐसी कोशिश का आधार होता है राष्ट्रवाद और अंग्रेज़ों के प्रति राजभक्ति के बीच विरोध की कल्पना करके दिखा देना कि जोतिबा फूले या शाहू महाराज जैसे दलित नेता 'राष्ट्र-विरोधी' थे। राष्ट्रवाद और राजभक्ति के विरोध को काल्पनिक कहे जाने पर आप एतराज़ करना चाह सकते हैं। पर हम यहाँ उस समय की बात कर रहे हैं जब कांग्रेस के वार्षिक अधिवेशनों में बाक़ायदा 'गॉड सेव द क्वीन/किंग' गाया जाता था। उस समय, यदि यह विरोध मान लिया जाए, रानाडे, गोखले या दादाभाई नौरोजी भी 'राष्ट्र-विरोधी' थे !

धर्म, राष्ट्र और राष्ट्र-धर्म अनजाने ही हमको कुछ ऐसे अपनी गिरफ्त में ले लेते हैं कि हम अपनी सारी उदारता और सदाशयता के बावजूद उन मानवीय मूल्यों को ही भुला देते हैं जो, हम अन्यथा मानते हैं, जीवन को जीने योग्य बनाते हैं।

अन्त में मैकॉले का एक 'कनफैशन'। 1857 के विप्लव की खबरें जैसे-जैसे उसे इंग्लैंड में मिलती थीं, वह अपनी डायरी में हिन्दुस्तानियों के खिलाफ़ अपने मन के गुबार दर्ज़ करता रहता था। जब दिल्ली अंग्रेज़ों के नियन्त्रण में आ गई और संकट अंग्रेज़ों के लिए टल गया तो मैकॉले को अचानक अपराधबोध हुआ कि कितनी घटिया बातें वह हिन्दुस्तानियों के बारे में सोच भी सका था। उसने पाया कि वह अपनी ही नज़रों में गिर गया है, बावजूद इस एहसास के कि वह सारे गर्हित भाव उसके मन में तब आए थे जब उसके देशवासी हिन्दुस्तान में ज़िन्दगी और मौत की लड़ाई लड़ रहे थे।

इस समय तो हमारा देश किसी युद्ध में भी नहीं फँसा है, और परम पूज्य शंकराचार्य राजनेताओं से मानवीय मूल्यों को राजनीति में स्थापित करने का सन्देश देते-देते स्वयं धर्म और मानवता को भूल-से जाते हैं। फिर हम उनसे क्या अपेक्षा करें जो 6 दिसम्बर को शौर्य दिवस माने बैठे हैं ?

'सोमनाथ' : एक नए प्रतीक की सम्भावना

लिखने के साथ एक खतरा हमेशा जुड़ा रहता है : ग़लत समझ लिए जाने का खतरा। हम कुछ कहना चाहते हैं, पूरी सामर्थ्य लगा देते हैं कि वही लिखें जो कहना चाहते हैं, पर अपने लिखे के अर्थ को नियन्त्रित नहीं कर पाते। बोलने में भी ग़लत समझ लिए जाने का खतरा रहता है, लेकिन वहाँ बातचीत के सहारे ग़लतफहमी दूर होने की एक हद तक गुंजाइश रहती है। लिखने का यह खतरा तब और बढ़ जाता है जब हमारा लेखन ऐसे नाज़ुक विषयों पर हो जिनको लेकर हमारा समाज उस गहरे भावनात्मक स्तर पर बँटा हो जहाँ विचार पूर्वग्रहों का पर्याय-सा बन जाते हैं।

ऐसे विषयों पर हम या तो लिखते नहीं, लिखते हैं तो अपनी विचारधारा एवं पूर्वग्रहों की लक्ष्मण रेखा में बँधे रहकर। हम घबराते हैं कि कहीं ऐसे नाज़ुक विषयों पर हमारे ही लिखे का अपने फ़ायदे के लिए वे लोग इस्तेमाल न कर लें जिनकी विचारधारा और राजनीति से हमारी बुनियादी असहमति है। हमें एक और घबराहट भी घेरे रहती है। कहीं हमारे अपने लोग ही यह न सोच बैठें कि किसी लालच में हम विपक्षी सोच का साथ देने लगे हैं। आख़िर विरोधी खेमों में उन्मुक्त आवाजाही आज सिर्फ़ राजनीति तक तो सीमित है नहीं। कम-से-कम ऍमरजेंसी के ज़माने से बौद्धिकों, साहित्यिकों इत्यादि ने भी सुख-सुविधानुसार अपनी निष्ठाओं को फेरने-बदलने में उत्तरोत्तर कौशल का प्रदर्शन किया है।

जोखिम जो भी हो, चिन्तन को स्वतन्त्र, संवेदनशील और आत्मालोचनात्मक होना ही चाहिए। तभी वह विश्वसनीय होगा। और प्रभावशाली भी।

मैं पिछले कुछ दिनों से धर्मनिरपेक्षता–जिससे मेरा अपना लगाव है–और हिन्दुत्व के सन्दर्भ में सोमनाथ के बारे में सोचता रहा हूँ। एक समय था जब सोमनाथ प्रतीक बन गया था 'भारतीय' दासता के 'एक हज़ार वर्षों' का। उन्नीसवीं सदी के उत्तरार्द्ध में तमाम हिन्दू–ऐसे हिन्दू जिनको हम सहर्ष राष्ट्रवाद के अगुवाओं में मानते हैं–सोमनाथ को इसी रूप में देखते थे। तेज़ी से उभर रही इस राष्ट्रवादी मानसिकता में सोमनाथ के मर्म को भारतेन्दु हरिश्चन्द्र के सहारे समझा जा सकता है। आधुनिक हिन्दी साहित्य के आदि पुरुषों और हिन्दी क्षेत्र में राष्ट्रवाद के प्रसारकों में प्रमुख, भारतेन्दु ने अपनी एक कविता में कहा :

जहाँ बिसेसर सोमनाथ माधव के मन्दिर,
तँह महजिद बनि गईं होत अब अल्ला-अकबर।

इसी वेदना को और तीक्ष्णता से व्यक्त करती भारतेन्दु की एक अन्य पंक्ति है :

महजिद लखि बिसुनाथ ढिग परे हिये जो घाव।

प्रतिदिन विश्वनाथ का दर्शन करनेवाले काशीवासी भारतेन्दु के हृदय में पड़े यह घाव, सम्भव है, आए दिन ताज़ा होते रहे हों। पर उनकी वाणी में व्यक्त वेदना सिर्फ़ उनकी अपनी वेदना नहीं थी। न ही यह वेदना हिन्दी क्षेत्र तक सीमित थी। अन्य भारतीय भाषाओं के तत्कालीन साहित्य में भी इस तरह की भावनाएँ इसी अन्दाज़ में व्यक्त होती हैं। मैं एक निर्णायक उदाहरण देकर इस कथन की पुष्टि करना चाहूँगा। भारतीय इतिहास लेखन में भारतीय राष्ट्रवाद को 'धार्मिक' राष्ट्रवाद और 'आर्थिक (धर्मनिरपेक्ष)' राष्ट्रवाद की पृथक श्रेणियों में बाँटकर देखने की प्रवृत्ति रही है। दरअसल यह एक कृत्रिम विभाजन है। तथाकथित आर्थिक राष्ट्रवाद के प्रवर्तकों में रमेशचन्द्र दत्त का बड़ा महत्त्वपूर्ण स्थान है और इस सन्दर्भ में हमेशा ही उनकी *इकनॉमिक हिस्ट्री ऑव इंडिया* का ज़िक्र किया जाता है। पर यदि आप दत्त के उपन्यासों को पढ़ें तो पाएँगे कि उन पर बंकिम जैसे 'हिन्दू' का कितना गहरा प्रभाव था। न सिर्फ़ अपने ऐतिहासिक बल्कि सामाजिक उपन्यासों में भी दत्त तथाकथित धार्मिक राष्ट्रवाद से ओतप्रोत दिखाई पड़ते हैं। उनके उपन्यास *समाज* में हिन्दुओं पर हुए अत्याचारों के कुछ बड़े मार्मिक प्रसंग हैं।

ज़ाहिर है कि उनकी हिन्दू संवेदना की वजह से भारतेन्दु या दत्त जैसे राष्ट्रवादियों के राष्ट्रवाद को लेकर हमें सन्देह करने की कोई ज़रूरत नहीं है। ज़रूरत है इस एहसास की कि राष्ट्रवादी चेतना कभी भी, कहीं भी, कोई ऐसी चेतना नहीं होती जो बाकी और सामूहिक चेतनाओं को मिटाकर स्वयं उनका स्थान ले लेती है। सांस्कृतिक रूप से विकसित और भाँति-भाँति की भिन्नताओं से सम्पन्न हमारे जैसे देश में तो ऐसा और भी कठिन है। सच तो यह है कि ऐसा होना भी नहीं चाहिए कि राष्ट्रीय अस्मिता के लिए, और सामूहिक चेतनाओं को मिटा दिया जाए।

राष्ट्रवाद और धर्मनिरपेक्षता के लिए असल चुनौती यह है कि विभिन्न समूहों की संवेदनाओं के प्रति आदर और सहानुभूति बनाए रखकर राष्ट्रीय अस्मिता और अन्य सामूहिक अस्मिताओं में सामंजस्य ही असल आदर्श हो।

इस आदर्श का कम-से-कम आज़ादी के आने तक भारतीय राष्ट्रवाद के एक विकल्प के रूप में खासा महत्त्वपूर्ण स्थान रहा। और तत्वों के साथ-साथ गांधी के जीवन और दर्शन ने भी इस आदर्श को सहारा दिया। मुझे याद है कि सत्तर के दशक की शुरुआत तक किस विश्वास और सहजता के साथ प्रोफेसर मुहम्मद मुजीब जैसे लोग कहते थे कि ज़रूरत बस यह है कि हिन्दू अच्छे हिन्दू बनें और मुसलमान अच्छे मुसलमान।

मुजीब साहब को जानने और याद रखनेवाले लोग आज कम ही हैं। *इंडियन मुस्लिम्स* जैसा संवेदनशील और आधिकारिक ग्रन्थ लिखनेवाले मुजीब साहब अपने

जीवन और चिन्तन दोनों में ही सौम्य, शिष्ट, सन्तुलित पर साथ ही विचारोत्तेजक थे। राष्ट्रीय आन्दोलन के ज़माने से ही जामिया मिल्लिया इस्लामिया जैसी राष्ट्रीय मुस्लिम संस्था से जुड़े और आज़ादी के बाद वर्षों तक उसको चलानेवाले इस 'मुसलमान' को सत्तर के दशक के आते न आते तक यह भी आभास होने लगा था कि कम हिन्दू अच्छे हिन्दू हो रहे थे और कम मुसलमान अच्छे मुसलमान। अपने जीवन में उन्होंने हिन्दू और मुसलमानों के आपसी सम्बन्धों में घटते एक परिवर्तन को देखा था और इसकी विडम्बना उनको दुखी करती थी। वह याद करते थे अपने बचपन के दिन जब उनके हिन्दू दोस्तों के घरों में उनको, मुसलमान होने के कारण, अलग बर्तनों में नाश्ता या खाना दिया जाता था। उनके अपने बेटे ने कभी ऐसा भेदभाव नहीं देखा। बल्कि उसके समय में हिन्दू और मुसलमान–सम्भ्रान्त मध्यम वर्गीय हिन्दू और मुसलमान–न सिर्फ़ खाने-पीने के मामले में खुल गए, बल्कि पहले के मुकाबले उनमें ज्यादा शादियाँ भी एक-दूसरे से होने लगीं। फिर भी विडम्बना यह थी कि उनके बेटे के समय में हिन्दू और मुसलमानों में दूरी आ गई थी जबकि उनके अपने समय में दोनों ज्यादा निकट थे।

मुजीब साहब की दुखद अन्तर्दृष्टि के अनुसार, बजाय अच्छे हिन्दू और अच्छे मुसलमान होने के, हिन्दू हमारे समय में और अधिक हिन्दू हुए हैं, मुसलमान और अधिक मुसलमान हुए हैं। शायद इसलिए कि हिन्दू और मुसलमान 'होने' की सहजता आज न हिन्दू को उपलब्ध है न मुसलमान को। मानो ऐसा होने में भारतीय 'होने' की हानि होती है। (वैसे हिन्दुत्ववादी इस स्थिति को अपने लिए आसान बना रहे हैं हिन्दू को ही राष्ट्र का पर्याय बनाकर।)

धर्मनिरपेक्ष राष्ट्रवाद का यह विस्तारवादी रूप, जहाँ दूसरी सामूहिक पहचानों का लोप ही चरम आदर्श है, आज़ादी के शुरू के सालों में ही खासा प्रभावशाली हो गया था। मुझे याद है कि एक पारम्परिक परिवार में बड़े होने के बावजूद, और बग़ैर किसी प्रत्यक्ष 'धर्मनिरपेक्षी' प्रभाव के, मुझे बड़ा धक्का लगा था जब मैंने बचपन में राष्ट्रपति राजेन्द्र प्रसाद को साधुओं के समक्ष नमन करते अखबार में देखा था। 10-12 साल के एक कस्बाई लड़के के मन में देश के राष्ट्रपति को धार्मिकों के आगे झुकते देख हुई बेचैनी से धर्मनिरपेक्षता के एक खासे कट्टर रूप की व्यापकता का अन्दाज़ लग सकता है।

याद नहीं कि सोमनाथ मन्दिर के जीर्णोद्धार को लेकर हुए नेहरू और राजेन्द्र प्रसाद के विवाद का मुझ पर उस समय क्या प्रभाव पड़ा था। पर बाद में जब इतिहास-अध्ययन मेरा पेशा बन गया तो मुझे इसमें कोई सन्देह नहीं था कि, बरक्स नेहरू, पटेल और के.एम. मुंशी समेत राजेन्द्र प्रसाद सोमनाथ को लेकर धर्मनिरपेक्षता के बड़े आदर्श का उल्लंघन कर रहे थे। दूसरे शब्दों में, मैं देश में चल रहे प्रगतिशील, उदारवादी, धर्मनिरपेक्ष इतिहास-लेखन की आधारभूत मान्यताओं का अनुसरण कर रहा था।

यही नहीं, क़रीब बीस साल पूर्व जब मैंने पहले-पहल भारतेन्दु-कालीन साहित्य और चेतना में सोमनाथ इत्यादि को लेकर वैसे भाव पाए जिनका उल्लेख ऊपर हुआ है तो

वह सहज ही मुझे 'साम्प्रदायिकता' के रूप में दिखाई पड़े। 'साम्प्रदायिकता' उस नकारात्मक अर्थ में जिसमें वह 'राष्ट्रवाद' का विलोम बनकर हमारे विमर्श में आती है।

इतिहास-लेखन एक निरन्तर प्रक्रिया है। केवल इसलिए नहीं कि समय के साथ नए-नए साक्ष्य निकलते रहते हैं। उससे भी अधिक इसलिए कि समय के साथ दृष्टिकोण बदलते रहते हैं, और वर्तमान में हो रहे परिवर्तन अतीत को नए-नए रूपों में उद्घाटित करते रहते हैं। जो पहले अदृश्य था वह अचानक चमक-सा जाता है।

अतीत के किसी भाग से सम्बन्धित भारतेन्दु और दत्त जैसे राष्ट्रवादियों की 'हिन्दू' वेदना की शिद्दत को पिछले सालों की हिंसक उथल-पुथल ने कुछ इसी तरह चमका दिया है। उस वेदना के प्रति संवेदनहीनता–उसको देखकर भी उसके महत्त्व का नकार–उदारवादी, प्रगतिशील इतिहास-बोध के लिए अब और सम्भव नहीं है। न ही सम्भव है यह तर्क कि पुराने घावों को कुरेदने से नुकसान ही होगा। जातीय घावों को लेकर कहना कठिन होता है कि कौन पुराने हैं और कौन ताज़ा। वैसे भी जिन घावों की हम बात कर रहे हैं वे पुराने होकर भी इस समय नए बने हुए हैं। इनको दबा देना मुश्किल है। सहानुभूति, संवेदना और सहिष्णुता से ही इनको भरने का यत्न सम्भव है।

देश के बँटवारे और उसके बाद की परिस्थितियों में शायद स्वाभाविक था कि सोमनाथ हमारे धर्मनिरपेक्ष इतिहास-लेखन में प्रतीक बन जाए साम्प्रदायिक चेतना का। धर्मनिरपेक्ष इतिहास-लेखन के ही लिए आज इस प्रतीक को बिलकुल बदल देने की सम्भावना भी है और ज़रूरत भी। बदल देने का मतलब यह नहीं कि हम सोमनाथ को कृत्रिम तरीके से एक नई छवि दे दें, क्योंकि वह एक कारगर तरीका लगता है साम्प्रदायिकता के विकट संकट से निपटने का। असल बदलाव तो हमारी दृष्टि में आना है जहाँ वाकई हम सोमनाथ को एक नए तरीके से देख सकें। दृष्टि का ऐसा बदलाव जो जातीय दुखों को अनिवार्यतः साम्प्रदायिक न मानकर–'साम्प्रदायिकता' के कलंकित सन्दर्भ में साम्प्रदायिक–उनके प्रति संवेदनशील हो।

इन दुखों को नकारे बग़ैर, बात हो सकेगी अतीत की कटुता को वर्तमान में दूर करने के सभ्य तरीकों की। ऐसे तरीके जो पुरानी कटुता का निराकरण नई कटुता पैदा किए बग़ैर करेंगे। तब सम्भव होगा हमारे लिए सोमनाथ मन्दिर के जीर्णोद्धार में कुछ कट्टर हिन्दुओं के धर्मोन्माद के अतिरिक्त भी बहुत कुछ देख सकना।

सम्भव है कि सरदार पटेल, के. एम. मुंशी और राजेन्द्र प्रसाद, बरक्स नेहरू प्रतिक्रियावादी रहे हों। यह भी कि प्रतिक्रियावादी होने के कारण ही उन्होंने सोमनाथ के जीर्णोद्धार का समर्थन किया हो। पर सोमनाथ के जीर्णोद्धार का विचार ही सिद्धान्ततः प्रतिक्रियावादी था, ऐसा मानने का कोई औचित्य नहीं है। इसी तरह, नेहरू कितने ही प्रगतिशील रहे हों, सोमनाथ के जीर्णोद्धार से सम्बन्धित विवाद को उनकी प्रगतिशीलता का साक्ष्य नहीं माना जा सकता।

ऐसा हमारे अपने समय में हो पाए या न हो पाए, हर सभ्य और संवेदनशील भारतीय की इच्छा होगी कि बाबरी मसजिद पुनः यथास्थान स्थापित कर दी जाए। यह

इच्छा काल या समुदाय विशेष—अल्पसंख्यक अथवा बहुसंख्यक—से निर्धारित नहीं हो सकती। जातीय दुखों को समझने के लिए दो अलग-अलग तर्क, अलग-अलग संवेदनाएँ अथवा अलग-अलग सिद्धान्त नहीं हो सकते। जातीय दुख इसलिए नहीं झुठलाए जा सकते कि वे पाँच सौ साल या हज़ार साल पुराने हैं।

धर्मनिरपेक्ष इतिहास-लेखन यदि प्रेरित हो जाता है सोमनाथ से उत्पन्न जातीय दुख और सोमनाथ के जीर्णोद्धार को मुक्त भाव से स्वीकार करने के लिए, तो साम्प्रदायिक सौहार्द का एक नया प्रतीक हमको मिल सकेगा।

जैसे सोमनाथ का मन्दिर बग़ैर वर्तमान में कोई नया अन्याय किए एक बार फिर उठ खड़ा हुआ, बाबरी मसजिद को भी वैसे ही खड़ा कर देना हमारी मानवीयता के लिए एक बड़ी चुनौती है।

महात्मा, महन्त और अनशन

'ऐसा हमारे मुल्क में हो गया है कि एक चीज़ का नाम ले लिया, लेकिन काम इससे उल्टा किया।' (3 अक्तूबर 1949, महात्मा गांधी)।

अपनी मौत से चार महीने पहले व्यक्त की गई गांधी की यह परेशानी पिछले तिरेपन बरसों में हमारी ज़िन्दगी में इतनी आम हो गई है कि अब इस पर हमारा ध्यान भी नहीं जाता। एक वक़्त था–शायद वे पचास और साठ के दशक थे–जब इस परेशानी को जातीय चारित्रिक ह्रास अथवा शब्दों के अवमूल्यन जैसे नामों से जाना गया। लेकिन साल-दर-साल मर्ज़ कुछ इस तरह हद के पार होने लगा कि उसको मर्ज़ की तरह देखना ही मानो मुमकिन न रहा। कानों की दुनिया में मरीज़ तो दो आँखोंवाला ही होगा।

फिर भी कभी-कभार कुछ ऐसा हो जाता है कि ग़लत-से-ग़लत बात को भी सामान्य समझने की आदत के बावजूद हम परेशान होने लगते हैं। भले ही वह परेशानी देर तक न टिके। हाल में हुई एक ऐसी ही अपनी परेशानी का ज़िक्र आपसे करना चाहता हूँ। शायद आपको भी यह परेशान करे। उम्मीद है आपकी परेशानी यह नहीं होगी कि मैं इस बात को लेकर परेशान क्यों हूँ।

अभी पिछले दिन महन्त परमहंस रामचन्द्र दास जी ने अयोध्या में राम मन्दिर निर्माण के मामले में भारतीय जनता पार्टी के रवैये से क्रुद्ध होकर आमरण अनशन करने की घोषणा की है। श्रीराम जन्मभूमि न्यास एवं राम मन्दिर निर्माण समिति के अध्यक्ष रामचन्द्र दासजी को क्षोभ है कि मन्दिर आन्दोलन की बदौलत सत्तारूढ़ भाजपा अब इस मामले में कानूनी निर्णय की बात कर रही है। 90 वर्षीय परमहंस के इस क्षोभ की गहराई का अन्दाज़ न्यायपालिका को लेकर हुए उनके मोहभंग से लगाया जा सकता है। उनको दुख और क्रोध इस बात का है कि चालीस साल की उमर में वह मन्दिर विवाद न्यायालय में ले गए और पूरे चालीस साल तक उनको न्याय नहीं मिला। हताश होकर उन्होंने अपना मुकदमा वापस लेने का निर्णय किया। उस समय वह अस्सी साल के थे। और आज दस साल बाद 'उनकी ही' पार्टी उनसे अपेक्षा कर रही है कि वह पुनः न्यायिक निर्णय की प्रतीक्षा करें !

मुझे परेशानी यह नहीं है कि परमहंस न्यायपालिका के निर्णय को मानने के लिए क्यों नहीं तैयार हैं। मैं उन लोगों में हूँ जो मानते हैं कि ऐसे मसले कचहरी-कानून से तय नहीं हो सकते। सच तो यह है कि स्वयं परमहंस को मन्दिर विवाद को कचहरी

में ले ही नहीं जाना चाहिए था। इतना ही नहीं, सर्वोच्च न्यायालय को भी शुरू में ही इस मामले में अधिक सतर्कता बरतनी चाहिए थी। कल्पना कीजिए, सुप्रीम कोर्ट के समक्ष जो परस्पर विरोधी दस्तावेज पेश किए गए थे उनसे निर्विवाद यदि सिद्ध हो जाता कि बाबरी मसजिद का निर्माण मन्दिर को नष्ट कर किया गया था, तो क्या सुप्रीम कोर्ट मसजिद को ढहा दिए जाने का आदेश दे देता ?

मेरी परेशानी परमहंस के आमरण अनशन को लेकर है। उसी परेशानी को उजागर करने के लिए मैंने गांधी के बेचारगी-भरे उद्धरण का सहारा लिया है। नाम लो सत्याग्रह का और सिद्ध करो अपने-अपने स्वार्थ !

क्या, पूछा जा सकता है, गड़बड़ है परमहंस के अनशन में ?

'करो या मरो' के मूल मन्त्र पर आधारित सत्याग्रह-शास्त्र में जो अन्तिम, चरम शस्त्र है वह है आमरण अनशन। पर इस शस्त्र का प्रयोग भारी नैतिक दायित्व की माँग करता है। अनशनकारी के मन में किसी के प्रति बैर, विरोध व वैमनस्य का भाव नहीं होना चाहिए। जिसको लेकर अनशन किया जा रहा है उसके प्रति प्रेम-भाव अनिवार्य है। 'जिसको लेकर' न कि 'जिसके विरोध में'। सत्याग्रह में किसी 'विरोधी' के लिए जगह ही नहीं है।

महन्त परमहंस रामचन्द्र दास जी बड़े जुझारू व्यक्ति हैं। पर उनका मूल मन्त्र करो या मरो नहीं, मरो या मारो है। मरो से भी अधिक मारो। ऐसा व्यक्ति कैसे अपने आप को आमरण अनशन जैसे साधन के प्रयोग का अधिकारी मान बैठा ? ठीक दस साल पूर्व नवम्बर के ही महीने में हुए परमहंस के दर्शन की याद का संक्षिप्त उल्लेख इस सन्दर्भ में न करना अनुचित होगा। अक्तूबर 1990 में बाबरी मसजिद पर किए गए असफल हमले और उसी के बाद हुए तथाकथित नरसंहार के तुरन्त बाद हम चार-पाँच लोग स्थिति का जायज़ा लेने के इरादे से अयोध्या गए हुए थे। स्वाभाविक ही था कि हम परमहंस के दरबार में भी पहुँचे। गुलाबी जाड़े की दोपहर थी। एक विशाल वृक्ष के नीचे एक कुरसी पर परमहंस विराजमान थे और सामने कुछ स्त्री-पुरुष ज़मीन पर बैठे बड़े श्रद्धा-भाव से उनको सुन रहे थे। पता लगने पर कि हम दिल्ली से आए हैं और पढ़ने-लिखने का काम करते हैं, परमहंस ने हमारे लिए कुरसियों की व्यवस्था करवाई और हमारे लाभार्थ अयोध्या विवाद पर अपने विचार खासे विस्तार से रखे। उन्होंने बोलना शुरू ही किया था कि एक भक्त ने उनकी लहलहाती सफ़ेद दाढ़ी में एक पत्ता अटका देखा और उसको निकालने के लिए लपका। परमहंस के चेहरे पर एक मुसकान कौंधी और बड़े ही सौम्य अन्दाज़ में उन्होंने कहा कि हमारे ऋषि-मुनियों की दाढ़ियों में तो चिड़ियाँ घोंसले बना लेती थीं, उनकी दाढ़ी में तो बस एक पत्ता उलझ गया था।

और इसी के साथ हुआ कायाकल्प उनके अन्दाज़ में। उन्होंने बताया कि चालीस साल की लम्बी प्रतीक्षा के बाद जब उन्होंने इलाहाबाद उच्च न्यायालय से अपना मुकदमा वापस लिया तो न्यायाधीश ने उनसे पूछा कि फिर यह विवाद निबटेगा कैसे। उन्होंने

जवाब दिया कि वैसे ही जैसे बाबर ने निबटाया था। इसके बाद, शायद भाँपते हुए कि बाबर के तरीके की हमारे समय में हिन्दुओं द्वारा पुनरावृत्ति इन पढ़ने-लिखनेवालों के गले नहीं उतर रही, परमहंस ने अन्याय के प्रतिकार के लिए हिंसा की अनिवार्यता पर ज़ोर डाला। बात को आगे बढ़ाते हुए उन्होंने कश्मीर का भी हवाला दिया और कहा कि 'मेरी' दौ सौ सन्तानें (संख्या मैं इस समय भूल रहा हूँ पर अनुपात याद पड़ता है एक और दस का ही था) मारी गई हैं, मुझे उनके एवज़ में दो हज़ार जानें चाहिए। इत्यादि, इत्यादि।

प्रतिशोध को नीति और कर्तव्य की गरिमा प्रदान कर सिर्फ़ हिन्दुओं को अपनी सन्तान और मुसलमानों को बाबर की औलाद और उसी नाते विदेशी व दुश्मन माननेवाले परमहंस द्वारा आमरण अनशन का कोई औचित्य बनता नहीं।

महन्त परमहंस रामचन्द्र दास के बरक्स अनशन के आचार्य गांधी को देखिए। संयोग से फिर ज़िक्र नवम्बर मास का। सन् 1946। नोआखाली में हिन्दुओं के विरुद्ध भड़क उठी साम्प्रदायिक हिंसा की खबर मिलते ही गांधी को लगा कि उनकी जगह राजधानी दिल्ली में नहीं, हिंसाग्रस्त नोआखाली में है। वह समझ नहीं पा रहे थे कि नोआखाली में क्या करेंगे, पर उनको विश्वास था कि वहाँ पहुँचने पर ईश्वर उनको अगला कदम बताएगा। रास्ते में बंगाल के मुख्यमन्त्री हसन शहीद सुहरावर्दी से बातचीत करने के लिए गांधी दो-तीन दिन के लिए कलकत्ता रुक गए। लेकिन चूँकि कलकत्ता भी साम्प्रदायिक हिंसा की चपेट में था और बकरीद के मौके पर और झगड़े की आशंका थी, सुहरावर्दी के अनुरोध पर गांधी कलकत्ता में थोड़ा ज्यादा रुक गए ताकि शहर में शान्ति बनी रह सके। जैसा कि वास्तव में हुआ भी।

वहीं पर, 3 नवम्बर के दिन, गांधी को खबर मिली कि नोआखाली का बदला लेने के लिए बिहार के हिन्दुओं ने हिंसा शुरू कर दी है। इस समय वह खाँसी और फुँसियों के कारण अर्द्ध-उपवास की स्थिति में रह रहे थे। बिहार ने उनको झिंझोड़ दिया। उन्होंने तत्काल निर्णय कर लिया कि उनका अर्द्ध-उपवास अब चलता रहेगा और यदि बिहार की स्थिति में आमूल सुधार न हुआ तो, वह अनशन करके देह छोड़ देंगे।

पर, और अनशन की नैतिकता के सन्दर्भ में यह तथ्य महत्त्वपूर्ण है, नोआखाली को लेकर गांधी अनशन करने के लिए तैयार नहीं थे। उनके अपने मन में हिन्दू और मुसलमान में कोई भेद नहीं था। लेकिन उनको मालूम था कि अनेक मुसलमानों को उनकी नीयत पर पूरा भरोसा नहीं था। अतएव मुसलमानों को लेकर एक ही विकल्प उनके पास था : अपने आप को उनके बीच में डालकर उनके दिलों को जीतने और बदलने की कोशिश करें। अनशनकारी का स्वयं पाकदामन होना तो अनिवार्य है ही, पर यह भी आवश्यक है कि जिनको लेकर अनशन किया जा रहा है उनको उस पर विश्वास हो। परिणामस्वरूप, तत्कालीन परिस्थितियों में, एक ही उद्देश्य के लिए गांधी को हिन्दुओं और मुसलमानों में अपनी असमान विश्वसनीयता के प्रति संवेदनशील होकर सत्याग्रह के अलग-अलग साधनों का प्रयोग करना पड़ा।

ऐसा नहीं है कि गांधी सदैव ही अपने अनशनों के सम्बन्ध में इतने संवेदनशील और सजग रहे कि कभी किसी व्यक्ति अथवा समुदाय को यह नहीं लगा कि गांधी ने अपने जीवन को दाँव पर लगाकर जाने या अनजाने, किन्तु निश्चय ही, उनको ठग लिया है। इस तरह ठगा महसूस करनेवालों में दो प्रसिद्ध नाम हैं, टैगोर और अम्बेडकर। पर वह एक अलग कहानी है। लम्बी और दिलचस्प। फिलहाल इतना ही कि अपनी गलतियों के प्रति सतत सचेत गांधी से 1946 में इस तरह की ग़लती की गुंजाइश बहुत कम रह गई थी कि अपने अनशन से वह किसी पर अनुचित दबाव डाल दें।

महात्मा से एक बार फिर महन्त की ओर लौटें। परमहंस रामचन्द्र दास कोई टुटपुँजिया ट्रेड यूनियन या पार्टी नेता तो हैं नहीं। राजनीति में धँसने की विवशता के बावजूद वह एक प्रतिष्ठित धार्मिक हस्ती हैं। हिन्दुत्व के गौरव को पुनः प्रतिष्ठित करने का बीड़ा लिए हुए हैं। साध्य और साधन के अभेद को भले ही वह न मानें, अपने कहे और किए की गरिमा तो उनको बनाकर रखनी ही पड़ेगी। नहीं तो उनके साथ-साथ हिन्दुत्व भी कलुषित होता रहेगा। सामूहिक आत्मघात से बचने के लिए एक न्यूनतम नैतिक व सैद्धान्तिक मर्यादा के निबाह से वह बच सकते नहीं। बच पा रहे हैं या नहीं, यह उनके भक्तों और अनुयायियों को भी देखना पड़ेगा।

पर एक बात, गांधी की शब्दावली में, दिया-बाती की तरह साफ़ है। अनशन, आमरण वा सीमित, का प्रयोग मसजिद-मन्दिर जैसे विवाद के मामले में हो ही नहीं सकता। संकीर्ण हिन्दुत्ववादी चाहें तो कह सकते हैं कि अब मसला मसजिद-मन्दिर विवाद का नहीं बल्कि मन्दिर के निर्माण का है। जो बहुत बड़ी भूल होगी। 6 दिसम्बर 1992 के कुकृत्य के बाद भी बाबरी मसजिद विद्यमान है। विद्यमान न सिर्फ़ मुसलमानों और बहुनिन्दित उदारवादी हिन्दुओं के दिलों में, वरन् उन हिन्दुत्व समर्थक दिलों में भी जो बाबरी मसजिद के विनाश से उत्पन्न अपराधबोध को अपनी आक्रामकता के कवच के पीछे दबाए फिरते हैं। परमहंस जिस अनशन की धमकी दे रहे हैं वह अधिकतर मुसलमानों और उदारवादी हिन्दुओं को तो दुराग्रह लगेगा ही, बहुत मुमकिन है कुछ हिन्दुत्ववादियों को भी–अनशन से जुड़े सत्य के आग्रह के प्रभाव में–उनके हिन्दू संस्कारों की याद दिलाकर उनके अपराधबोध को कुरेद बैठे।

एक और बात भी उतनी ही साफ़ है। भाजपा के सत्तासीन होने का ही तर्क जब निराधार है–सत्तासीन है गठबन्धन–तो इस बहस में क्या पड़ना कि यह सत्ता मन्दिर आन्दोलन की बदौलत आई या किन्हीं और कारणों से। आखिर गठबन्धन के सारे घटक तो मन्दिर के पक्ष में नहीं हैं।

अन्त में, इशारतन, तथाकथित हिन्दुत्व पर मनन करने के लिए गांधी की एक बात। विशुद्ध शास्त्रीय आधार पर यह मानते हुए कि 'हिन्दू को मिटानेवाला हिन्दू ही हो सकता है, दूसरा नहीं', गांधी ने कहा कि अगर मसजिदों को ढहाने या उनके स्थान पर मन्दिर बनाने की कोशिश हुई तो वह 'हिन्दू धर्म को दफनाने की कोशिश' होगी। छह दिसम्बर की कोशिश का हम परिमार्जन करना चाहते हैं या उसकी पुनरावृत्ति ?

और गोधरा ?

सत्ताईस फरवरी से गुजरात में चल रही बर्बरता को आप कैसे देखते हैं ? एक मौका ? या खतरा ? या एक मौका जिसका पूरा-पूरा फायदा सारे खतरों के बावजूद उठाना ही चाहिए ? यह सवाल आपको पूछना ही पड़ेगा। दूसरों से भी और सबसे ज्यादा अपने आप से। अपने आप से इसलिए कि मन की डरावनी गहराइयों में उतरकर आप उन सच्चाइयों का सामना कर सकें जो हम अक्सर किसी न किसी बहाने अन्दर दबी रहने देते हैं। या उन पर कोई मुलम्मा चढ़ा देते हैं ताकि जो बुरा है–हमारे अपने सोच के मुताबिक भी–वह बुरा न रहे, बुरा न लगे, और हम सतत चलते रह सकें। अपनी नज़रों में चमकते-दमकते।

जैसे नरेन्द्र मोदी और अटल बिहारी वाजपेयी।

दो नमूने। एक शुरू से ही चमकता-दमकता। गुजरात का छोटा सरदार। लौह पुरुष द्वितीय, जो भारत को हिन्दू राष्ट्र बना देगा। दूसरा–दिल की बात तो वह स्वयं जाने या जाने उसका भगवान–जो राष्ट्रीय कलंक, भारतीय परम्परा (जहाँ केवल मृतक जलाए जाते हैं, जीवित नहीं) और राजधर्म का छोटा-सा राग अलाप करके, 'आग किसने लगाई' के स्थायी पर आ गया।

कुछ इसी तरह का सवाल–'आग किसने लगाई ?'–हिन्दुओं ने 1984 में इन्दिरा गांधी की हत्या के बाद हुए नरसंहार के समय उठाया था। उस समय शायद ही कोई हिन्दू प्रतिक्रिया रही हो जिसमें उस हिंसा को लेकर थोड़ा-बहुत दुख न प्रकट किया गया हो। 'जो कुछ हुआ बुरा हुआ, पर ज़रूरी था' इससे ज्यादा बुरा कुछ भी उस समय सुनने में नहीं आया। पर आज ?

आज क्या हो रहा है ?

कितनी बार, कितनी जगह, गुजरात की बात होते ही, सुनने को मिलता है 'और गोधरा ?' सामान्य लोगों से लेकर प्रतिष्ठित और बाकी तमाम मामलों में बेहद संवेदनशील लेखकों और कलाकारों तक, कितने लोग हैं जो 1984 जैसा अफसोस जताना भी ज़रूरी नहीं समझते और प्रश्न की ध्वनि में अपना वक्तव्य सुना देते हैं : 'और गोधरा ?'

वैसे, सौभाग्य से, ऐसे भी तमाम हिन्दू हैं–गुजरात के बाहर ही नहीं, गुजरात में भी–जो सकते में आ गए हैं हिन्दुत्व की बर्बरता देखकर। मैं धर्मनिरपेक्षता के हिन्दू

पक्षधरों की बात नहीं कर रहा। मैं बात कर रहा हूँ उनकी जो कांग्रेस से हताश होकर ही सही, भारतीय जनता पार्टी को वोट देने के कारण सत्ताधारी हिन्दुत्व की बर्बरता के लिए आज अपने आपको नैतिक रूप से दोषी ठहरा रहे हैं। उनकी भी, जो एक हद तक हिन्दुत्व की विचारधारा से प्रभावित थे अब तक। वे आज सवाल कर रहे हैं कि कोई भी हिन्दू ऐसा कैसे कर सकता या सकती है—अब तो स्त्रियाँ भी शामिल हो रही हैं हिंसा में—जैसा कि गुजरात में हुआ।

यह हिन्दुओं के लिए खुशी की बात है। देश के लिए भी।

पर चूँकि 'और गोधरा ?' एक ऐसा प्रश्न है जो मोदी और वाजपेयी जैसे सत्ता पिपासु ही नहीं, भाँति-भाँति के हिन्दू भी उठा रहे हैं, उसका सामना तो करना ही पड़ेगा। बग़ैर लागलपेट के।

सबसे पहले एक नाज़ुक बात। बावजूद इस खतरे के कि साम्प्रदायिक तनाव के आज के वातावरण में इस तरह की नाज़ुक बात की बारीकियों को नज़रअन्दाज़ कर उसको भी साम्प्रदायिकता का रंग दिया जा सकता है। हमें मानना पड़ेगा कि भले ही आदर्श स्थिति यह हो कि गोधरा के नृशंस हत्याकांड की भर्त्सना करते समय हम सब उसको एक सामान्य इन्सानी नज़रिए से देख सकें, असलियत यह है कि इन्सान और हिन्दुस्तानी होने के अलावा हम सबकी धर्म, भाषा, विचारधारा इत्यादि के आधार पर एक साथ कई पहचानें बनती हैं। जैसे हिन्दू या मुसलमान, उदारवादी या दकियानूसी। हमारे अन्दर निरन्तर खदबदाती पहचानों की यह खिचड़ी कई बार, चाहे-अनचाहे या जाने-अनजाने, एक ही चीज़ को देखने के हमारे तरीके को खासा जटिल बना देती है। साथ ही, हम अपनी तरफ़ से किसी चीज़ को कैसे भी देखें, हमारे नाम से बनती हमारी पहचान से फर्क पड़ सकता है कि दूसरे लोग हमारे 'देखने' को कैसे देखते हैं। फलतः मैं लाख गोधरा की बात एक सामान्य मनुष्य या भारतीय के रूप में करूँ, मेरा हिन्दू नाम मेरे कहे को इस हद तक अवश्य प्रभावित करेगा कि बहुतेरे मेरे कहे को एक हिन्दू की प्रतिक्रिया—हिन्दू प्रतिक्रिया न भी सही—मानकर चलेंगे।

तो क्यों न अपनी ही बात करूँ मैं यहाँ ?

गोधरा की खबर मिलते ही एक जबरदस्त धक्का लगा, और फौरन ही खयाल आया कि न जाने कितने हिन्दू मनों में क्रोध का उबाल उठेगा कि 'हमारे' देश में ऐसा हो रहा है। यह भी कि न जाने कौन-सा सबक सिखाने की हिंसक इच्छा इन मनों में जाग जाएगी।

देश सिर्फ़ हिन्दुओं का नहीं है। पर तमाम हिन्दुओं के मानस में यह बात गहरे घर कर गई है कि 'हिन्दू' और 'भारतीय' पर्यायवाची हैं। और ये तमाम हिन्दू हिन्दुत्ववादी नहीं हैं। न जाने कितने उदारवादी, वामपंथी हिन्दू हैं—धर्मनिरपेक्षता के प्रबल समर्थक—जो इस पर्यायवाचिकता से उबर नहीं पाए हैं।

ऐसी स्थिति में यह सम्भव नहीं है कि गोधरा की प्रतिक्रिया केवल 'इन्सानी' प्रतिक्रिया हो। इसकी हिन्दू प्रतिक्रिया होनी ही थी।

पर गोधरा के बाद जो कुछ हुआ—हो रहा है—क्या वह 'हिन्दू' प्रतिक्रिया है ? 'और गोधरा ?' कहनेवाले प्रत्येक व्यक्ति को यह सवाल अपने आप से पूछना होगा।

क्या हिन्दू 28 फरवरी 2002 से शुरू हुई हिंसा को धर्म मानेंगे ? या उसको पाप की संज्ञा देंगे ? 'धर्म' और 'पाप' दो ऐसे शब्द हैं जिनसे बचना हिन्दू के लिए सम्भव नहीं है।

सत्ताईस फरवरी को गोधरा में 58 निरीह, निरपराध स्त्री-पुरुष और बच्चे जीवित जला दिए गए। इसके बाद जो हिंसा फूटी है उसकी लपेट में आनेवाला एक व्यक्ति भी ऐसा है—स्त्री, पुरुष, बच्चा—जो निरीह और निरपराध न हो ?

और कैसी हिंसा ? चुन-चुनकर मुसलमानों के घरों और दुकानों और फैक्ट्रियों को लूटना और जला देना। जीवित व्यक्तियों पर पेट्रोल और मिट्टी का तेल छिड़ककर उनका दहन कर देना। उनके शरीर के टुकड़े करके आग में झोंक देना। छोटे-छोटे बच्चों को काटकर भस्म कर देना। बारह साल की बच्चियों से शुरू करके जहाँ तक मन आए, औरतों पर सामूहिक बलात्कार करना और उनके मृतप्राय शरीरों पर पेशाब करके उनको जला देना।

यह धर्म है ? फिर पाप क्या होगा ?

रावण को हिन्दू राक्षस मानते हैं। सीता के साथ कैसा बर्ताव किया था उस राक्षस ने ? और शिवाजी का बखान करते हिन्दुत्ववादी भी नहीं अघाते ? क्या किया था शिवाजी ने उस परम सुन्दरी मुसलमान महिला के साथ, जिसको किसी विजय अभियान के बाद बन्दी बनाकर ले आए थे मराठा सैनिक अपने राजा के भोगार्थ ? भोगा था शिवाजी ने उस विधर्मी स्त्री को ? या भेज दिया था वापस बाइज़्ज़त उसको उसके घर ?

कौन-से हिन्दू धर्म और कौन-सी हिन्दू संस्कृति से प्रेरित होते हैं हम जब पूछते हैं : 'और गोधरा ?' क्या सम्भव है कि हिन्दू धर्म अथवा संस्कृति से ऐसी प्रेरणा मिल सके ?

केवल वही विचारधारा, जो अपने आप को हिन्दुत्व का नाम दिए हुए है, ऐसा प्रश्न प्रेरित कर सकती है। वह भी इसलिए कि हिन्दुत्व हिन्दू धर्म और संस्कृति दोनों का ही विरोधी है। दोनों को हिन्दुत्व से बचाने का दायित्व हर सच्चे हिन्दू पर है। दूसरे शब्दों में, हर हिन्दू का दायित्व है कि वह अपने आपको 'हिन्दुत्व' से बचाकर अपने वास्तविक हिन्दुत्व की रक्षा करे।

मैंने अपनी बात कर ली। आपने महसूस किया होगा कि इस बात में मेरे अन्दर का हिन्दू ही मुखर रहा है। आप खुद ही मनन करें। क्या आप हिन्दू होकर भी 'और गोधरा ?' जैसा कोई प्रश्न बग़ैर अपराधबोध के पूछ सकते हैं ?

यदि नहीं, तो गुजरात में चल रही बर्बरता एक खतरा है। एक भयानक खतरा जो देश को तो विनाश की तरफ़ ले ही जाएगा, हिन्दू धर्म और संस्कृति के आधारभूत सिद्धान्तों और संस्कारों पर भी कुठाराघात कर देगा।

थोड़ा-सा सोचिए। क्या मोदी और वाजपेयी और अशोक सिंघल और गुजरात की बर्बरता में हिस्सा लेनेवाले लोग हिन्दू हैं ? आप वैसे हिन्दू बनना चाहते हैं ?

हिन्दू शब्द आज एक संघर्ष-स्थल बन गया है। आपको निश्चित करना होगा कि इस संघर्ष में आप 'हिन्दुत्व' के साथ हैं या उसके विरुद्ध।

त्रासदी के बीच स्वाँग

गुजरात में दो महीनों से चल रहे सत्ताधारी हिन्दुत्व के निष्ठुर आतंकवाद का देश-विदेश में व्यापक विरोध हो रहा है। तेज़ी से लोगों की समझ में आ रहा है कि गुजरात का तांडव साम्प्रदायिक दंगा तो नहीं ही है, साम्प्रदायिक हिंसा भी उस अर्थ में नहीं है जिस अर्थ में बाबरी मस्जिद ढहाए जाने के बाद सूरत और मुम्बई में फूट पड़ी हिंसा साम्प्रदायिक थी। साम्प्रदायिक दंगे दो समुदायों की टक्कर से होते हैं। इकतरफ़ा मारकाट और विनाश को दंगे का नाम देना मरने-पिटनेवाले सम्प्रदाय के साथ अन्याय है। गुजरात में आज जो हो रहा है—और गोधरा के जघन्य कृत्य को भूले बग़ैर मैं यह कह रहा हूँ—वह साम्प्रदायिक दंगा नहीं है। इसी तरह से, हिन्दू साम्प्रदायिकता का इस्तेमाल करने के बावजूद गुजरात में सत्ताधारी हिन्दुत्व जो कर रहा है वह साम्प्रदायिक हिंसा नहीं सरकारी आतंक है।

सत्ताधारी हिन्दुत्व का यह आतंक सिर्फ़ मुसलमानों तक सीमित नहीं है, यद्यपि वे इस समय इसके प्रमुख शिकार हैं। यह आतंक, उतने हिंसक रूप में न सही, उन हिन्दुओं पर भी अपना निशाना साध रहा है जो इस हिन्दुत्व का खुलकर विरोध कर रहे हैं। साबरमती आश्रम में पुलिस द्वारा जमकर की गई पत्रकारों की पिटाई को याद कीजिए। पत्रकार—चेतावनी स्पष्ट है—पिटेंगे यदि पत्रकारिता का धर्म निभाना चाहेंगे। कल धर्म निर्वहन के परिणाम इस आतंक के चलते और गम्भीर नहीं होंगे, यह विश्वास कौन करेगा या कराएगा ? जो गांधी के साबरमती आश्रम की पवित्रता को रौंदकर वहाँ अपना कर्तव्य-पालन करने वाले पत्रकारों पर हिंसा करवा सकते हैं, उनसे क्या उम्मीद की जाए ? कहाँ रुकेंगे वे ? कहीं रुकेंगे वे ? वे जो एक मुसलमान से मित्रता रखनेवाली हिन्दू युवती को सरेआम निर्वस्त्र कर मौत के घाट उतार सकते हैं ?

उनका सन्देश, चेतावनी की ही तरह, स्पष्ट है : शान्ति की बात, भाईचारे की बात, न्याय की बात, धर्म-पालन की बात, इस तरह की कोई भी बात करने से पहले सोच लो कि क्या कुछ दाँव पर लगाने की कूवत है इन बातों के लिए।

अब तो शान्ति मार्च भी उनकी मर्ज़ी से निकलेंगे। और ज़रूरी नहीं कि उनकी मर्ज़ी के शान्ति मार्च शान्ति स्थापना के लिए ही निकलें। शान्ति का शोर करते हुए अशान्ति बनाए रखना भी कभी-कभी आततायी के लिए अपरिहार्य हो सकता है। जैसे 28 अप्रैल 2002 को अहमदाबाद में हुआ शान्ति मार्च, जिसमें जॉर्ज फर्नांडिस और अरुण जेटली

समेत खुद नरेन्द्र मोदी ने हिस्सा लिया और जिसके तुरन्त बाद ही शहर में हिंसा रोज़ की तरह फिर वापस आ गई। क्या दुखान्त नाटकों के असह्य भार से क्षणिक मुक्ति दिलानेवाला हास्य है यह अश्लील स्वाँग ? जितना हँस सकते हो हँस लो। जल्दी से।

पर जॉर्ज जी के रहते कौन हँस पाएगा इस देश में ? ईसाई कुल में उत्पन्न, मुसलमान से विवाहित, लोहिया के शिष्य, यशस्वी मजदूर नेता, बड़ौदा डाइनामाइट षड्यन्त्रवाले मुकदमे में प्रमुख अभियुक्त। कैसा अतीत और क्या वर्तमान ! भारतीय राजनीति में हुए घोर नैतिक पतन के साक्षात कीर्तिमान। यही जॉर्ज कर रहे थे उस सरकारी शान्ति मार्च की अगुआई। जबरदस्त सुरक्षा प्रबन्धों के बीच हुआ 'शान्ति' मार्च जिसमें उत्पीड़ित मुसलमानों की बात तो छोड़ ही दीजिए, आपके-हमारे जैसे आम हिन्दू भी शिरकत नहीं कर सकते थे।

शिरकत कर भी सकते तो करना चाहते नहीं। लोमड़ी की खाल में क्या भेड़िए लोमड़ी बन जाते हैं ? मोदी के 'शान्ति-विधान' का खुलासा करनेवाले जिन नारों ने इस शान्ति मार्च का स्वागत किया, वह आम मुसलमान की ही नहीं, हर सीधे-सच्चे व्यक्ति की व्यथा बयान कर रहे थे। मसलन, 'मुसलमानों पर गोली चलवाकर पुलिस को प्रशिक्षित करो', 'मुसलमानों को आर्थिक रूप से बर्बाद कर दो'। पर जॉर्ज को यह सब दिखाई ही नहीं देता। वे तो शान्ति मार्च के बाद हुई आम सभा में—आज के गुजरात, खसूसन अहमदाबाद में 'आम' सभा, एक और भद्दा स्वाँग—आततायी मोदी का यशोगान कर रहे थे। यशोगान भी दिवंगत जयप्रकाश नारायण को अपने इस गन्दे कीचड़ में घसीटते हुए।

बत्तीस साल पहले का ज़िक्र करते हुए जॉर्ज ने कहा कि जेपी दिन में दस बार कहा करते थे कि मोदी एक 'रोशनी' है। बत्तीस साल काफ़ी होते हैं रोशनियों को घोर अँधेरे में बदल देने के लिए। इस अवसादानुभूति को स्वयं जॉर्ज से ज्यादा और कौन जान सकता है ? शायद इसीलिए उन्होंने ज़रूरी समझा कि साफ़-साफ़ यह भी जोड़ दें कि बत्तीस साल पहले वाला युवा नेता 'अब बड़ा हो गया है और अब वही रोशनी फिर ताज़ा हो गई है।' नरेन्द्र मोदी और रोशनी !

शब्दों के साथ अब और कौन-सा व्यभिचार होना बाकी है ?

जेपी ने तो जॉर्ज को भी एक जुझारू सपूत के रूप में जाना था। तो क्या जॉर्ज अपने वर्तमान का प्रक्षालन भी जेपी की स्मृति के सहारे करेंगे ? वैसे ही जैसे उनके प्रधानमन्त्री अपने सार्वजनिक जीवन की थाती को छाती से चिपकाए अपने आज के कुकृत्यों की सफ़ाई दे रहे हैं।

हम कहाँ आ गए हैं ?

लेकिन प्रधानमन्त्री पर आने से पहले जॉर्ज के शान्ति मार्च के बारे में एक ज़रूरी बात। दो महीने पहले जब सत्ताधारी हिन्दुत्व का आतंकवाद शुरू ही हुआ था, जॉर्ज गुजरात आए थे। उस समय उनको 1969 के साम्प्रदायिक दंगों की याद आई थी। उन्होंने याद किया था कि कैसे 1969 में अहमदाबाद आते ही उन्होंने तत्कालीन

मुख्यमन्त्री और राज्यपाल से कहा था कि वे–जॉर्ज–दंगाग्रस्त शहर में घूमकर शान्ति स्थापना का प्रयत्न करेंगे और स्थिति का जायज़ा लेंगे। पर मार्च 2002 के प्रारम्भ में अहमदाबाद आकर भी वह कुछ न कर सके। बल्कि कड़ी सुरक्षा में रहते हुए भी उनकी गाड़ी पर पथराव जैसा कुछ हुआ।

सन् 1969 में गुजरात का शासन कांग्रेस के हाथ में था। जॉर्ज उस समय विपक्ष में थे। 2002 में स्थिति जॉर्ज के पक्ष में है। वह देश के रक्षामन्त्री हैं और राष्ट्रीय जनतान्त्रिक गठबन्धन के सूत्रधार। गुजरात में उनके प्रमुख सहयोगी दल भारतीय जनता पार्टी का राज्य है। मुख्यमन्त्री है 1970 वाली रोशनी, जो एक बार फिर ताज़ा होकर उभरी है गुजरात में। 1969 को याद करने के अलावा क्यों नहीं कुछ कर सके जॉर्ज महोदय मार्च 2002 में ?

कम से कम दो बातें तो इससे ज़ाहिर होती ही हैं, और दोनों न सही तो एक तो जॉर्ज की समझ में आ जानी चाहिए थी। 1969 की कांग्रेस सरकार 2002 की हिन्दुत्व सरकार से बहुत भिन्न थी (लगे हाथ यह भी कह देना ज़रूरी है कि 1969 की कांग्रेस आज की कांग्रेस से भी भिन्न थी)। और 1969 में अहमदाबाद के दंगाग्रस्त इलाकों में निडर घूमनेवाला जॉर्ज आज के रक्षामन्त्री से नाम के अलावा कोई साम्य नहीं रखता।

सामान्य साम्प्रदायिक हिंसा होती तो जॉर्ज शायद मार्च 2002 में भी कुछ कर पाते। बग़ैर 1969 जैसा दुस्साहस दिखाए। पर जब मुख्यमन्त्री ही हिन्दुत्व के आतंकवाद की अगुआई करे तो केन्द्रीय रक्षामन्त्री की क्या बिसात ? वैसे यह प्रश्न ही निरर्थक है। इसका अर्थ तो तब होता जब रक्षामन्त्री 1969 वाला जॉर्ज होता। आज का रक्षामन्त्री तो सिर्फ़ सरकारी शान्ति मार्च में हिस्सा ले सकता है। शान्ति मार्च जो शान्ति के लिए नहीं है। देश और दुनिया को यह दिखाने के लिए है कि गुजरात में अब सब कुछ 'नॉर्मल' है ताकि जो कुछ 'ऍबनॉर्मल' अभी करना बाकी है वह सब शान्तिपूर्वक चलता रह सके।

कहते हैं, अक्लमन्द को इशारा काफ़ी। थोड़ी-सी तरमीम कर दें इसमें। अक्ल को छोड़ दीजिए, थोड़ी देर के लिए। अक्ल तो जॉर्ज और मोदी और अटल बिहारी समेत सभी राजनीतिक लगा रहे हैं इस वक़्त। थोड़ा-सा दिल लगाइए अपना, अपनी आत्मा। और तय करिए कि क्या आपको स्वीकार्य है। गुजरात में और देश में।

शान्ति मार्च–सरकारी शान्ति मार्च–और उसके बाद हुई 'आम' सभा एक स्वाँग। उससे तक़रीबन एक महीना पहले हुआ एक और स्वाँग। प्रधानमन्त्री की गुजरात यात्रा। यात्रा हिंसा के मुकम्मल महीने भर से ऊपर चलने के बाद। क्या किया प्रधानमन्त्री ने उस दिन की 'यात्रा' में ? राजधर्मवाला स्वाँग भूल जाइए। चूँकि गुजरात की 'रोशनी' ने तो उसी समय तपाक से कह दिया था कि राजधर्म का ही निर्वाह उसके द्वारा किया जा रहा था। उन राहत शिविरों को याद कीजिए जहाँ प्रधानमन्त्री ने जाने का कष्ट उठाया। इनमें से एक था शाहे आलम शिविर, जहाँ मोदी की सरकार प्रधानमन्त्री को जाने देना नहीं चाहती थी। पर प्रधानमन्त्री अड़े रहे। गए वहाँ। पर गए गुजरात सरकार को पहले से बताकर।

क्या पचास साल से ऊपर का राजनीति, प्रशासन और दुनिया का अनुभव रखनेवाला यह घाघ राजनीतिज्ञ नहीं जानता था कि ज़रूरत पड़ने पर कौन-सा चमत्कार है जो हमारे प्रशासनिक अधिकारी नहीं कर सकते ? कैसे मान लिया उसने कि शाहे आलम शिविर में उसने जो देखा वही यथार्थ है इन अनगिनत पीड़ितों की त्रासदी का ? क्यों नहीं कह सका वह उस दिन कि उसे एक और राहत शिविर देखना है–सिर्फ़ एक और–जो उसके कार्यक्रम में शामिल नहीं है ?

इस प्रधानमन्त्री से कहीं ज्यादा दर्द तो उस नौसिखिया राजीव गांधी के दिल में था–और मुझे तकलीफ़ होती है यह कहने में, चूँकि मैं न वंशवादी हूँ और न कांग्रेस समर्थक–जो गुजरात के अकाल-पीड़ितों के लिए की गई व्यवस्था देखने जब आया तो अचानक अपनी जीप को एक ऐसे शिविर की ओर मोड़ ले गया जो उसके पूर्व निर्धारित कार्यक्रम में नहीं था। कहना व्यर्थ होगा कि इस शिविर में स्थिति वह नहीं थी जो उसी की पार्टी का मुख्यमन्त्री उसको दिखाना चाह रहा था। पर अटल बिहारी वाजपेयी ? जो भी वे मानते हों अपनी सार्वजनिक जीवन की उपलब्धि, हिन्दुत्व से वे ऊपर नहीं उठ पाए हैं। भले ही हिन्दुत्व–मानवता और भारतीयता के साथ–हिन्दू धर्म और हिन्दू संस्कृति पर कुठाराघात करने पर आमादा हो।

और क्या कहें उन अधिकारियों की जो शाहे आलम राहत शिविर में एक दिन की–चार दिन की भी नहीं–चाँदनी जुटाने को तैयार हो गए ? उनमें एक भी ऐसा नहीं था जो कहता कि यदि कुछ करना है तो सारे शिविरों के लिए करो, और एक दिन के लिए मत करो।

और गुजरात में बोर्ड की परीक्षाएँ कराने का स्वाँग ! एक ही तीर से दो निशाने। पूरे प्रान्त में सामान्य स्थिति का तुमुल नाद और तमाम मुसलमान लड़के-लड़कियों का भविष्य बर्बाद।

गुजरात में अब हिन्दू हिन्दुत्व के खतरे को समझने लगे हैं। ठीक है, उनमें इतना साहस नहीं कि खुलकर हिन्दुत्व के आतंकवाद का विरोध करें। पर अन्दर ही अन्दर एक लहर फैल रही है जो–साम्प्रदायिक विद्वेष के बावजूद–लोगों को सोचने के लिए विवश कर रही है कि यह सब कैसे सम्भव हो सका। कब तक चलेगा यह ?

जो गुजरात के बाहर हैं, उन्हें भी सोचना है कि अगर यह सब चलता रहा तो कब तक वह गुजरात की सीमाओं में बँधा रह सकेगा ?

घर-घर श्मशान, कब्रिस्तान में पनाह

यह शीर्षक कुछ चीखता-सा लग सकता है। यक़ीन करिए, है नहीं। एक ज़माना था जब हमारे साहित्यकार 'मसान' का लाक्षणिक प्रयोग किया करते थे, तबाही दर्शाने के लिए। मसलन, अंग्रेज़ीराज में भारत। पर मैं श्मशान की बात कर रहा हूँ खालिस अभिधा के स्तर पर। उस तबाही पर बात करने के लिए जो अपनी आँखों से देखी है। हालाँकि देखी तब जब घर श्मशान बन चुके थे। श्मशान देख के कोई ग़ैर, कितनी भी विलक्षण हो उसकी संवेदना, कितना अन्दाज़ लगा सकता है घर का ! घर—जो मकान में रहनेवाले लोगों के समवेत स्पन्दन से बनता है।

वे लोग अब बेघर हो गए हैं। यानी वे जो सारी यन्त्रणाओं के बाद भी जीवित बचे हैं। उनको याद हैं अपने घर। किसी कब्रिस्तान या मकबरे—दोनों ही मृतकों की आरामगाहें—में पनाह लिए इन लोगों से बात कीजिए। बार-बार आपको एक शब्द सुनाई देगा—श्मशान। 'श्मशान हो गए हमारे घर।' एक श्मशान में मौत से बच आए लोगों की एक और श्मशान की बात। श्मशान, उनका घर, जहाँ वे लौटना चाहते हैं, लौट सकते नहीं, एक मुद्दत तक लौट पाएँगे नहीं। लाख मोदी की सरकार राहत शिविरों को बन्द करवा के उनको वापस भेजना चाहे।

श्मशान से अब जुड़ गया है 'घर'—जो श्मशान है—लौटने की बात, तो पहले उसी का कुछ अन्दाज़ा कर लीजिए।

उन्तीस मार्च 2002। होली का दिन। धुलैटी कहते हैं उसे गुजरात में। आग और हुल्लड़ दोनों से ही जुड़ा त्यौहार। हिंसा का विशेष अन्देशा था उस दिन। मुझे दिल्ली से वापस वड़ोदरा जाना था। हवाई अड्डे पर पता लगा कि जेट एअरवेज ने वड़ोदरा की उड़ान रद्द कर दी है। वहीं उन्होंने सुझाया कि मैं अहमदाबाद जानेवाले विमान में बैठ जाऊँ और वहाँ से मुझे टैक्सी से मेरे घर तक भेज दिया जाएगा। रात दस बजे अहमदाबाद हवाई अड्डे से टैक्सी चली। अकेली गाड़ी सड़क पर। तेज़ रफ़्तार। फिर भी एक जगह इतनी इमारतें एक साथ जली पड़ी दिखाई दीं कि ड्राइवर से पूछना ही पड़ा, 'यह क्या है भाई ?' जवाब मिला, 'नरोडा पाटिया !'

फिर पाँच हफ्ते बाद इतिहासकार ज्ञान पांडे और साहित्यकार गीतांजलि श्री के साथ भी अहमदाबाद जाना हुआ। मैंने इसरार किया कि वे नरोडा पाटिया का जायज़ा जरूर लें। पर वहाँ जाना आसान नहीं है। इत्तफाक़ से एक जगह गांधीवादी चुन्नीभाई

वैद्य से मुलाक़ात हो गई और वे हमें नरोडा पाटिया ले जाने को तैयार हो गए। तभी उन्होंने मुझे देखा–नरोडा पाटिया जाने की बात के बाद मुझे नए सिरे से देखना ज़रूरी हो गया था–और बोले, 'आपकी दाढ़ी से खतरा हो सकता है। अब तो यहाँ सिर्फ़ नरेन्द्र मोदी की दाढ़ी चल सकती है।' फौरन उन्होंने पुलिस कमिश्नर को फोन किया कि वे कुछ लोगों को नरोडा पाटिया ले जाना चाहते हैं और उनमें एक दाढ़ी भी है तो क्या 'सेफ' रहेगा। उत्तर में पुलिस कमिश्नर ने दो गार्ड और सरकारी गाड़ी का प्रबन्ध किया, मय चुन्नीभाई के हम लोगों को नरोडा पाटिया ले जाने के लिए।

तो सोच लीजिए, जहाँ एक दाढ़ी से खतरा हो सकता है वहाँ मुसलमानों के अपने मसान बने घरों में शीघ्र लौट सकने की कितनी सम्भावना है। इसी सिलसिले में होली की रात टैक्सी ड्राइवर ने जो इकलौता सवाल मुझसे पूछा था वह भी बता दूँ। हवाई अड्डे से बाहर निकले ही थे कि उसने पूछा : 'भाई आपका नाम क्या है ?' (आज के ज़माने में दाढ़ी का पूरा एक पुराण बनता है जिसकी विस्तार से चर्चा हो सकती है कभी।) उसका अपना नाम भरत भाई था और किसी मुसलमान को इतनी रात गए ले जाने का जोखिम वह नहीं उठाना चाहता था।

पाँच मई। चिलचिलाती धूप। पुलिस और चुन्नीभाई की संयुक्त सुरक्षा में हम नरोडा पाटिया पहुँचते हैं। वड़ोदरा जानेवाली सड़क के किनारे कच्चे में एक खटिया पर दो सन्तरी बैठे हैं। उनके सामने सड़क के दूसरी ओर, एक आधुनिक शैली में बनी मसजिद जली खड़ी है और उसके पीछे जले घरों की वही कतार है जिसको उस रात टैक्सी से देखकर दहल गया था मैं। पर क्या देख पाया था उस वक़्त ?

जले घरों की इस सामनेवाली कतार के बगल से एक गली जाती है। उसके पीछे तमाम कतारें हैं घरों की और उनको बाँटती छोटी-छोटी गलियाँ। हम सामने से देखना शुरू करते हैं और धीरे-धीरे अन्दर की ओर बढ़ते हैं। एक घर, दो घर, घर के बाद घर–या मकान, और वह भी तो नहीं अब। हर मकान जला हुआ। मकानों के बाहर जगह-जगह साइकिलें, स्कूटर और स्कूटर-रिक्शे। सब भस्म। सामाजिक दृष्टि से निम्न-मध्य वर्ग की बस्ती। पर अहमदाबाद जैसे सम्पन्न नगर की हैसियत के मुताबिक आर्थिक दृष्टि से खाते-पीते निम्न-मध्य वर्गीय परिवार। तमाम घरों में फ्रिज। हर फ्रिज जला हुआ। लगभग हर घर में स्टील की अलमारी। जली हुई। सीलिंग पंखे–अगर उतार नहीं लिए गए लूटमार के दौरान–अजीब तरह से जले हुए कि उनके हाथ मुड़कर छत की तरफ़ हो गए हैं (इससे अन्दाज़ा लगाया जा रहा है कि जलाने के लिए किसी खास रसायन का इस्तेमाल हुआ होगा)। कुछ ऐसे भी जले हुए घर हैं जहाँ बाहर ताला लटक रहा है। हल्ला सुनकर भागे होंगे ये ख़ौफ़ज़दा लोग, जल्दी-जल्दी ताला लगाकर कि शायद लौटने पर घर सलामत मिल जाए। इनमें से कितने भाग पाए होंगे सलामती तक ? ज़िन्दा बचे होंगे यह जानने को कि ताला घर को सलामत न रख सका ? यह भी मुमकिन है कि ताला लगे इन जले घरों में कुछ बच्चों और औरतों को भी बन्द कर दिया गया हो दंगाइयों से बचाने के इरादे से। अपने ही घर बन गए उनकी चिता।

इतनी हिम्मत नहीं है हममें से किसी की कि नरोडा पाटिया के इस वीभत्स श्मशान का चप्पा-चप्पा छान मारें। वैसे भी, थोड़े उलट-फेर के साथ वही एक कहानी तो मिलेगी हर घर की। पल-भर में सत्यानाश।

कैसा न खत्म होनेवाला पल रहा होगा वह। कौन-सी शदीद पीड़ा से, शारीरिक-मानसिक यन्त्रणा से गुज़रे होंगे वे लोग। हम अहमदाबाद की चिलचिलाती धूप से ही त्रस्त हो गए थे। उनको तो अग्निकुंड में झोंक दिया गया था। पुलिस भी बजाय उनको बचाने के दंगाइयों की तरफ़ धकेल रही थी। दंगाई जो हज़ारों की संख्या में—शब्दशः हज़ारों—बन्दूकों, तलवारों, त्रिशूलों, और हाँ, बमों से लैस थे। निर्मम, नृशंस, उन्मत्त। और निर्दोष स्त्रियाँ ? क्या सरेआम उनको निर्वस्त्र किए जाने से लेकर दंगाइयों की पेशाब से तरबतर उनके निर्जीव शरीरों को जलाए जाने तक वाले पल की कल्पना आप कर सकेंगे ? करना चाहेंगे ? या नरेन्द्र मोदी और अटल बिहारी वाजपेयी की तरह इन कृत्यों की भयावहता को नकारने का कोई रास्ता खोज निकालेंगे आप ? यदि आप ऐसा करना चाहें तो उन चूड़ियों को याद कर लीजिएगा जो आज भी नरोडा पाटिया में ले जानेवाली गली में बिखरी पड़ी हैं। कहाँ आदमी में दबी पड़ी रहती है वह अमानवीयता जो अचानक सामूहिक विजयोल्लास में वह करा देती है जिसकी गवाह हैं ये लावारिस चूड़ियाँ ? और जो, चाहे थोड़े अपराधबोध के साथ ही सही, इन चूड़ियों की कहानी को भूलने या नकारने के रास्ते सुझा देती है।

वही एक कहानी श्मशान बने इन घरों की, मैंने ऊपर कहा। यह एक नज़रिया है। समाशास्त्रीय नज़रिया। पर क्या, थोड़े उलट-फेर के साथ भी, वही एक कहानी उन लोगों के लिए एक हो सकती है जिन्होंने उस पल को जिया है और न जाने कब तक जीते रहेंगे। हर व्यक्ति की अपनी अलग यन्त्रणा होती है और उसकी एक अलग कहानी बनती है।

सोच पाना मुश्किल है, पर ज़रूरी, कि क्या कहानियाँ पक रही हैं इन दिलो-दिमागों में। लाचारी, बेबसी, ग़म, आक्रोश जैसे कितने मनोभाव झकझोरते रहते हैं इन्हें जागते-सोते। कुछ भी तो नहीं हो रहा कि उनको शान्ति और सान्त्वना मिले। सरकार—मोदी की ही नहीं वाजपेयी की भी—से उनका विश्वास उठ गया है। विपक्ष की भी किसी पार्टी ने ऐसा कुछ नहीं किया है कि उनको आशा बँधे। बार-बार वे एक ही सवाल करते हैं। तरह-तरह से। कभी सीधा सवाल, कभी अधिकार जताने का मरियल प्रयास, कभी हताश समर्पण। 'क्या यह देश हमारा नहीं है ?' 'हम तो नहीं गए पाकिस्तान। यही देश हमारा है।' 'हमसे वोट (का अधिकार) ले लो। पर हमें हिफ़ाज़त से इस देश में जीने दो।'

कभी-कभार कुछ उग्र स्वर भी सुनाई दे जाते हैं। न सुनाई पड़ते तो ताज्जुब होता, और खतरा भी बढ़ता। कभी यह गुस्सा किसी व्यक्ति विशेष के खिलाफ उभरकर आता है, कभी पूरी व्यवस्था के। मसलन, भारतीय जनता पार्टी के एक नेता का नाम लेकर बताते-बताते कि कैसे उसने हिंसा का संचालन किया था, एक व्यक्ति बोला : 'मैं इसको

ज़िन्दा मार डालूँगा।' एक औरत ज़ोर-ज़ोर से कह रही थी हमसे : 'इस्लाम की बेकदरी हुई है।...हम ईंट का जवाब पत्थर से देंगे।...पर हम बुज़दिल नहीं हैं। हम सामने से वार करेंगे, इनकी तरह पीछे से नहीं।' किसी से सीधे नहीं, पर दूसरों से हमने यह भी सुना कि राहत शिविरों में कच्ची उम्र के लड़के, इतना कुछ देखने के बाद, आत्मघाती बम बनकर प्रतिशोध लेने की बात कर रहे हैं।

सम्भव है यह सब कभी न हो। कोशिश भी की जानी चाहिए ऐसे दुष्परिणामों को बचाने की। पर वह कोशिश मुसलमानों को दबाकर, उनको दूसरी श्रेणी का नागरिक बनाकर, उनका वोट छीनकर नहीं की जा सकती। उसको करने के–जिस हद तक वह किया जा सकता है–और ही तरीके होंगे। प्रशासनिक आतंक के छद्म प्रभाव में अविश्वास और मानवीय सहानुभूति, समझ और संवेदना में विश्वास पर आधारित तरीके।

पर किया क्या जा रहा है अभी ? बहत्तर घंटों के अन्दर-अन्दर स्थिति को नियन्त्रण में ले आने का दावा करनेवाले नरेन्द्र मोदी की हर-चन्द एक ही कोशिश है। जल्दी से जल्दी सारे राहत शिविर बन्द हो जाएँ, ताकि गुजरात सामान्य दिखने लगे। नीयत सही हो तो यह एक ज़रूरी और स्तुत्य कोशिश है। वही नहीं है अभी। और इसीलिए यह कोशिश कारगर नहीं हो सकती।

न्याय और नैतिकता के थोथेपन को मान भी लें तो व्यावहारिकता का तक़ाज़ा बनता है कि ऐसी परिस्थितियाँ बनाई जाएँ जिनमें असरग्रस्त लोग सुरक्षित तरीके से अपने घरों को लौट सकें, या कहीं और बसाए जाएँ। उन्माद, घृणा और विद्वेष की हवा अभी बन्द नहीं हुई है। उससे भी ज्यादा, आक्रामक हिन्दुत्व ने भय का जो वातावरण बना रखा है उसमें आम हिन्दुओं के लिए–वे चाहें तो भी–यह मुमकिन नहीं है कि वे अपने विस्थापित मुसलमान पड़ोसियों को प्यार और इज़्ज़त से अपने मुहल्लों में वापस बुला सकें। नरोडा पाटिया को ही लीजिए। कुछ ही दिन पहले जब कुछ असरग्रस्त लोग पुलिस की निगरानी में थोड़ी देर के लिए अपने इलाके में गए तो उनके कुछ हिन्दू पड़ोसियों ने फिर से सबके साथ रहने की लाचार इच्छा जताई। नरेन्द्र मोदी का प्रशासन कुछ भी तो नहीं कर रहा इस लाचार इच्छा को सबल बनाने के लिए। करेगा भी क्यों ?

हिन्दुत्ववादी गुजरात की सरकार के इरादे साफ़ ज़ाहिर हो जाते हैं मुआवजे के मामले में बरती जा रही उसकी नीति से। गोधरा की 'क्रिया' और उसके बाद हुई 'प्रतिक्रिया' के सम्बन्ध में दोहरे मापदंड लागू करने की नरेन्द्र मोदी की नाकाम कोशिश आप भूले नहीं होंगे। उस असफलता के बाद अब व्यवहार में जो हो रहा है उससे लगता है कि कभी-कभार कुछ चिकनी-चुपड़ी बातें भले ही करनी पड़ जाएँ, सरकार अपनी दंड की नीति से विचलित नहीं हुई है।

कुछ तथ्यों पर ध्यान दीजिए। इतनी व्यापक और मारक आक्रामकता के बावजूद सरकार ने एक भी राहत शिविर अपनी तरफ़ से नहीं खोला है। जो मुआवजा दिया जा रहा है उसके लिए सिर्फ़ एक नाम होता–मज़ाक़–अगर वह इन अनगिनत गहरे घावों

पर नमक न छिड़क रहा होता। मुआवजे की जो योजना घोषित हुई है उसमें एक मद है 'घर वखरी'–घर की चीज़-वस्तु–जिसमें प्रत्येक असरग्रस्त परिवार को 1250 रुपए मिलते हैं। आज के ज़माने में पूरी तरह से नष्ट परिवार अपने घर की नई शुरुआत करते वक़्त क्या लाएगा 1250 रुपए में ? (दो दिन पहले बड़ौदा के एक राहत शिविर के आयोजक ने बताया कि घर वखरी की रकम अब 2500 रुपए कर दी गई है। भागते भूत की लँगोटी भली। पर क्या जो 1250 रुपए ले चुके हैं उनको फिर इतना ही और देने की व्यवस्था करेगी सरकार ?)

मुआवजे की इसी सरकारी योजना में एक और मद है–'मकान सहाय'–जो 50,000 रुपए तक जाता है। कैसा भी नुकसान क्यों न हुआ हो–लोगों के बड़े-बड़े घर ज़मीन में मिला दिए गए हैं–अधिकतम मुआवजा पचास हज़ार होगा। यह तो हुआ घोषित अधिकतम सीमा का अन्याय। अमल में यह अन्याय और अधिक त्रासद हो रहा है। मिसाल के तौर पर, नरोडा पाटिया, जहाँ के औसत घर की स्थिति और पूर्ण विनाश का आपको अन्दाज़ हो ही गया होगा, के कुछ लोगों को 'मकान सहाय' के नाम पर 2400 रुपए तक मिले हैं (यह न्यूनतम रकम है जो मैंने अपनी आँखों से देखी है। सुनते हैं कि कुछ लोगों को दो-ढाई सौ रुपए भी दिए गए हैं)। बेस्ट बेकरी कांड अखबारों में बहुत चर्चित रहा है। पूरा घर और दुकान खो जाने के बाद भी इसके लिए दिया गया मुआवजा पचास हज़ार न बन सका। इसकी विधवा मालकिन को केवल पचीस हज़ार 'मकान सहाय' के मिले हैं।

ये दो-तीन तथ्य एक लम्बी दास्तान का छोटा-सा हिस्सा हैं। पर शायद काफ़ी हैं यह अन्दाज लगाने के लिए कि ऊपर से एक लगती जो हज़ारों कहानियाँ अब लोगों के अन्दर शुरू हो गई हैं वे कैसा विकराल रूप ले सकती हैं उस अमानवीयता के चलते, जिससे हटने का नाम नहीं ले रही नरेन्द्र मोदी की हिन्दुत्ववादी सरकार।

धर्म, संस्कृति और राष्ट्र

औपनिवेशिक भारत में ईसाई नवधर्मी

लगभग 35 वर्ष पूर्व भारत में राष्ट्रवाद के विकास की पृष्ठभूमि पर अपने शोध प्रबन्ध पर काम करते हुए मेरा ध्यान उन शिक्षित भारतीयों की तरफ़ आकृष्ट हुआ जो अपना पैतृक धर्म तजकर ईसाई बन गए। उन्नीसवीं सदी के भारत में यह अद्‌भुत साहस का काम था। इसके गम्भीर और अटल परिणाम थे : परिवार से बिछोह, समाज से बहिष्कार और (शताब्दी के मध्य तक) दायवंचन। उस समय–हिन्दू, मुसलमान, पारसी, सिख, किसी के लिए भी–इन परिणामों का बड़ा आतंक था। चूँकि लोगों का लगभग सारा संसार जाति या सम्प्रदाय पर आधारित 'समाज' में केन्द्रित रहता था, अपमान और उत्पीड़न के अतिरिक्त सामाजिक बहिष्कार–रोटी-बेटी के निषेध–का अर्थ था निपट अकेलापन। सांसारिक प्रलोभन तो दूर, बड़ा त्याग करना पड़ता था ईसाई बनने के लिए।

एक और कारण था जिसने इन शिक्षित ईसाई नवधर्मियों को सामाजिक भर्त्सना का भाजन बना दिया। वह था, भारत में सदियों पुरानी ईसाई उपस्थिति के बावजूद, ईसाइयत का विदेशी शासकों के धर्म के रूप में देखा जाना। अंग्रेज़ी राज्य और अंग्रेज़ी शिक्षा की स्वीकृति के इस आरम्भिक दौर में जैसे भारतीयों के लिए अपनी स्वायत्तता–अपनी निजता के बोध–का क्षेत्र धर्म में सिकुड़कर रह गया था। ईसाइयत का अंगीकार एक बड़े विश्वासघात के रूप में देखा जाने लगा, एक ऐसा अपराध जो अन्यथा अनुपस्थित देशद्रोह के समकक्ष था। विशेष रूप से इसलिए भी कि शिक्षित भारतीयों के लिए ईसाई धर्म में दीक्षा का मार्ग प्रशस्त करनेवाले नवयुवक लगभग निरपवाद ही बड़े प्रतिभा-सम्पन्न व्यक्ति थे जिनसे उनके समाज को बड़ी आशाएँ हो सकती थीं। ऐसे होनहार युवकों के धर्मत्याग और नास्तिक हो जाने का भले ही थोड़ा डर–अंग्रेज़ी शिक्षा के फलस्वरूप–रहा हो, देश के सभी धर्म और सम्प्रदाय आश्वस्त थे कि ईसाई धर्म-प्रचारक सम्भ्रान्त समाज में सेंध नहीं लगा सकेंगे। वस्तुतः ऐलिग्ज़ैन्डर डफ़ से पहले स्वयं यूरोपियन मिशनरियों का भी यही मानना था, और वे अपना ध्यान पिछड़े वर्गों पर केन्द्रित किए हुए थे। ऐसी स्थिति में उन होनहार युवकों का ईसाई हो जाना समाज के लिए एक गम्भीर, अप्रत्याशित ख़तरे का द्योतक था। उनके विरुद्ध समाज का प्रकोप स्वाभाविक था।

पर, ऐतिहासिक परिप्रेक्ष्य में, जायज़ नहीं। समाज की सारी आशंकाओं के विपरीत ये नवधर्मी अपनी संस्कृति और अपने देश के प्रति पूर्णरूपेण समर्पित थे। समाज और देश के प्रति आस्था ने ही उनको यह आन्तरिक शक्ति दी कि वे पैतृक धर्म त्याग सकें। उनको विश्वास था कि ईसाई धर्म के माध्यम से वे देश का पुनरुद्धार कर सकेंगे। आश्चर्य नहीं कि औपनिवेशिक भारत में हुए चहुँमुखी राष्ट्रीय जागरण एवं पुनर्निर्माण के प्रत्येक क्षेत्र में इन नवधर्मियों का अद्‍भुत योगदान रहा।

बड़े दुख की बात है कि भारतीय ईसाइयों का राष्ट्रीय अवदान अकादमिक स्मृति में सिमटता जा रहा है। तेज़ी से, ऐतिहासिक तथ्यों को नकारते हुए, ईसाइयत की यह छवि मापक होती जा रही है जिसका प्रारम्भ भारत में यूरोपियन शक्तियों के आगमनोपरान्त विशेषतः 19वीं सदी के पूर्वार्द्ध में हुआ था। एक आक्रामक विदेशी धर्म। मैं इस संक्षिप्त टिप्पणी में भारतीय राष्ट्रीय अस्मिता के विकास में घटित इस दुखद विडम्बना की ओर ध्यान आकर्षित करना चाहता हूँ। उस आकर्षण के सहारे जो 35 वर्ष पूर्व मैंने इन ईसाई नवधर्मियों के प्रति महसूस किया था और जो पिछले दिनों के अध्ययन से और दृढ़ हुआ है।

समाजशास्त्र का अपना अन्तर्ज्ञान होता है। सम्भवतः इसीलिए पिछले एक दशक में–जबकि भारत में ईसाइयों की उपस्थिति एक गम्भीर राजनैतिक समस्या नहीं बनी थी–एक विचित्र पूर्वाभास की तरह इस विषय पर कई संवेदनशील पुस्तकें प्रकाशित हुई हैं। इनमें सूज़न बेली की *सेन्टस, गॉडेसज़ एंड किंग्ज़* (1989) ऐंन्टनी कोपली की *रिलीजन्स इन कॉनफ्लिक्ट* (1997) गौरी विश्वनाथन की *आउटसाइड द फ़ोल्ड* (1998) इनेस ज़ूपानॉफ़ की *डिसप्यूटड मिशन* (1999) तथा जूलियस लियनर की *ब्रह्मबान्धव उपाध्याय* (1999) विशेष उल्लेखनीय हैं। मैंने स्वयं आधुनिक भारत में सम्भ्रान्त सामाजिक चेतना के विकास के सन्दर्भ में अपनी *डिपैन्डेंस एंड डिसइल्यूज़नमैंट* (1975) तथा *द ऑप्रेसिव प्रज़ैन्ट* (1992, 1994, 1999) में इन नवधर्मियों का ज़िक्र किया है, और इस समय धर्म, संस्कृति एवं राष्ट्र के अन्तर्सम्बन्ध के परिप्रेक्ष्य में भारतीय ईसाई उपस्थिति का अध्ययन कर रहा हूँ।

धर्म, संस्कृति एवं राष्ट्र का अन्तर्सम्बन्ध परिस्थितिवश इन नवधर्मियों के लिए गम्भीर महत्त्व का विषय था। अपने समाज से निष्कासित, पर उसके कल्याण के प्रति कटिबद्ध, इन देशभक्तों के लिए अपरिहार्य था यह स्थापित करना कि पैतृक धर्म के त्याग का अपनी संस्कृति के प्रति लगाव और राष्ट्र के प्रति समर्पण से कोई व्यावहारिक अथवा सैद्धान्तिक विरोध नहीं है। भारत जैसे वैविध्य-सम्पन्न राष्ट्र के लिए इस स्थापना का आज भी उतना ही महत्त्व है जितना भारतीय राष्ट्रवाद के प्रादुर्भाव के उस दौर में था।

उन्नीसवीं सदी में एक से एक प्रतिभाशाली ईसाई नवधर्मी हुए : रैवरेण्ड कृष्ण मोहन बनर्जी, रैवरेण्ड लाल बिहारी डे, फादर नीलकंठ नेमाया गोरे, बाबा पद्‍मनजी, रैवरेण्ड नारायण वामन टिलक, कालीचरण बनर्जी, माइकेल मधुसूदन दत्त, रैवरेण्ड

नारायण शेषाद्रि, रैवरेण्ड धंजीभाई नौरोजी, पंडिता रमाबाई, राजा सर हरनाम सिंह, रैवरेण्ड सत्यनादन, रैवरेंड मौलवी इमादुद्दीन, ब्रह्मबान्धव उपाध्याय, इत्यादि। परिस्थितियों और वैयक्तिक गुणों के किसी रहस्यमय मेल ने कृष्ण मोहन बनर्जी को तत्कालीन सार्वजनिक जीवन में अद्वितीय मान दिलाया। कलकत्ता के हिन्दू कॉलिज की स्थापना के साथ ही जिन विलक्षण विद्यार्थियों ने आधुनिक भारतीय इतिहास में 'यंग बंगाल' के नाम से प्रसिद्धि पाई उनके अगुआओं में से एक कृष्ण मोहन वस्तुतः पहले (यद्यपि कालक्रम में दूसरे) सम्भ्रान्त युवक थे जिसकी ईसाई धर्म में दीक्षा से तत्कालीन समाज में खलबली मच गई। सुदूर बम्बई में भी इसकी प्रतिध्वनि हुई और प्रसिद्ध समाज सुधारक और विद्वान बालशास्त्री जाम्भेकर ने महीने भर के भीतर ही इस घटना का विशेष उल्लेख अपने *बम्बई दर्पण* (16 नवम्बर, 1832) में किया। ईसाई होने से पहले ही मुक्त चिन्तन से प्रेरित अपनी विद्रोही जीवन-प्रणाली के कारण कृष्ण मोहन समाज से बहिष्कृत किए जा चुके थे। ('यंग बंगाल' के स्वच्छन्द विचारों और जीवन पद्धति के लिए 1831 में प्रकाशित कृष्ण मोहन के लघु नाटक *द पर्सीक्यूटड* का अध्ययन किया जा सकता है। इस लुप्तप्राय नाटक की एक प्रति नेशनल लाइब्रेरी, कलकत्ता के दुर्लभ ग्रन्थ विभाग में सुरक्षित है।)

स्वाभाविक होता यदि *द पर्सीक्यूटड* जैसे अनुभव—और धर्म-परिवर्तन के कारण होनेवाला उत्पीड़न कहीं अधिक मारक होता था—कृष्ण मोहन और अन्य ईसाई नवधर्मियों को समाज के प्रति विषाक्त कर देते। तात्कालिक प्रभाव उन पर जो भी हुआ हो, थोड़े समय में ही वे सब अपने पैतृक समाज और देश में प्रतिष्ठा के अधिकारी बने। कैसे ऐसा हो सका यह ? इसे समझने के लिए रैवरेण्ड नारायण वामन टिलक की एक मार्मिक कविता उद्धृत करना समीचीन होगा :

वैराग्नीवर मी प्रेमाचा पाउस पाडिन जाण।
स्वदेशबान्धव मम हो वाहिन तुमच्या कार्या प्राण ॥
रडेन मी बा झुरेन मित्रा श्रमेन राहिन लोकीं।
मरेन अपुल्या देशासाठीं ख़िस्ती जरि झालों कीं ॥
असें करीन मी तरीच शोभा होउनिया ख़िस्ताना।
दास ! नातरी ख़िस्ती केवल ढोंगी उपनांवाचा ॥

(यह जान लो कि मैं वैराग्नि पर प्रेम की वर्षा करूँगा। हे मेरे देश-भाइयों, तुम्हारी सेवा ही में मैं अपने प्राण दूँगा। इस लोक में रहते हुए मैं तुम्हारे लिए ही रोऊँगा, तुम्हारे लिए ही दुख से क्षीण होऊँगा, तुम्हारे लिए ही परिश्रम करूँगा। यद्यपि मैं ईसाई हो गया हूँ तो भी अपने देश के लिए प्राण दूँगा। यह करने पर ही मैं प्रभु ईसा का सच्चा सेवक हो सकता हूँ। अन्यथा मैं ईसाइयत का केवल ढोंग कर रहा हूँ।)

अठारह वर्ष की अवस्था में समाज से बहिष्कृत, कृष्ण मोहन ईसाई धर्म में दीक्षित होने के 53 वर्ष बाद तक जीवित रहे। इन वर्षों में हिन्दू समाज और देश में उनके

स्वीकार और आदर का अनुमान मृत्योपरान्त हुई उनकी प्रशंसा से लगता है। (उदाहरणार्थ देखिए रूढ़िवादी साप्ताहिक *हिन्दू पैट्रियट,* 18 मई 1885।) पर मृत्योपरान्त प्रशंसा की परिपाटी को ध्यान में रखते हुए यह प्रशंसा औपचारिक लग सकती है। अतएव कृष्ण मोहन के सार्वजनिक जीवन के कतिपय तथ्य कदाचित् अधिक प्रामाणिक साक्ष्य होंगे। 19वीं सदी के तीसरे चतुर्थांश में ब्रिटिश इंडियन एसोसिएशन का देश में नई-नई उभर रही राष्ट्रीय राजनीति में वर्चस्व था। किन्तु, अपने नाम के प्रतिकूल, यह संस्था ज़मीदारों के प्रभाव में थी, और एक नई शक्ति के रूप में उभर रहे शिक्षित मध्यम वर्ग में एक ऐसी नई राजनीतिक संस्था की इच्छा जागी जो न किसी वर्ग विशेष वरन् व्यापक जनहित के लिए कार्यरत हो। प्रसिद्ध राष्ट्रवादी पत्र *अमृत बाज़ार पत्रिका* के सम्पादक घोष बन्धुओं ने इस मुहिम की अगुआई की और परिणामतः इंडियन लीग का जन्म हआ। यद्यपि अपने सामाजिक-धार्मिक विचारों में घोष बन्धु रूढ़िवादी थे, इंडियन लीग का सभापतित्व कृष्ण मोहन को सौंपा गया। इंडियन लीग के असफल सिद्ध होने पर एक और–इस बार काफ़ी प्रभावशाली–संस्था की स्थापना हुई, और इसके सभापतित्व के लिए भी कृष्ण मोहन को सबसे उपयुक्त समझा गया।

इंडियन ऍसोसिएशन नामक इस संस्था ने भारतीय राष्ट्रीय कांग्रेस के आविर्भाव से पूर्व राष्ट्रीय चेतना के प्रसार में स्मरणीय योगदान किया। देश को एक राजनैतिक सूत्र में बाँधने और देशव्यापी जनमत संगठित करने के उद्‌देश्य से इसने देश के विभिन्न भागों में आन्दोलनों का सूत्रपात किया। कृष्ण मोहन ने इन आन्दोलनों में सक्रिय हिस्सा लिया। वह मात्र शोभाकारी सभापति नहीं थे। एक बार जब लिटन के कुख्यात वर्नाकुलर प्रेस ऍक्ट के विरोध में इंडियन ऍसोसिएशन द्वारा आयोजित विशाल जनसभा में जाते समय किसी भीरु सहयोगी ने कृष्ण मोहन से कहा कि सभा के नेताओं पर मुकदमा चलाया जा सकता है, तो उनका उत्तर था : कर सकेगी यह साहस 'सरकार ?'

तत्कालीन सार्वजनिक जीवन में कृष्ण मोहन का ऐसा स्थान बन चुका था कि यदि मई 1885 में उनका निधन न हो गया होता तो सम्भवतः कांग्रेस के भी वही पहले सभापति बनते। वैसे जिस व्यक्ति को इस पद के लिए चुना गया–डब्लू.सी. बॉनर्जी–उसका जीवन भी इंगित करता है उस समय तक कुछ सम्भ्रान्त तबकों में बन गई ईसाइयत की स्वीकृति की ओर। बॉनर्जी के बारे में आम धारणा है कि वह ईसाई थे। दावे से नहीं कहा जा सकता कि इस काल्पनिक विश्वास का आधार क्या है। शायद यह कि बॉनर्जी की पत्नी, जो अपने पहले चार बच्चों के जन्म तक सनातनी हिन्दू थीं, ईसाई धर्म में दीक्षित हो गईं और उनके आठ में से दो बच्चे भी ईसाई बन गए।

19वीं सदी के भारत में एक शीर्षस्थ राष्ट्रीय नेता के परिवार में धर्मों का ऐसा सहअस्तित्व–कितना ही असामान्य सही–अन्तर्धार्मिक सौहार्द के न सिर्फ़ आदर्श बल्कि सम्भवन का भी परिचायक है।

बॉनर्जी परिवार का यह अद्‌भुत उदाहरण धार्मिक सहअस्तित्व में अन्तर्निहित सांस्कृतिक संश्लेषण की सतह पर रुक जाता है। वह सतह जहाँ सहअस्तित्व विभिन्न

व्यक्तियों के बीच होता है। इसका और गहरा स्तर था जहाँ सहअस्तित्व विभिन्न व्यक्तियों के बीच नहीं, एक ही व्यक्ति के अपने अन्दर होता है। विवरण और विश्लेषण दोनों ही स्तरों पर इस दूसरे सहअस्तित्व और उससे उत्पन्न संश्लेषण को उजागर करने की आवश्यकता है, जहाँ एक ही व्यक्ति में हिन्दू तथा ईसाई–प्रकारान्तर से पारसी तथा ईसाई, मुसलमान तथा ईसाई इत्यादि–दोनों ही विद्यमान मिलते हैं।

जिन नवधर्मियों की हम चर्चा कर रहे हैं उनकी आत्म-छवि ब्राह्मण-हिन्दू-ईसाई जैसी अनेक अस्मिताओं का पुंज तो थी ही, उनके यूरोपियन समकालीन भी उनको इसी रूप में देखते थे। उदाहरणार्थ, बी.आर. बार्बर, जो कालीचरण बनर्जी के प्रशंसक एवं जीवनीकार थे, कालीचरण के व्यक्तित्व में तीन तत्त्वों को सर्वोपरि मानते थे : ब्राह्मण, ईसाई, सन्त। यह विवरण कालीचरण के जीवन के कालखंडों पर आधारित नहीं है, कि पहले ब्राह्मण और धर्मान्तरोपरान्त ईसाई एवं सन्त। यह विवरण है कालीचरण के पूर्ण विकसित व्यक्तित्व का। इसी प्रकार नारायण शेषाद्रि 'ईसाई ब्राह्मण' हैं और फ़ादर गोरे पंडित गोरे। पंडिता रमाबाई की तो पहचान ही 'पंडिता' से है। (पुनः यह स्पष्ट करना आवश्यक नहीं है कि हिन्दू-इतर धार्मिक समुदायों के ईसाई नवधर्मियों के बारे में यही विवरण अन्य संज्ञाओं के साथ प्रासंगिक है।)

अपने जीवन के इस सच का सैद्धान्तिक प्रतिपादन भी किया इनमें से कुछ नवधर्मियों ने। कृष्ण मोहन बनर्जी ने अपनी अनेक प्रसिद्ध स्थापनाओं में से एक में कहा : 'कोई भी सच्चा ईसाई हुए बिना सच्चा हिन्दू नहीं हो सकता।' सत्य–और शान्ति !–की खोज में इस विद्रोही मनीषी की एक और स्थापना थी : 'हम (हिन्दू ईसाई) ब्रह्मसमाजियों से बेहतर देशभक्त हैं।' और यह भी : 'धन्य हैं हम कि हमें हिन्दू राष्ट्र का उद्धार करना है।'

तीनों स्थापनाओं में पैतृक समाज और संस्कृति की गहरी चिन्ता है। वही चिन्ता जिसके फलस्वरूप 19वीं सदी में नाना प्रकार के–परस्पर विरोधी भी–विद्रोह उभरकर आए। ईसाई नवधर्मिता इनमें सबसे मूलगामी विद्रोह था। मूल की खोज में जानेवाला विद्रोह। पुनरुत्थानवादी और अग्रगामी। कृष्ण मोहन बनर्जी से प्रारम्भ होकर ईसाई नवधर्मिता की यह 'हिन्दू' मीमांसा शिक्षित हिन्दू ईसाइयों का सामान्य विश्वास बन गई। (देखिए कृष्ण मोहन बनर्जी कृत *द आर्यन विटनैस* जिसका पुनः प्रकाशन के.पी. आलियाज़ द्वारा सम्पादित *फ्रॉम एक्सक्लूसिविज़्म टू इनक्लूसिविज़्म : द थिऑलॉजिकल राइटिंग्ज़ ऑव कृष्ण मोहन बनर्जी* (1813-1885), देहली, 1998, में हुआ है।) इसके अनुसार 19वीं सदी में प्रचलित हिन्दू धर्म सच्चा हिन्दू धर्म था ही नहीं। सच्चे हिन्दू धर्म का चरम विकसित रूप वास्तव में ईसाई धर्म था। उदाहरण के लिए, प्रजापति के बलिदान की सर्वोच्च परिणति ईसा मसीह के बलिदान में मिलती है। इसी तरह त्रिमूर्ति, अवतार, मुक्ति, प्रायश्चित और श्रुति जैसे हिन्दू धर्म के महान मौलिक सिद्धान्तों का भी परिष्कृत रूप ईसाई धर्म में मिलता है। इसके बरक्स ब्रह्मसमाज जैसे सुधारवादी, नैतिक साहस के अभाव में, छद्म ईसाई बनकर अपनी संस्कृति से बहुत दूर तो चले

गए पर ईसाइयत की सुन्दरता को न पा सके, और हिन्दू धर्म भी खो बैठे।

वर्तमान भारतीय राजनीति के परिप्रेक्ष्य में इस तरह की स्थापनाएँ चिन्ताजनक लग सकती हैं। इनमें हिन्दू और राष्ट्र का वह पर्यायीकरण निहित है जिसका तार्किक-व्यावहारिक उद्‌घाटन हमारे अपने समय की बड़ी कठिनाइयों और विडम्बनाओं में एक है। पर वर्तमान को अतीत का एकमात्र अनिवार्य प्रतिफलन मानना भ्रामक हो सकता है। भारतीय राष्ट्रीय चेतना के उद्‌भावना काल में, अन्य भारतीयों की भाँति, ईसाई नवधर्मी भी पारम्परिक अस्मिताओं और नई-नई विकसित हो रही राष्ट्रीय अस्मिता के पारस्परिक सम्बन्धों को लेकर स्पष्ट नहीं हो सकते थे। वैसे भी अपने को 'राष्ट्रीय' कहनेवाली कोई एकमात्र 'भारतीय' राष्ट्रीय अस्मिता तो थी नहीं। क्षेत्रीय अस्मिताएँ–बंगाली, अहोम, उत्कल, तमिल, इत्यादि–भी भारतीय अस्मिता के साथ-साथ उसी समय 'राष्ट्रीय' के रूप में उभर रही थीं। एक ही व्यक्ति–और हम बात कर रहे हैं उस वक़्त के जागरूक राष्ट्रवादियों की न कि उनकी जिनको बाद में भारतीय इतिहास लेखन में साम्प्रदायिक, अलगाववादी इत्यादि संज्ञाओं से जाना गया है–समान उत्साह और आस्था से उत्कल राष्ट्रवादी और भारतीय राष्ट्रवादी या और अन्य कुछ हो सकता था।

देश में व्याप्त नाना प्रकार की विविधता के रहते 'राष्ट्रीय' का अनेकार्थी हो जाना स्वाभाविक था। पर उसके अतिरिक्त भी राष्ट्रीयता का कोई एक निश्चित अर्थ नहीं होता। देश और काल की बदलती परिस्थितियों के अनुसार इसके अर्थ अपनी निरन्तर परिवर्तनीय स्थानीय विशिष्टता ग्रहण करते हैं। प्रायः इन अर्थों की स्थापना के लिए भाँति-भाँति के संघर्ष भी होते हैं। समूहों के द्योतक पारम्परिक शब्दों में भी ऐसा ही तारल्य होता है। मसलन जाति और देश। (ये दोनों शब्द 19वीं सदी में राष्ट्र के पर्याय के रूप में प्रयुक्त हुए।) उदाहरणार्थ, इंडियन नेशनल कांग्रेस प्रारम्भिक दौर में राष्ट्रीय महाजाति कहलाई।)

भारतीय ईसाइयों के एक मुखपत्र, *इंडियन क्रिश्चियन हैरल्ड* (5 मार्च 1880), में 'डीनेशनलाइज़्ड हिन्दूज़' शीर्षक से छपे एक लेख में राष्ट्रीयता की जटिलता का बड़ा रोचक विवेचन हुआ :

आजकल हमेशा ही हमारे युवकों के बीच राष्ट्रीयता का नाद सुनाई देता है। हर कोई दूसरे से अधिक राष्ट्रीय होने को आतुर है।

राष्ट्रीयता के इस हल्ले से शुरू करके लेखक राष्ट्रीयता के दो भेद करता है : बाह्य और आन्तरिक। खान-पान और पहरावे का सम्बन्ध है बाह्य राष्ट्रीयता से। विचारों, भावनाओं और विश्वासों से जुड़े प्रश्न आते हैं आन्तरिक राष्ट्रीयता की कोटि में। इस विभाजन के सहारे लेखक एक अत्यन्त विचारोत्तेजक स्थापना करता है :

बहुत सम्भव है कि कोई नितान्त विराष्ट्रीयकृत व्यक्ति अपनी राष्ट्रीयता बनाए रखे। हाँ, विराष्ट्रीयकरण में राष्ट्रीयता और राष्ट्रीयकरण में विराष्ट्रीयता जैसी चीज़ भी होती है। आपको ऐसा व्यक्ति मिल सकता है जो अपने बाह्य स्वरूप में पूरी

तरह विदेशी हो और अन्तरतम में बड़ा देशभक्त।

इसी सन्दर्भ में लेखक आगे कहता है :

> *लोगों के आचार-विचार, रीति-रिवाज और पहरावे आदि में धीरे-धीरे किन्तु लगातार परिवर्तन होते हैं, और ऐसा होता है कि वही जो विदेशी अथवा अराष्ट्रीय माना जाता था एक लम्बे अरसे के बाद पूर्णरूपेण राष्ट्रीय हो जाता है। अतएव निस्संकोच कहा जा सकता है कि राष्ट्रीयता प्रगतिशील है...। क्या इसलिए हम नहीं कह सकते कि राष्ट्रीयता और वह जो उसका विपर्यय माना जाता है, दोनों ही वक़्त के साथ बदले हुए नाम से अधिक कुछ नहीं।*

इस स्थापना के बाद लेखक कहता है कि ईसाई हो जाने से भारतीय अपनी संस्कृति वा राष्ट्र से विमुख नहीं हो जाते। भारतीय ईसाइयों के विरुद्ध सामान्यतः लगाया जानेवाला विराष्ट्रीयकरण का आरोप निराधार है।

इस भारतीय ईसाई द्वारा किए गए वर्गीकरण की दृष्टि से देखें तो उसके साथी नवधर्मियों की राष्ट्रीयता को किसी एक ही श्रेणी में नहीं डाला जा सकता। उनमें एक तरफ़ कृष्ण मोहन बनर्जी जैसे लोग थे जो अपने बाह्य रूप में पूरी तरह से यूरोपियन बन गए थे। दूसरी तरफ़ थे नारायण वामन टिलक जैसे लोग जो अपनी वेश-भूषा और खान-पान में अपने पैतृक संस्कारों का पूरा पालन करते थे। यहाँ तक कि पादरियों के लिए निर्धारित यूरोपियन वेश-भूषा के स्थान पर फ़ादर गोरे जैसे धर्म-प्रचारकों ने भारतीय पादरियों के लिए देशी शैली के वस्त्रों का प्रचलन प्रारम्भ किया। (बाह्य राष्ट्रीयता की यह विविधता ग़ैर-ईसाई देशभक्तों में भी मिलती है। उदाहरण, गोखले और लोकमान्य तिलक।)

पर जहाँ तक आन्तरिक राष्ट्रीयता का सवाल है, कृष्ण मोहन और गोरे दोनों ही प्रकार के ईसाई नवधर्मी स्पष्ट थे कि उन्होंने पैतृक धर्म त्यागा है, संस्कृति नहीं। पैतृक धर्म के ईसाईकरण और ईसाइयत के देशीकरण के उनके अनथक प्रयास—यद्यपि दोनों ही अपेक्षाकृत असफल रहे—इसकी पुष्टि करते हैं।

इन नवधर्मियों की राष्ट्रीयता का एक अतिरिक्त आयाम था, एक ट्रैजिक आयाम, जिसके कारण उनकी नियति उनके ग़ैर-ईसाई देशवासियों से कहीं ज़्यादा कष्टकारी हो गई। समानता का सिद्धान्त प्रतिपादित करनेवाले ईसाई धर्म में दीक्षित होने के साथ ही इन बौद्धिक एवं संवेदनशील व्यक्तियों को राजनैतिक हीनता के अतिरिक्त एक ऐसी हीनता का भी अनुभव करना पड़ा जिसके लिए वे मानसिक रूप से बिल्कुल तैयार नहीं थे। धर्म-परिवर्तन के बाद भी विदेशियों की राजनैतिक सत्ता तो बनी ही रहनी थी, धर्म-परिवर्तन ने उनके ऊपर विदेशियों की धार्मिक सत्ता भी लाद दी। उदार से उदार यूरोपियन मिशनरी भी तत्कालीन औपनिवेशिक परिवेश में अपने आप को साम्राज्यवाद और रंगवाद से मुक्त न रख सके। वे भी भारतीयों को अपने से हीन समझते थे। (इस विषय की अपनी बारीकियाँ हैं। एक संक्षिप्त टिप्पणी में सरलीकरण का ख़तरा उठाते

हुए भी भारतीय ईसाई नवधर्मियों और यूरोपियन मिशनरियों के सम्बन्धों के इस कटु सत्य को सपाट तरीके से ही रखा जा सकता है।)

भारत की अंग्रेज़ी अफ़सरशाही में जिस तरह योग्य से योग्य भारतीय भी समानता और यथेष्ट सम्मान से वंचित थे, उसी तरह ये प्रतिभावान नवधर्मी यूरोपियन मिशनरियों से बराबरी की अपेक्षा नहीं कर सकते थे। पद, प्रतिष्ठा व वेतनादि की दृष्टि से न सिर्फ़ व्यवहारतः भारतीय पादरी यूरोपियन पादरियों से हीन थे, बल्कि चर्च के चिन्तन में इस असमानता का सैद्धान्तिक औचित्य भी था। अंग्रेज़ी साम्राज्यवाद के प्रसिद्ध भ्रामक तर्क की भाँति–कि अंग्रेज़ भारतीयों को स्वशासन के लिए प्रशिक्षित कर रहे हैं, और यह प्रशिक्षण सुदूर भविष्य में ही सम्पन्न हो पाएगा–चर्च का एक समानान्तर तर्क था। इसके अनुसार एक धार्मिक शैशव से गुज़रने के बाद ही नवधर्मियों में बाइबिल व चर्च के सिद्धान्तों, संगठन, कर्मकांडादि पर चिन्तन और चर्च के स्वतन्त्र संचालन की क्षमता उत्पन्न हो सकेगी। तब तक श्वेत मिशनरियों की छत्रछाँह अनिवार्य थी।

साम्राज्यवाद की हेकड़ी कितनी भी असह्य हो, और कुछ नहीं तो विवशतावश स्वीकार्य हो जाती थी। पर श्वेत मिशनरियों का निराधार दर्प इन निर्भीक एवं मेधावी नवधर्मियों को अमान्य था। इस अन्यायपूर्ण स्थिति को मान लेना नैतिक कायरता और ईसाइयत के प्रति विश्वासघात के अतिरिक्त भारत में ईसाई धर्म के प्रचार-प्रसार के लिए घातक भी था। ईसाइयत के आदर्श और यथार्थ में ऐसे द्वैत के चलते भारतवासियों का ईसाई धर्म के प्रति खिंचना कठिन था।

यही कारण था कि 1832 में कृष्ण मोहन बनर्जी से शुरू होकर सदी के अन्त तक (जब योग्य भारतीयों के लिए ईसाइयत का आकर्षण चुक गया) लगभग हर संवेदनशील नवधर्मी के यूरोपियन मिशनरियों के साथ सम्बन्धों में गाँठ पड़ गई। कृष्ण मोहन को ही लें तो डफ़ के हाथों स्कॉटिश चर्च में दीक्षित होने के तुरन्त बाद ही डफ़ से उनका मोहभंग हो गया और वह एँग्लिकन चर्च के सदस्य बन गए। पर वहाँ भी चर्चाधिकारियों के साथ उनके सम्बन्ध ख़ासे तनावपूर्ण रहे। आत्म-सम्मान के प्रति सदैव सजग–औपनिवेशिक परिवेश में आत्म-सम्मान और जातीय सम्मान लगभग अविभाज्य थे–कृष्ण मोहन चर्च के अन्याय का प्रतिरोध करते रहे।

स्थिति कितनी जल्दी कितनी गम्भीर हो गई इसका अन्दाज़ 1857 के अन्त या 1858 के प्रारम्भ में दिए गए रैवरेण्ड लाल बिहारी डे के एक सार्वजनिक भाषण से लगता है। (वर्तमान भारतीय इतिहास लेखन ने अभी तक डे के कर्तृत्व व अपने जीवन एवं समय पर उनके पैने लेखन पर पर्याप्त ध्यान नहीं दिया है। यद्यपि उनकी साहित्यिक कृतियों का थोड़ा-बहुत अध्ययन हुआ है, पत्रकारिता के माध्यम से तत्कालीन सार्वजनिक जीवन में उनके महत्त्वपूर्ण हस्तक्षेप की याद समाप्तप्राय है। आवश्यकता है अगस्त 1872 में शुरू की गई उनकी *बंगाल मैगज़ीन* के विश्लेषण की। इस मासिक अंग्रेज़ी पत्रिका में डे और उनके सहयोगी लेखकों ने एक नए राष्ट्रीय अतीत–परम्परा, धरोहर–की खोज प्रारम्भ की ताकि एक उज्ज्वल राष्ट्रीय भविष्य का निर्माण हो सके।)

'सर्चिंग़ ऑव हार्ट' शीर्षक से ईसाई श्रोताओं के मध्य दिए गए अपने बेलौस किन्तु क्षुभित भाषण में डे ने नवधर्मियों की वेदना को वाणी दी। उन्होंने मिशनरियों को अपना मर्म टटोलते हुए कुछ प्रश्नों का सामना करने की सलाह दी। इन प्रश्नों की पीड़ा इस संक्षिप्त उद्धरण में मिल सकती है :

क्या मैं मन से नवदीक्षितों से प्रेम करता हूँ और उनका कल्याण चाहता हूँ ?...क्या उनको जिनको मैंने स्वयं दीक्षित किया है, और अपने चर्च के अन्य नवदीक्षितों को मैं अपनी धार्मिक सन्तान और ईसा की शरण में आए अपने ही बान्धवों की तरह देखता हूँ, न कि अपने मातहतों और नौकरों की तरह ?

धर्मान्तर का अर्थ इन नवधर्मियों की बौद्धिक-आध्यात्मिक जिज्ञासा का शमन नहीं था। बपतिस्मा के बाद भी–विशेषकर बपतिस्मा के बाद–अपने नए धर्म की बाबत उनको तरह-तरह के सन्देह घेरे रहे। स्वाभाविक था कि इन सन्देहों को लेकर भी वे उसी तर्कबुद्धि का सहारा लें जिसने उनको अपना पैतृक धर्म त्यागने का औचित्य दिया था, और जिसके लिए यूरोपियन मिशनरियों ने उनकी सराहना की थी। किन्तु जैसे ही उनकी तार्किकता ईसाइयत की तरफ़ मुड़ी, मिशनरियों की दृष्टि में वह अक्षम्य अपराध बन गई–अहम्मन्यता का अपराध जो चर्च, बाइबिल तथा ईसा मसीह के प्रति अप्रश्नित समर्पण की अनिच्छा का अपराध था। ऐसे अपराधों से बचना इन नवधर्मियों के लिए असम्भव था। अपने बपतिस्मा के दूसरे ही साल में सिस्टर जैरल्डीन–जिनके हाथों वह ईसाई धर्म में दीक्षित हुई थीं–को दिया गया पंडिता रमाबाई का जवाब नवधर्मियों की मनःस्थिति जताता है :

मुझे लगता है कि आप मुझे सदैव उनकी इच्छा का पालन करने की सलाह दे रही हैं जिनके हाथों में सत्ता है। किन्तु मैं सदैव ऐसा नहीं मान सकती। मेरी एक अन्तरात्मा है, मन है, और विवेक है। मुझे स्वयं सोचना चाहिए और ईश्वर ने जो कुछ करने की शक्ति दी है वह करना चाहिए। यद्यपि पुरोहितों और बिशपों का चर्च के ऊपर कुछ अधिकार हो सकता है, बिशप से भी श्रेष्ठ चर्च का एक और स्वामी है।...ईश्वर के विधान और शब्द का पालन पुरोहितों के प्रति पूर्ण आज्ञाकारिता से बिल्कुल भिन्न है। मैंने हाल ही में बड़े प्रयास के बाद भारतीय पुरोहितों की दासता से अपने को मुक्त किया है, इसलिए अभी मैं पुरोहितों की हर बात को प्राधिकृत ईश्वरादेश मान पुनः वैसी ही एक दूसरी दासता में बँध जाने के लिए तत्पर नहीं हूँ।

इस तरह, आम धारणा के विपरीत, ईसाई बनकर विशेष सुविधाएँ हासिल करने के बजाय इन नवधर्मियों के हिस्से में दुहरी दासता आई। दोनों दासताओं का उन्होंने प्रतिरोध किया। उनकी राष्ट्रीय चेतना की भी परिणामतः दुहरी अभिव्यक्ति हुई। राजनैतिक आन्दोलनों के साथ-साथ उनको, बहैसियत भारतीय ईसाई, धार्मिक स्वायत्तता

के लिए भी संघर्ष करना पड़ा। 1860 के दशक में ही उभरकर आया एक स्वतन्त्र भारतीय राष्ट्रीय चर्च का विचार। भारतीय इतिहास लेखन का दायित्व है कि इस विचार के प्रतिपादन और अमलीकरण का विवेचन भारतीय राष्ट्रीय आन्दोलन के रूप में किया जाए। दूसरे शब्दों में, राष्ट्रीय चर्च की आवश्यकता और उसकी अपेक्षाकृत असफलता (अभी तक भारत का अपना राष्ट्रीय चर्च नहीं है, और न ही वह सम्भाव्य लगता है) दोनों का ही भारत में औपनिवेशिक उपस्थिति से जो अन्तरंग सम्बन्ध है उसका यथेष्ट विवरण व विश्लेषण अभीष्ट है।

अन्त में इस टिप्पणी में किए गए विभिन्न इशारों के ध्वन्यार्थों को समेटने के अनिवार्यतः विफल—और जागरूक पाठकों के लिए अनावश्यक—प्रयास के बजाय इसके प्रयोजन की पुनरावृत्ति। मानव-समुदायों के अपने-अपने अवसाद होते हैं, जो सामान्यतः कितने ही निष्क्रिय-से क्यों न रहें, समुदाय विशेष को उसके संकटकाल में व्याकुल कर देते हैं। वर्तमान भारत में ईसाइयों का विशिष्ट सामूहिक अवसाद जुड़ा है, अपने राष्ट्रीय अवदान के बावजूद, अपने ही देश में सन्देहग्रस्त हो जाने की त्रासदी से। आज जब कुछ प्रबल राजनैतिक-सांस्कृतिक शक्तियाँ चिन्ताजनक तेज़ी से साम्प्रदायिक संकीर्णता की ओर अग्रसर हो ईसाइयों को, देश के इतिहास में शायद पहली बार, अपनी आक्रामकता का निशाना बना रही हैं, ईसाइयों के गहराते अवसाद के प्रति संवेदना आवश्यक है उसके प्रतिकार के लिए। इसे कोरी भावुकता न समझा जाए, वह प्रतिकार आवश्यक है देश में मानवीय मूल्यों के संरक्षण के लिए।

राष्ट्र, कवि और मैथिलीशरण गुप्त

शताब्दी समारोहों के अन्तर्गत आयोजित गोष्ठियों में प्रायः अपेक्षा यह रहती है कि वक्तागण दिवंगत पूज्य की महान और विस्मृतप्राय उपलब्धियों का बखान करके पुनः उसकी कीर्ति स्थापित करेंगे। यह हमारा सौभाग्य है कि राष्ट्रकवि मैथिलीशरण गुप्त की कीर्ति हिन्दी साहित्य तथा भारतीय राजनीति में व्याप्त उत्तरोत्तर प्रचंड वाद-विवादों के बावजूद अक्षुण्ण बनी हुई है। उनकी महानता को आलोचकों, विद्वानों द्वारा विशेष प्रयत्नों की दरकार नहीं है। सच तो यह है कि गुप्तजी का विपुल साहित्य हमारी साहित्यिक वैचारिक परम्परा में ऐसे सम्पृक्त हो गया है—जनमानस में ऐसे रम गया है—कि आज यदि आवश्यकता है तो उनकी महानता को दुहराने की नहीं बल्कि उनके महत्त्व को भलीभाँति समझने की। गुप्तजी के साहित्य के प्रति आश्वस्ति का यह भाव सम्भवतः किसी भी रचनाकार को दी जा सकनेवाली सर्वोच्च श्रद्धांजलि है। वस्तुतः प्रस्तुत समारोह[1] के आयोजकों ने ऐसा ही किया भी है। वे इस आयोजन को निरी प्रणति नहीं बनाना चाहते। वे चाहते हैं कि इस अवसर पर स्वतन्त्रता, लोकजीवन, परम्परा आदि के कुछ ज्वलन्त प्रश्नों को श्री गुप्त के अवदान के सन्दर्भ में उठाया जा सके और उन पर गम्भीर विचार-विमर्श हो सके। स्पष्टतः ही वे आश्वस्त हैं कि गुप्तजी की साहित्यिक महत्ता इस तरह के विचार-विमर्श से हिलनेवाली नहीं, और यह भी कि गुप्तजी का साहित्य कोरी प्रशस्ति के सहारे जमनेवाला साहित्य नहीं है।

गुप्तजी सोद्देश्य कला के पक्षधर थे। यह स्वाभाविक ही था। आधुनिक भारतीय साहित्य का विकास औपनिवेशिक दासता के दौर में आरम्भ हुआ था। ऐसे समय में साहित्य-सर्जन मात्र स्वान्तःसुखाय न होकर अनिवार्यतः चेतना एवं पुनर्निर्माण का साधन बन गया था। आधुनिक भारतीय साहित्य के आदिकाल में किसी भी भाषा में शायद ही कोई लेखक ऐसा होगा जिसने साहित्य को सिद्धान्ततः अपने समाज-हितार्थ एक सशक्त साधन के रूप में न इस्तेमाल किया हो। यह अलग बात है कि इनमें से कुछ प्रमुख लेखकों ने देश-प्रेम से प्रेरित साहित्य के अतिरिक्त रूढ़िगत शृंगार अथवा भक्तिरस प्रधान रचनाएँ भी लिखीं। इस सन्दर्भ में सहज ही भारतेन्दु हरिश्चन्द्र का स्मरण हो आता है। उनके काव्य का एक बड़ा भाग पारम्परिक पद्धति का निर्वाह करता है। पर उनकी

• यह आलेख भारत भवन में आयोजित मैथिलीशरण गुप्त प्रसंग (15 से 17 अगस्त, 1986) में पढ़ा गया था।

पहचान प्रधानतः एक जागरूक राष्ट्रवादी साहित्यकार के रूप में हो जाती है। लगभग यही बात उनके समकालीन लेखकों पर भी लागू होती है। औपनिवेशिक परिवेश में सोद्देश्य साहित्य की प्रवृत्ति अनिवार्य नहीं तो कितनी प्रबल होती है इस तथ्य का अनुमान इस बात से लग सकता है कि हमारे प्रमुख छायावादी कवियों ने भी देशप्रेमजन्म साहित्य को पल्लवित किया।

आश्चर्य नहीं कि राष्ट्रकवि मैथिलीशरण आजीवन उपयोगितावादी आदर्शोन्मुखी साहित्य की रचना करते हैं। यदि उनको कभी यह एहसास हुआ भी कि सामाजिक उद्देश्य के निर्वाह में कलात्मक उत्कृष्टता पर आँच आ रही है तो उन्होंने यही सिद्धान्ततः प्रतिपादित किया 'पर क्या न विषयोत्कृष्टता करती विचारोत्कृष्टता ?' प्रेमचन्द की पहली बरसी के अवसर पर बोलते हुए उन्होंने सन् 1939 में कहा : 'मैं किसी क्षण अपने युग को नहीं भूला हूँ। हमारी आज की रचनाएँ आज का ही काम चला दें तो यही क्या थोड़ा है ? कल के लिए आज की उपेक्षा करके ही हम, विशेषकर मेरे ऐसे जन, कौन अमर हुए जाते हैं !' यह गुप्तजी की शालीनता थी, स्वभावगत शालीनता, कि 'हम' के साथ उन्होंने 'विशेषकर मेरे ऐसे जन' जोड़ दिया। पर साहित्यिक अमरत्व के सम्बन्ध में उनका यह वक्तव्य उस नियति को इंगित करता है जिसका वरण उन्हीं के समान अन्य भारतीय लेखकों ने भी किया था। एक तरह ये यह उचित ही था कि यह वक्तव्य प्रेमचन्द को याद करते समय दिया गया। चूँकि आदर्शोन्मुखी यथार्थवाद के प्रणेता ने तो अमरत्व के मुकाबले देशप्रेम को वरीयता देने की अनिवार्यता के आधार पर यह स्वीकार ही कर लिया था कि कोई भी औपनिवेशिक साहित्य महान नहीं हो सकता। कुछ ऐसी ही बात बड़े जोर से बालमुकुन्द गुप्त ने अपनी *स्फुट कविता* के निवेदन में इस प्रकार कही थी :

> *भारत में अब कवि भी नहीं हैं कविता भी नहीं है। कारण यह कि कविता देश और जाति की स्वाधीनता से सम्बन्ध रखती है। जब यह देश, देश था और यहाँ के लोग स्वाधीन थे, तब यहाँ कविता भी होती थी।...कविता के लिए अपने देश की बातें, अपने देश के भाव और अपने मन की मौज दरकार है। हम पराधीनों में यह सब बातें कहाँ ? फिर हमारी कविता क्या, और उसका गुरूर क्या ? इससे उसे तुकबन्दी ही कहना ठीक है। पराधीन लोगों की तुकबन्दी में कुछ तो अपने दुख का रोना होता है और कुछ अपनी गिरी दशा पर पराई हँसी होती है, वही दोनों उस तुकबन्दी में हैं।*

अपने काव्य-गुरु प्रतापनारायण मिश्र की ही भाँति बालमुकुन्द गुप्त रोते समय भी फक्कड़पन का कवच धारण किए रहते थे। उनके रोने में भी एक चुनौती होती थी, चुनौती अपने पराधीन देशवासियों को और विदेशी शासकों को। इस समन्वय में रहस्य निहित था उनके **शिवशम्भू के चिट्ठे** की अपूर्व लोकप्रियता का। बूटी के प्रताप से शिवशम्भू चरम आनन्द की स्थिति प्राप्त कर लेते हैं। पर चैतन्य की यह अवस्था उनको

देश की अधम दशा का भी ज्ञान कराती है और निर्भय होकर स्पष्ट शब्दों में इस ज्ञान के प्रसारण का साहस भी प्रदान करती है। भंग की तरंग में विचरते शिवशम्भू की सृष्टि साहित्यकार-पत्रकार बालमुकुन्द गुप्त की सर्वोच्च उपलब्धि थी।

जो बात शिवशम्भु के रचयिता ने स्वाभाविक नाटकीय अतिरेक से कही, वैसी ही बात बहुत ही संयत और गम्भीर अन्दाज़ में महादेव गोविन्द रानाडे ने ब्रिटिश कालीन और पूर्व ब्रिटिश कालीन मराठी काव्य का तुलनात्मक अध्ययन करते समय कही। उनसे भी पहले इसी तरह के विचार बड़े सशक्त तरीके से विष्णु कृष्ण चिपलूणकर (1850-82) ने अपने प्रसिद्ध मासिक पत्र **निबन्धमाला** के दूसरे अंक में व्यक्त किए थे।

कहने का तात्पर्य यह नहीं कि पराधीन भारत में श्रेष्ठ साहित्य का सृजन ही नहीं हुआ। महत्त्वपूर्ण बात यह है कि इस दौर के अधिकांश लेखकों का रचना-धर्म समाज और राष्ट्र की सेवा के भाव से प्रेरित था। साहित्य को इस प्रकार समाज और राष्ट्र की तुलना में गौण बना देने से यदि कलात्मक सौष्ठव की कुछ क्षति भी होती हो तो उन्हें वह स्वीकार्य थी। 'कला के लिए कला' का आदर्श कितना ही लुभावना क्यों न हो, और व्यष्टि के स्तर पर कलाकार के लिए अमरत्व की सम्भावनाएँ क्यों न बढ़ाता हो, दासता के यथार्थ से जूझते इन रचनाकारों ने इसे अपनी विशिष्ट ऐतिहासिक परिस्थितियों में विलास मात्र ही समझा। हाँ, यह अवश्य हुआ कि उनमें से कुछ ने इस काल-धर्म से अपने रचना-कर्म को प्रत्यक्ष जोड़ दिया, जब कि कुछ ने इस सम्बन्ध को परोक्ष रखा।

कहना न होगा कि राष्ट्रकवि मैथिलीशरण गुप्त का साहित्य आद्योपान्त पूरी तरह से राष्ट्रीय जीवन से जुड़ा रहा। उन्होंने देश की तत्कालीन दशा को लेकर जो लिखा वह तो राष्ट्रीय चेतना को प्रखर करने के उद्देश्य से था ही, उनके पौराणिक तथा काल्पनिक आख्यानों पर आधारित ग्रन्थ भी देश-प्रेम से ओतप्रोत थे।

स्वतन्त्रता प्राप्ति के लगभग चार वर्ष पश्चात् अपने लेखन का जायज़ा लेते हुए गुप्तजी ने कहा था : *'मेरा कार्य तो वर्तमान का था और शायद वह मेरे जीवन के साथ समाप्त भी हो जाए।'* पता नहीं गुप्तजी का इस सामान्य प्रतीत होते कथन से क्या अभिप्राय था। अपने 'कार्य' को 'वर्तमान में समेटकर जब उन्होंने भूतकाल-सूचक 'था' का प्रयोग किया तो उनके कार्य के साथ-साथ वर्तमान की भी हदबन्दी हो गई। यह वर्तमान या तो बीत चुका था—अनुमानतः स्वाधीनता संग्राम के साथ—या उनके जीवन के साथ बीत जानेवाला था। तदनुसार उनका कार्य भी, इस वर्तमान से परिभाषित होने के नाते, समाप्तप्राय था। किन्तु यहाँ 'शायद' कहकर गुप्तजी ने यह आशा भी व्यक्त कर दी कि उनका कार्य उनके जाने के बाद भी, इस सीमित 'वर्तमान' के परे भी, आगे चल सकता है। इस समय गुप्तजी की अवस्था 65 वर्ष थी। सम्भव है कि स्वतन्त्रता की लक्ष्य प्राप्ति के उपरान्त अन्तर में अमरत्व की नैसर्गिक मानवीय चाह अंकुरित हुई हो और जाने या अनजाने में इस 'शायद' में फूट पड़ी हो।

जो भी हो, गुप्तजी सन् 1951 में जिस वर्तमान की बात कर रहे थे वह अभी तक अतीत नहीं बना है। थोड़े-बहुत अन्तर के बावजूद सारतः वही हमारा भी वर्तमान है। परिणामतः गुप्तजी की थाती हमारे लिए आज भी प्रासंगिक है। इस थाती को 'हमारे' वर्तमान के सन्दर्भ में राष्ट्रकवि का शेष 'कार्य' कहना समीचीन न होगा। हमें 'कार्य' से हटकर 'प्रभाव' की दृष्टि से अपना विश्लेषण करना होगा। गुप्तजी के मन में अपने 'कार्य' की जो भी योजना रही हो, उनके अवसान के बाद उनके कार्य की नहीं, उसके प्रभाव की ही बात हो सकती है।

राष्ट्रकवि की हैसियत से गुप्तजी के साहित्य का एक चिन्ताजनक आयाम भी था। उनके अपने समय में जितना चिन्ताजनक यह आयाम था, उनकी विरासत के रूप में यह और अधिक चिन्ताजनक होता जा रहा है। यह एक ऐसा आयाम है जो 19वीं सदी से हमारी सामाजिक चेतना में उत्तरोत्तर उजागर होता रहा है। राष्ट्रीय जीवन में लेखक की भूमिका यों भी ऐसा विषय है जिसकी सार्थक चर्चा केवल ऐतिहासिक परिप्रेक्ष्य में नहीं की जा सकती। उसकी सार्थकता वर्तमान से मिल कर ही बनती है। अतः यह उपयुक्त प्रतीत होता है कि प्रस्तुत निबन्ध का आधार गुप्तजी की थाती का यही चिन्ताजनक आयाम हो जो उनको एक तरफ़ तो 19वीं शताब्दी से जोड़ता है और दूसरी तरफ़ हम से। विशेष रूप से इसलिए भी कि इस आयाम का सम्बन्ध हमारे आज के एक बड़े राष्ट्रीय संकट से है। यह संकट है राष्ट्रीय एकता का। यद्यपि इस संकट के कई पहलू हैं, पर इन सब की तह में एक आधारभूत प्रश्न है। वह प्रश्न है : भारतीय राष्ट्र की हमारी अवधारणा क्या है ? वैसे तो अपने लम्बे रचनाकाल में गुप्तजी बार-बार राष्ट्रीय चेतना व राष्ट्रनिर्माण की समस्या से सम्बन्धित अपने भाव और विचार प्रत्यक्ष अथवा परोक्ष रूप से अपनी विभिन्न रचनाओं में प्रकट करते रहे, पर उनकी दो उद्‍बोधनात्मक रचनाओं की सम्पूर्ण विषय-वस्तु ही यह समस्या है। इनमें पहली है उनकी विख्यात कृति *भारत-भारती* (संवत् 1966) और दूसरी है *हिन्दू* (संवत् 1984)।

भारत-भारती व **हिन्दू** के बीच बीते पन्द्रह वर्ष बहुत महत्त्वपूर्ण थे। जहाँ तक राष्ट्रीय चेतना का देश की स्वाधीनता से सम्बन्ध है, इन वर्षों में गुप्तजी की राष्ट्रीय चेतना पूरी तरह से विकसित हो गई। *भारत-भारती* में उन्होंने एक छन्द के पूर्वार्द्ध में कहा :

शासन किसी पर-जाति का चाहे विवेक-विशिष्ट हो,
सम्भव नहीं है किन्तु जो सर्वांश में वह इष्ट हो।

पर इसी छन्द के उत्तरार्द्ध में अंग्रेज़ी राज्य के बारे में यह भाव व्यक्त किया :

यह सत्य है, तो भी ब्रिटिश शासन हमें सम्मान्य है,
वह सुव्यवस्थित है तथा आशा-प्रपूर्ण वदान्य है।

न्यायी तथा सकरुण नारायण को इसी दैवी वरदान के लिए धन्यवाद देते हुए

गुप्तजी ने इस 'उदार' शासन का बखान इन शब्दों में किया :

सम्प्रति समुन्नति की सभी हैं प्राप्त सुविधाएँ यहाँ,
सब पथ खुले हैं, भय नहीं विचरो जहाँ चाहो वहाँ ॥

सम्प्रति सभी साधन हमें हैं सुलभ आत्मविकास के,
पथ, रेल, तार मिटा रहे हैं सब प्रयास प्रवास के।
प्रायः चिकित्सालय, मदरसे, डाकघर हैं सब कहीं,
बस पास पैसा चाहिए फिर कुछ असुविधा है नहीं ॥
सचमुच ब्रिटिश साम्राज्य ने हमको बहुत कुछ है दिया,
विज्ञान का वैभव दिखाया, समय से परिचित किया।
उससे हमारी कीर्ति का भी हो रहा उपकार है,
बहु पूर्व चिह्नों का हुआ वा हो रहा उद्धार है ॥

देश में बारम्बार पड़ते अकालों का मार्मिक वर्णन करते समय भी गुप्तजी *भारत-भारती* में अंग्रेज़ी सरकार को यह सर्टिफिकेट देना न भूले : 'है खोलती सरकार यद्यपि काम शीघ्र अकाल के'। रचना के अन्त में देश के पुनरुद्धार का आवाहन करते हुए भी उन्होंने इस सौभाग्यशाली परिस्थिति पर विशेष बल दिया कि भारत ब्रिटिश शासनाधीन था :

सुख-शान्तिमय सरकार का शासन समय है अब यहाँ,
सुविधा समुन्नति के लिए है प्राप्त हमको सब यहाँ।
अब भी न यदि कुछ कर सके हम तो हमारी भूल है,
अनुकूल अवसर की उपेक्षा हूलती फिर शूल है।
है ब्रिटिश शासन की कृपा ही यह कि हम कुछ जग गए,
स्वाधीन हैं हम धर्म में, सब भय हमारे भग गए
निज रूप को फिर हम सभी कुछ-कुछ लगे हैं जानने,
निज देश भारतवर्ष को फिर हम लगे हैं मानने ॥

भारत-भारती जैसी प्रेरक एवं स्फूर्तिदायक कृति में विदेशी शासन के प्रति प्रदर्शित इस भक्तिभाव को तत्कालीन ऐतिहासिक परिप्रेक्ष्य में देखने से यह स्पष्ट हो जाएगा कि देश-प्रेम और राज्य-भक्ति का यह सहअस्तित्व उस समय की सामान्य राष्ट्रीय चेतना का अभिन्न अंग था। यदि केवल हिन्दी के सीमित क्षेत्र की ओर ही ध्यान दें तो राष्ट्रवादी राजनैतिक चिन्तन की यह प्रक्रिया भारतेन्दु से लेकर गुप्तजी के गुरु-तुल्य आचार्य महावीरप्रसाद द्विवेदी तक में स्पष्ट परिलक्षित होती है। वैसे कांग्रेस के नेतृत्व में चल रहे राष्ट्रीय आन्दोलन की विचारधारा भी इस सहअस्तित्व से आगे नहीं बढ़ पाई थी। परन्तु निरन्तर बढ़ रही क्षेत्रीय चेतना का आज कुछ ऐसा प्रभाव इतिहास लेखन और आलोचना साहित्य पर पड़ चुका है कि अपने क्षेत्र को राष्ट्रीय चेतना के विकास में औरों से आगे दिखाने की होड़ में हमारे प्रख्यात मार्क्सवादी विद्वान तक आधुनिक

भारतीय इतिहास के इस निर्विवाद तथ्य को झुठलाने में तत्पर हैं।

भारत-भारती की रचना जिस समय हुई (संवत् 1968-69) तब कांग्रेस निर्जीव-सी हो गई थी और राष्ट्रीय आन्दोलन ढीला पड़ चुका था। पर इसके प्रकाशन के अगले ही वर्ष प्रथम विश्वयुद्ध छिड़ गया और देखते ही देखते भारतीय राष्ट्रीय आन्दोलन का कायाकल्प कर डालनेवाले परिवर्तनों का प्रादुर्भाव हुआ और, विशेष रूप से असहयोग आन्दोलन के साथ, समाज के दलित वर्गों का भी राजनीति में समावेश होने लगा। जहाँ एक तरफ़ ऐसे आह्लादकारी परिवर्तन हो रहे थे वहीं दूसरी तरफ़ चौरीचौरा कांड के परिणामस्वरूप असहयोग आन्दोलन की समाप्ति के फौरन बाद देश के अनेक भागों में हिन्दू-मुस्लिम विद्वेष फूट पड़ा। पर कुल मिलाकर राष्ट्रीयता की भावना उत्तरोत्तर प्रबल होती गई और 1928 में साइमन आयोग के भारत-भ्रमण के दौरान पुनः देश-भर में आन्दोलन की लहर फैल गई।

यह थी पृष्ठभूमि *हिन्दू* के प्रकाशन की। इस बीच हुए परिवर्तनों को गुप्तजी ने, जहाँ तक स्वाधीनता का प्रश्न था, अच्छी तरह आत्मसात कर लिया था। देश-प्रेम और ब्रिटिश शासन के प्रति भक्ति का सहअस्तित्व अब सम्भव न था। (यद्यपि कांग्रेस ने अभी औपचारिक ढंग से पूर्ण स्वराज्य की प्राप्ति अपना ध्येय नहीं बनाया था। इसमें एक साल बाकी था।) इस बार अंग्रेज़ों को सम्बोधित करते हुए गुप्तजी ने बेझिझक दो टूक बात की। उन्होंने लिखा :

सुनें प्रथम शासक अँगरेज़,
जो कहने करने में तेज़।
यदि सचमुच तुम योग्य, उदार
तो पावें हम निज अधिकार।
अब भी यदि अयोग्य हम लोग,
तो असाध्य तुमसे यह रोग।
और दूर से तुम्हें प्रणाम,
रहे हमारा रक्षक राम।

भारत-भारती में गुप्तजी ने अँगरेज़ों द्वारा स्थापित सुख-शान्तिमय शासन की प्रशंसा की थी। पर **हिन्दू** में उन्होंने विदेशी शासकों को चेताया :

छोड़ो अमन चैन की भ्रान्ति,
यह है मृतकों की-सी शान्ति
फैला है भीषण आतंक,
रहते हैं जन सभय सशंक।

यद्यपि इस रचना में भी कवि ने अंग्रेज़ों के जातीय गुणों की प्रशस्ति की और उनसे आग्रह किया कि न्याय-बुद्धि से प्रेरित हो वे भारतीयों की माँग मान लें, पर इस आग्रह

में कोई दौर्बल्य अथवा हीन भाव न था। गुप्तजी का विश्वास था कि अंग्रेज़ों के साथ मैत्री विश्वकल्याण के लिए आवश्यक है। लेकिन वह जानते थे कि यह मैत्री समानता, अर्थात् स्वाधीनता, पर ही आधारित हो सकती है। अतः भारतीय माँग के बारे में उन्होंने शक की गुंजाइश नहीं छोड़ी और लिखा :

हम निश्चित हैं कृतसंकल्प,
लेंगे क्या स्वराज्य से अल्प !

इस प्रकार हम देखते हैं कि *भारत-भारती* और *हिन्दू* के बीच गुप्तजी की राजनैतिक विचारधारा पूरी तरह से विकसित हो गई थी। कांग्रेस के ऐतिहासिक लाहौर *अधिवेशन* से पूर्व ही उन्होंने स्वराज्य से अल्प कुछ न लेने के संकल्प का अनुमोदन कर दिया था। क्रान्तिकारियों के प्रति सहानुभूति और विशिष्ट परिस्थितियों में हिंसा की नैतिकता में विश्वास रखने के बावजूद वह स्वराज्य के संकल्प को अहिंसात्मक संघर्ष से पूरा करना चाहते थे। वैसे तो **हिन्दू** में उन्होंने कहा :

है स्वर्गीय अहिंसा शुद्ध,
किन्तु जगत है शुद्ध न बुद्ध।

और

करो धर्म-धन-जन का त्राण
देकर भी—लेकर भी प्राण

किन्तु उनका सन्देश यही था :

हिंसा है पशुता का नाम
अविचलता है अपना काम।

अपनी राष्ट्रीय विचारधारा के इस विकास-काल में अनिवार्यतः गुप्तजी का ध्यान साम्प्रदायिकता की पेचीदा समस्या पर भी गया। चूँकि अधिकांश हिन्दुओं की भाँति, वह हिन्दू, जैन, सिख व बौद्ध धर्म को मूलतः एक मानते थे, उनके लिए यह समस्या केवल मुसलमानों से सम्बद्ध थी। *भारत भारती* तथा *हिन्दू* में इस समस्या के उभरकर आने का एक कारण यह भी था कि ये दोनों रचनाएँ हिन्दुओं अथवा आर्यगण की अवनति समाप्त कर उनको तथा उनके साथ देश को पुनर्गठित करने की भावना से प्रेरित थीं। लेखनी की नोक से सुप्त भावों को जगाने का प्रण लेकर गुप्तजी ने *भारत भारती* की *प्रस्तावना* में लिखा :

> *...जो आर्य जाति कभी सारे संसार को शिक्षा देती थी वही आज पद पद पर पराया मुँह ताक रही है।*

...क्या सचमुच हमारी यह निद्रा चिरनिद्रा है ? क्या हमारा रोग ऐसा असाध्य हो गया है कि उसकी कोई चिकित्सा ही नहीं ?

संसार में ऐसा कोई काम नहीं जो सचमुच उद्योग से सिद्ध न हो सके। परन्तु उद्योग के लिए उत्साह की आवश्यकता है।...इसी उत्साह को, इसी मानसिक वेग को, उत्तेजित करने के लिए कविता एक उत्तम साधन है। परन्तु बड़े खेद की बात है कि हम लोगों के लिए हिन्दी में अभी तक इस ढंग की कोई कविता-पुस्तक नहीं लिखी गई जिसमें हमारी प्राचीन उन्नति और अर्वाचीन अवनति का वर्णन भी हो और भविष्यत के लिए प्रोत्साहन भी।

'प्रस्तावना' में आगे गुप्तजी बताते हैं; 'कोई दो वर्ष हुए, 'पूर्वदर्शन' नाम की एक तुकबन्दी लिखी थी। उस समय चित्त में आया था कि हो सका तो कभी इसे पल्लवित करने की चेष्टा भी करूँगा।' (इस प्रसंग में 'तुकबन्दी' का प्रयोग सम्भव है बालमुकुन्द गुप्त के अर्थों में किया गया हो।) इसके कुछ ही दिन बाद कवि को राजा रामपाल सिंह का एक पत्र मिला जिसमें 'मौलाना हाली के मुसद्दस को लक्ष्य करके इस ढंग की एक कविता-पुस्तक हिन्दुओं के लिए लिखने' का अनुरोध किया गया था।

यहाँ से बात शुरू होती है गुप्तजी की थाती के उस चिन्ताजनक आयाम की जिसका उल्लेख हम पहले कर चुके हैं। यह स्वाभाविक ही था कि हिन्दुओं को उनकी शताब्दियों लम्बी कुम्भकर्णी निद्रा से जगाने के उद्देश्य से रचित कृति उन्हीं के अतीत, वर्तमान और भविष्यत की चिन्ता में लीन रहे। राष्ट्रीय पुनर्जागरण की दृष्टि से सीमित होने पर भी यह प्रयास स्तुत्य था। एक बहुजातीय और बहुधर्मी देश होने के नाते औपनिवेशिक भारत में प्रजातान्त्रिक राष्ट्रीय भविष्य की परिकल्पना पारम्परिक समवेत अस्मिताओं के उन्मूलन पर नहीं, उनके संरक्षण पर ही आधारित हो सकती थी। जातीय जागरण और राष्ट्रीय चेतना में कोई आवश्यक सैद्धान्तिक अन्तर्विरोध नहीं था। सिद्धान्त के स्तर पर गुप्तजी की भी स्पष्टतः यही मान्यता थी। *भारत-भारती* में एक स्थान पर उन्होंने कहा :

क्या साम्प्रदायिक भेद से है ऐक्य मिट सकता अहो !
बनती नहीं क्या एक माला विविध सुमनों से कहो ?

अथवा यह मानते हुए भी कि अकबर जैसे विरल अपवाद छोड़कर मुस्लिम शासकों ने हिन्दुओं को निरन्तर क्रूरता से उत्पीड़ित किया, और इस उत्पीड़न का विस्तृत वर्णन करने के बाद उन्होंने हिन्दुओं को यही समझाया :

पीछे हुआ सो हो गया, अब सामने देखो सभी।

उनके 'सभी' में मुसलमान भी सम्मिलित थे। अतएव मुसलमानों को सम्बोधित

करते हुए गुप्तजी ने कहा :

बीती अनेक शताब्दियाँ जिस देश में रहते तुम्हें
क्या लाज आवेगी उसे अपना 'वतन' कहते तुम्हें ?

हिन्दू तथा तुम सब चढ़े हो एक नौका पर यहाँ,
जो एक का होगा अहित तो दूसरे का हित कहाँ ?

हिन्दू और उससे दो वर्ष पूर्व *अनघ* (संवत् 1982) में पुनः भारतीय राष्ट्रवाद के इस उदार आदर्श का समर्थन होता है। हिन्दू-मुस्लिम एकता की आवश्यकता जताते हुए गुप्तजी *हिन्दू* में मुसलमानों से कहते हैं :

मातृभूमि का नाता मान,
हैं दोनों के स्वार्थ समान।

आपस का विरोध या ग्लानि,
करती है दोनों की हानि।

हमें तुम्हें रहना है साथ,
सुख-दुख सब सहना है साथ।
हिलमिल कर रहने में श्रेय,
और उसी में अपना प्रेय।

दे सुबुद्धि तुमको भगवान,
और हमें वह दयानिधान।
मन से मिटे द्वेष का दम्भ,
न ले तीसरा दो का लाभ।
तुम्हें चिढ़ाने की ही सोच,
शोर करें हम निस्संकोच,
तो हम करते हैं अनरीति,
सहो कभी तुम न वह अनीति।

कोई काफिर, कोई म्लेच्छ,
हो तो होता रहे यथेच्छ।
हिन्दू-मुसलमान की प्रीति,
मैटे मातृभूमि की भीति !

इन लम्बे उद्धरणों से मुसलमानों के प्रति गुप्तजी की मानसिक सहिष्णुता और भारतीय राष्ट्रवाद के प्रति उनके दृष्टिकोण की सैद्धान्तिक व्यापकता का परिचय मिलता है। इस प्रसंग में 1942 के 'भारत छोड़ो आन्दोलन' के दौरान लिखित 'काबा और

कर्बला' का भी उल्लेख किया जा सकता है।

पर इस प्रसंग का एक और भी पहलू है, एक ऐसा पहलू जिससे गुप्तजी की मनोवृत्ति की संश्लिष्टता का आभास होता है। प्रकट रूप से *भारत-भारती* और **हिन्दू** दोनों की विषयवस्तु जातीय है। पर इनके अन्तर में यह भाव निहित है कि हिन्दू और भारतीय पर्यायवाची हैं। चेतन की गहराइयों में पैठे इस भाव को तथ्य अथवा तर्क की सहायता से प्रतिपादित नहीं किया गया। यदि कहीं स्वतन्त्र रूप से इस भाव की अभिव्यक्ति हुई भी तो स्वयंसिद्ध सत्य के रूप में। उदाहरण के लिए, *हिन्दू* में राष्ट्रीय ऐक्य की अनिवार्यता का विस्तृत विवेचन करने के उपरान्त गुप्तजी इस प्रकार हिन्दुओं को उद्बोधित करते हैं :

हिन्दू फिर भी सुनो सचेत,
हरे तुम्हीं से हैं सब खेत।

किन्तु जिलाता है निज श्वास,
रक्खो निज बल पर विश्वास।
भारतीय संस्कृति का भार,
एक तुम्हीं पर बारम्बार !

इस भाव के फलस्वरूप उत्पन्न वैचारिक प्रक्रिया हिन्दू साम्प्रदायिकता के अस्तित्व की सम्भावना ही समाप्त कर देती है ! हिन्दुओं द्वारा हिन्दुत्व में गर्व की अनुभूति और तद्जनित कर्त्तव्यों का भार वहन ही जब पर्याप्त है राष्ट्र-निर्माण के लिए, तो हिन्दू जातीयता को कैसे साम्प्रदायिकता की संज्ञा दी जा सकती है ? वह भारतीय राष्ट्रवाद से भिन्न थोड़े ही है। राष्ट्रवाद की इस अवधारणा में हिन्दू 'हम' हैं और बाकी लोग 'दूसरे' ! इस वर्गीकरण का सिद्धान्त निश्चित है। किन्तु इन दो वर्गों की सदस्यता प्रसंगानुसार बदल सकती है। गुप्तजी के समय में या इस वर्गीकरण की उनकी अपनी योजना में–हिन्दू, जैन, बौद्ध और सिख समाविष्ट थे 'हम' में, जबकि 'दूसरों' के प्रमुख थे मुसलमान।

परिणामस्वरूप मुसलमान सतत सन्देह का केन्द्र बन गए। इस सन्देह में न्यूनाधिक रोष भी मिश्रित था। अपनी सारी सहिष्णुता एवं उदारता के बाद भी राष्ट्रकवि अपने को मुसलमानों पर प्रहार करने से न रोक सके। उदाहरण के लिए, *हिन्दू* में उन्होंने लिखा :

सरल रसूल नबी का धर्म,
रखता हो चाहे जो मर्म
दीख पड़ा दृढ़ता के साथ,
खुला खंग ही उनके हाथ !

ऊपर हमने इसी कृति से कुछ ऐसे उद्धरण दिए जिनसे राष्ट्रकवि की मानसिक

विशालता प्रकट होती थी। ये उद्धरण 'मुसलमानों के प्रति' शीर्षक प्रकरण से चुने गए थे। ध्यान देने योग्य बात यह है कि उसी प्रकरण में, और ऊपर दिए गए उद्धरणों के आगे-पीछे, अनेक ऐसे पद हैं जो 'खुला खंग ही उनके हाथ !' का पूर्ण अनुमोदन करते हैं। प्रकरण के प्रारम्भ में ही मुसलमानों की भर्त्सना करते हुए गुप्तजी कहते हैं :

मुसलमान भाई, हो शान्त ;
सोचो तुम्हीं तनिक एकान्त।
तुम निज हेतु करो सब कर्म,
और छोड़ दें हम निज धर्म ?

इसके थोड़ा आगे, यह सन्मति देने के साथ ही कि 'आपस का विरोध या ग्लानि, करती है दोनों की हानि', वे मुसलमानों को उनकी और हिन्दुओं की संस्कृति का भेद बताते हैं :

भए हमारे मन्दिर नष्ट,
करते गए उन्हें तुम भ्रष्ट।
किन्तु मिले जब हमें प्रसंग,
हुईं मसज़िदें कितनी भंग ?
यह है निज संस्कृति का भेद,
अब तुम गर्व करो या खेद।

इस स्थल पर गुप्तजी यह सदुपदेश देते हैं :

औरों के भावों का ध्यान,
है मनुष्य-गौरव का ज्ञान।

लेकिन आगे मुसलमानों को दी गई अपनी चेतावनी में कदाचित वह मुसलमानों के भावों का ध्यान नहीं रख पाए हैं :

सावधान, सोचो हो शान्त ;
दिखलाओ न बुरे दृष्टान्त।
देख तुम्हारी करनी नित्य !
कर न उठें हम भी वे कृत्य।
श्रद्धानन्द-सदृश अपघात,
सिद्ध कर रहे हैं क्या बात।
शास्त्र लिये हो तुम या शस्त्र ?
हैं रक्ताक्त तुम्हारे वस्त्र।

इसी प्रकरण में गुप्तजी इस भावना को भी मुखरित करते हैं कि देश के मुसलमान

भारत के बजाय बाहर के इस्लामी देशों के प्रति भक्तिभाव रखते हैं। हिन्दुओं में व्याप्त इस सन्देह को अपने साहित्य की प्रतिष्ठा प्रदान करते हुए वह मुसलमानों को चेताते हैं :

ऐंठ रहे हो जिन पर मूँछ,
उन्हें तुम्हारी है क्या पूछ।
जहाँ पड़ी हो अपनी फ़िक्र।
वहाँ दूसरों का क्या ज़िक्र।
देखो अरब और ईरान,
आप हो रहे हैं वीरान।
हुई मदीने की भी ख़ैर,
कौन तुम्हारा, गर हम गैर ?

हिन्दुओं को भारतीय के पर्याय के रूप में देखने की इस प्रवृत्ति और मुसलमानों के प्रति भावात्मक द्वन्द्व के दर्शन *भारत-भारती* में पहले ही हो जाते हैं। *हिन्दू* में 'हरे तुम्हीं से हैं सब खेत' इत्यादि कहकर इस पर्यायीकरण की मूल भावना को कम से कम एक स्थान पर स्पष्ट शब्दों में व्यक्त तो किया गया। पर *भारत-भारती* का सम्पूर्ण पाठ ही, उसके शीर्षक की भाँति, इस भावना को व्यंजित करता रहता है। जहाँ तक मुसलमानों का प्रश्न है, *भारत-भारती* में उनके 'दौरात्म्य' का अतिरंजित वर्णन भी है और भारतेन्दु की प्रसिद्ध उक्ति, 'इन मुसलमान हरिजनन पर कोटिन हिन्दू वारिए' की पुनरावृत्ति भी।

भारत-भारती भारतेन्दु की मात्र एक पंक्ति की पुनरावृत्ति नहीं करती वरन् 19वीं शताब्दी के उत्तरार्द्ध में विरासत में मिली एक मनोवृत्ति को प्रदर्शित करती है। यदि केवल भारतेन्दु ही को लें तो उन्होंने 'इन मुसलमान हरिजनन पर कोटिन हिन्दू वारिए' के साथ 'मसजिद लखि बिसुनाथ ढिग पड़े हिये जो घाव' अथवा 'जिन लवनन तुव धरम नारि धन तीनहुँ लीनों', इत्यादि कहकर अपना दुख और क्रोध भी प्रकट किया। जब ब्रिटेन ने मिस्र पर अधिकार कर लिया और इस अभियान में भारतीय सैनिकों का भी योगदान रहा तो हर्षित होकर भारतेन्दु ने कहा :

लोह लेखनी लिखहु आर्य बल जवन हृदय पर।

भारतेन्दु के ही समय में सम्भवतः हिन्दू को भारतीय का पर्याय मानने की प्रवृत्ति उभरकर आई। भारतवर्ष की उन्नति के उपायों पर दिए गए संवत् 1934 के अपने प्रसिद्ध बलिया भाषण में भारतेन्दु ने इस प्रवृत्ति के पक्ष में यह तर्क दिया कि इस सन्दर्भ में हिन्दू का अर्थ होता है हिन्दुस्तान का निवासी, न कि किसी धर्म विशेष का अनुयायी। यदि हिन्दू और भारतीय के समानार्थीकरण की समस्या केवल, या प्रधानतः, व्युत्पत्ति की होती तो इसे भाषाशास्त्रियों के विवादार्थ छोड़ा जा सकता था, चूँकि तब इसका कोई

विशेष ऐतिहासिक सामाजिक महत्त्व न होता। पर समस्या एक शब्द के संगत अथवा असंगत व्यवहार की नहीं बल्कि उस व्यवहार में निहित मानसिकता की है। अतः यह बात ध्यान देने योग्य है कि हिन्दू शब्द के इस अर्थ-विस्तार की धर्म-निरपेक्ष व्याख्या करके उसका तार्किक औचित्य स्थापित करनेवाले भारतेन्दु स्वयं इस संकुचित जातीय आग्रह से मुक्त न थे जो इस समानार्थीकरण की प्रेरक शक्ति है। भारतेन्दु के समकालीन और प्रशंसक पंडित प्रतापनारायण मिश्र द्वारा दिया गया मूल मन्त्र, 'हिन्दी, हिन्दू, हिन्दुस्तान', जो *भारत-भारती* व *हिन्दू* दोनों ही में प्रतिध्वनित होता है, इसी मानसिकता से प्रेरित था।

भारतेन्दु के समय में इस मानसिकता के व्यापक प्रसार के निर्णायक प्रतीक हैं रमेशचन्द्र दत्त। प्रस्तुत सन्दर्भ में रमेशदत्त का उल्लेख विशेष रूप से समीचीन है। *भारत-भारती* में देश-दशा के वर्णन की ऐतिहासिक सत्यता सिद्ध करने के लिए जो अनेक पाद-टिप्पणियाँ दी गई हैं उनमें सर्वाधिक दत्त के लेखन से ली गई हैं। इसके अतिरिक्त मूल पाठ में जहाँ तत्कालीन भारतीय उपन्यास की शोचनीय स्थिति पर चिन्ता व्यक्त की गई है, वहाँ आदर्श उपन्यास के उदाहरणस्वरूप दो कृतियों का उल्लेख हुआ है, जिनमें एक है दत्त कृत *महाराष्ट्र जीवन-प्रभात*। स्पष्ट ही गुप्तजी दत्त से बहुत प्रभावित थे।

आधुनिक भारतीय इतिहास लेखन में दत्त की प्रसिद्धि का मुख्य आधार है उनका वह शोधपूर्ण लेखन जिसमें उन्होंने अंग्रेजी राज्य में हो रहे भारत के आर्थिक शोषण का विस्तृत एवं विश्वसनीय वर्णन किया। इसी लेखन के आधार पर उनको तथाकथित आर्थिक राष्ट्रवाद के मार्गदर्शकों में गिना जाता है। इतिहास लेखन की इस रीति के अनुसार 'आर्थिक राष्ट्रवाद' राष्ट्रीय चेतना की वह धारा है जो सांस्कृतिक पुनरुत्थानवादी राष्ट्रवाद के विरुद्ध उदारवादी धर्मनिरपेक्ष राष्ट्रवाद के रूप में विकसित हुई। प्रस्तुत निबन्ध इस मान्यता पर आधारित है कि भारतीय राष्ट्रीय चेतना के विकास में इन धाराओं का अलग-अलग अस्तित्व कभी रहा ही नहीं। ये धाराएँ ऐसी प्रवृत्तियों की परिचायक हैं जो विभिन्न परिस्थितियों और व्यक्तियों में विविध अनुपात में घुलती-मिलती रहीं।

आर्थिक राष्ट्रवाद के प्रवर्तक के रूप में उभरनेवाली दत्त की छवि सत्य होते हुए भी आंशिक है। इसको समग्र बनानेवाला पक्ष वह है जिसका प्रभाव *भारत-भारती* में सम्पृक्त है। दत्त का लालन-पालन और उनकी शिक्षा इस उद्देश्य से प्रेरित थे कि वह बड़े होकर ऊँचे सरकारी अफसर बन सकें। इसका अर्थ पराधीन भारत में यह था कि अपनी मातृभाषा से पहले दत्त का परिचय अंग्रेज़ी भाषा के साहित्य से हुआ। मुकुन्दराय के गीत गुनगुनाने से पूर्व ही वह शेक्सपीयर और वाल्टर स्कॉट की रचनाओं का आनन्द लेने लगे थे। इंग्लैंड प्रवास, यूरोप भ्रमण और भारतीय सिविल सर्विस में प्रवेश के फलस्वरूप पाश्चात्य प्रभाव और भी सुदृढ़ हो गया। पर देशप्रेम ने उनको अपने समाज और संस्कृति को समझने के लिए प्रेरित किया। शीघ्र ही दत्त ने निश्चय कर लिया कि

साहित्य के माध्यम से वह अपने देशवासियों को भारतीय सांस्कृतिक महानता और इतिहास से परिचित कराएँगे ताकि राष्ट्रीय चेतना का त्वरित विकास हो और उसको सुदृढ़ सांस्कृतिक आधार मिले। सरकारी नौकरी और बाद में राजनैतिक गतिविधियों की व्यस्तता के बावजूद दत्त ने 'महाभारत', 'रामायण', और 'ऋग्वेद', का अनुवाद किया, प्राचीन भारतीय सभ्यता का प्रेरणादायक इतिहास लिखा और सात उपन्यास लिखे। *बंग विजेता, माधवी कंकण, महाराष्ट्र जीवन-प्रभात, राजपूत-जीवन सन्ध्या,* इनके ऐतिहासिक उपन्यास हैं जिनमें हिन्दुओं को पुनः जाग्रत कराने का प्रयत्न है। इन उपन्यासों में हिन्दू को राष्ट्र से जोड़ने की प्रवृत्ति स्पष्ट लक्षित होती है। दत्त के बाद के दो उपन्यास सामाजिक हैं और इनमें मुसलमानों की बात परोक्ष रूप से ही हुई है। किन्तु हिन्दुओं/भारतीयों की प्राचीन महानता का सविस्तार उल्लेख यहाँ भी होता है।

आधुनिक भारतीय इतिहास लेखन ने भले ही दत्त के इस सांस्कृतिक पुनरुत्थानवादी पक्ष की उपेक्षा कर दी हो, दत्त ने स्वयं अपने कार्य के इस पक्ष को बहुत महत्त्वपूर्ण माना और भारत के विभिन्न क्षेत्रों में इसका प्रभाव पड़ा। निर्विवाद ही राष्ट्रीय चेतना और हिन्दू जातीयता के प्रायः अवगुंठित पर सतत सक्रिय सहवास के विश्लेषण में दत्त का यह उपेक्षित पक्ष बहुत सहायक हो सकता है।

भारतीय राष्ट्रीय चेतना के क्रमिक विकास के परिप्रेक्ष्य में यदि हम गुप्तजी की राष्ट्रीय विचारधारा को देखें तो यह समझ सकने में सुविधा होगी कि गुप्तजी हिन्दू जातीयता का सगर्व प्रतिपादन करते हुए भी हिन्दू साम्प्रदायिकता से ग्रसित नहीं थे। उनका अभीष्ट था निरन्तर प्रगति करता ऐसा स्वतन्त्र भारत जिसमें नाना सम्प्रदाय व धर्म के उपासक समान नागरिक अधिकारों का उपभोग कर सकें। किन्तु पूरी सतर्कता से वैचारिक स्तर पर इस अभीष्ट का पोषण करते हुए भी वह, अन्य हिन्दुओं की भाँति, संश्लिष्ट ऐतिहासिक परिस्थितियों से उत्पन्न ऐसे भाव-संकुल के उत्तराधिकारी भी थे जिसका इस अभीष्ट के आधारभूत तर्क से पूरा मेल नहीं था।

आज जब हम गुप्तजी की जन्म-शताब्दी के अवसर पर उनके ऐतिहासिक महत्त्व पर प्रशस्ति की भावना से नहीं वरन् श्रद्धामय समालोचना की नीयत से विचार कर रहे हैं तो इस निष्कर्ष को अस्वीकारना कठिन लगता है कि उनके साहित्य में पल्लवित हिन्दू जातीयता कालान्तर में अधिक प्रभावशाली हुई है, विशेषतः भारतीय राष्ट्रवाद के पर्याय के रूप में। यही है उनकी थाती का चिन्ताजनक आयाम। कहने का तात्पर्य यह नहीं कि हम गुप्तजी को इसके लिए उत्तरदायी ठहराएँ। किसी भी साहित्यिक कृति का एक निश्चित रूढ़ अर्थ नहीं होता। वह तो पाठक के साथ बदलता रहता है। अतः आज यदि हमारे समाज में ऐसी शक्तियाँ ज़ोर पकड़ गई हैं कि गुप्तजी के साहित्य का यह पक्ष अधिक उजागर होने लगा है तो हमें अपनी आलोचनात्मक दृष्टि इन साहित्येतर शक्तियों पर भी डालनी होगी। यही कारण है कि हमने गुप्तजी के कार्य और प्रभाव को अलग करने का प्रस्ताव किया।

इस प्रसंग के अन्त में केवल एक बात और। पिछले पखवाड़े देश में साम्प्रदायिकता

के भीषण प्रसार के आधार पर 'हिन्दू महासभा' ने माँग की है कि सरकार समस्त साम्प्रदायिक संस्थाओं पर पाबन्दी लगा दे। यह माँग उस प्रवृत्ति की तार्किक परिणति है जिस पर हम अभी विचार कर रहे थे–हिन्दू और भारतीय का समानार्थीकरण। रमेशदत्त और मैथिलीशरण गुप्त के समकालीन राष्ट्रवादी हिन्दुओं के अवचेतन में यह भाव था कि हिन्दू और भारतीय का अर्थ समान है। पर वैचारिक स्तर पर वह यदि इसका समर्थन करते तो भारतेन्दु की भाँति हिन्दू और हिन्दुस्तान की शाब्दिक व्याख्या के आधार पर। लेकिन आज यह ऐतिहासिक प्रवृत्ति अपनी पूरी भयावहता प्रदर्शित करके उस भाव को ही राष्ट्रीय विचारधारा का सैद्धान्तिक आधारस्तम्भ बनाने के यत्न में है जो कुछ समय पहले तक इस मानसिकता का अवगुंठित अंग था।

व्यापक राष्ट्रवाद बनाम संकीर्ण हिन्दुत्व

हाल के चुनावों में अपने प्रभावशाली प्रदर्शन के तुरन्त बाद ही गुजरात की भाजपा सरकार ने घोषणा की है कि राज्य में सारे स्कूलों का कार्यारम्भ 'वन्दे मातरम्' के अनिवार्य समूह गायन से होगा। यह घोषणा राज्यपाल के अभिभाषण के माध्यम से की गई, और माननीय राज्यपाल ने अपने अभिभाषण का समापन भी 'जय हिन्द' के उच्चारोपरान्त 'वन्दे मारतम्' के उद्घोष से किया।

क्या अर्थ है इस निर्णय का ? क्या है इसका प्रयोजन ? यह समाचार, सम्भव है, आपको परितुष्ट और उत्साहित करे। इससे आपको, यह भी सम्भव है, एक ऐसी परेशानी-सी हो जिसे आप दो टूक परिभाषित न कर सकें। और यदि आप इससे क्षुब्ध हुए हों तो सम्भवतः आप इस सम्बन्ध में मौन ही रहना चाहेंगे ताकि देशद्रोह के लगभग निश्चित आरोप से बच सकें। हिन्दुत्व से जुड़ी विचारधारा का आज कुछ ऐसा व्यापक प्रभाव हो गया है कि 'वन्दे मातरम्' के प्रति पूर्ण समर्पण से कम कोई भी भाव बहुतों की दृष्टि में देशद्रोह का सूचक हो जाता है।

फिर भी शायद बहस की कुछ गुंजाइश अभी बची है। और लोकतन्त्र के लिए आवश्यक है कि इस निरन्तर सिमटती गुंजाइश को बनाए रखा जाए। इसे बढ़ाया जाए। चूँकि लोकतन्त्र को, कम से कम भारत जैसे नवनिर्मित राष्ट्रों में, जिन बड़े खतरों का सामना करना पड़ रहा है उनमें प्रमुख है राष्ट्रवाद के प्रति अंधश्रद्धा का खतरा। यह खतरा आज इसलिए और भयानक हो गया है कि एक व्यापक भारतीय राष्ट्रवाद की परिकल्पना तेजी से हिन्दुत्व के संकीर्ण सन्दर्भ में होने लगी है।

चाहे धर्म हो या अध्यात्म या राजनीतिक दंदफंद, एक धरातल विशेष पर पवित्र और आकर्षक लगनेवाले विचार और आदर्श चाहे या अनचाहे, परोक्ष अथवा अप्रत्यक्ष ढंग से सीमित सांसारिक स्वार्थों के लिए कवच बन ही जाते हैं। राष्ट्रवाद भी इसका अपवाद नहीं है।

राष्ट्रवाद सदा दो स्तरों पर लोगों को प्रेरित करता है। एक व्यापक स्तर पर आदर्शों और मूल्यों का। एक दूसरा अपेक्षाकृत संकुचित स्तर पर निहित हितों और स्वार्थों का। ऐसा नहीं है कि वे सौभाग्यशाली व्यक्ति एवं वर्ग जिनके हित राष्ट्रवाद से सिद्ध होते हैं, जिनको इसके सहारे सत्ता और शक्ति प्राप्त होती है, आदर्शों और मूल्यों से अछूते रहकर उनका इस्तेमाल भर करते हैं। उनमें भी जोश होता है, उत्साह होता है, देश के

प्रति प्रेम होता है। वे कोई षड्यन्त्र नहीं रचते, पर उनके स्वार्थ राष्ट्रीय स्वार्थ बन जाते हैं। आम लोगों के साथ ऐसा नहीं होता। जैसे-जैसे राजनीतिक चेतना और परिपक्वता बढ़ती है, समाज के अन्यान्य वर्ग राष्ट्रवाद के आदर्शवाले स्तर के अतिरिक्त उसके स्वार्थवाले स्तर पर भी अपना छोटा-सा स्थान बनाने का प्रयत्न करते हैं।

भारतीय राष्ट्रीय आन्दोलन का इतिहास एक दृष्टि से इसी प्रक्रिया के विकास का विवरण है। उन्नीसवीं सदी के उत्तरार्द्ध के दौरान मध्यम वर्ग में पनपनेवाली राष्ट्रीय भावना 1947 तक सारे देश को आन्दोलित कर चुकी थी। किन्तु स्वार्थ सिद्धि की दृष्टि से भारतीय राष्ट्रवाद-अथवा राष्ट्रीय आन्दोलन–मध्यमवर्ग के वर्चस्व को स्थापित करने के अतिरिक्त बहुत कुछ नहीं कर पाया। प्रेमचन्द के उपन्यासों में–विशेष रूप से *कर्मभूमि* व *गोदान* में–इस प्रक्रिया का जैसा सजीव वर्णन हुआ है वैसा वर्णन अथवा विश्लेषण कदाचित कोई इतिहासकार या समाजशास्त्री अभी तक नहीं कर पाया है। राष्ट्रवाद का घिनौनापन और उसकी उदात्तता यथार्थ में किस तरह से एक दूसरे में संश्लिष्ट ढंग से बिंध जाती है, यह प्रेमचन्द भली-भाँति जान गए थे। हमें भी, यदि हम वास्तव में समानता और न्याय पर आधारित एक लोकतान्त्रिक राष्ट्र की कामना करते हैं, इस संश्लिष्ट यथार्थ को समझना होगा।

एक और तथ्य, जो प्रारम्भ से ही भारतीय राष्ट्रीय चेतना के विकास से जुड़ा रहा, हमें समझना होगा। कमोबेश हमेशा ही हिन्दुओं में 'भारतीय' और 'हिन्दू' को एक दूसरे का पर्याय मानने की प्रवृत्ति रही। जाने या अनजाने ऐसे हिन्दू भी इस प्रवृत्ति से न उबर सके जो एक हद तक पाश्चात्य संस्कृति से अभिभूत थे और चेतन स्तर पर धर्म, भाषा, क्षेत्र जैसे विभाजनों के परे एक सकल भारतीय राष्ट्रवाद को व्याख्यायित कर रहे थे।

'वन्दे मातरम्' से शुरू हुई इस बात का उदाहरण उस व्यक्ति से अधिक उपयुक्त क्या होगा, जिसे *आनन्दमठ* के रचयिता तथा 'सांस्कृतिक' हिन्दू राष्ट्रवाद के विपरीत, 'आर्थिक' व धर्मनिरपेक्ष राष्ट्रवाद के निर्माताओं में गिना जाता है ? हम रमेशचन्द्र दत्त के ऐतिहासिक योगदान का आकलन करते वक्त भूल जाते हैं कि भारत में अंग्रेजी राज्य के आर्थिक दुष्परिणामों का यह निडर इतिहासकार अपने साहित्यिक एवं सांस्कृतिक लेखन में बंकिम से बहुत ही प्रभावित था। न केवल अपने ऐतिहासिक उपन्यास में–*राजपूत जीवन संध्या, महाराष्ट्र जीवन प्रभात, बंगविजेता*–अथवा प्राचीन भारतीय इतिहास से सम्बन्धित लेखन में, वरन्, *समाज* तथा *संसार* जैसे यथार्थपरक उपन्यासों में भी दत्त 'भारतीय' और 'हिन्दू' को पर्याय मानते दिखाई पड़ते हैं। हाँ, इतना जरूर होता है कि पहली दो कोटि की रचनाओं में यह प्रवृत्ति खुलकर आती है जबकि *समाज* और *संसार* में दत्त इस प्रवृत्ति से दूर होने का प्रयत्न करते दिखाई देते हैं और अनजाने में ही इसका शिकार हो जाते हैं।

दत्त की भाँति उनके अनेक समकालीन हिन्दू बौद्धिक स्तर पर यह समझ रहे थे कि 'हिन्दू' और 'भारतीय' का पर्यायीकरण भारतीय राष्ट्रवाद के लिए एक बड़ा खतरा है। उन्होंने इससे बचने की कोशिश तो की ही, पर इसकी व्यापकता से उत्पन्न खतरे

से निपटने के लिए यह दिखाने की कोशिश भी की कि वास्तव में 'हिन्दू' का अर्थ किसी समुदाय विशेष तक सीमित नहीं है। भारतेन्दु हरिश्चन्द्र का प्रसिद्ध बलिया व्याख्यान इसका उत्तम उदाहरण है। पर इस कोशिश के बावजूद अपने राजनीतिक नाटक *भारत दुर्दशा* में भारतेन्दु ने 'भारत दुर्दैव' को आधे क्रिस्तान और आधे तुर्क के रूप में चित्रित किया। और ऐसा उन्होंने अपने बलिया व्याख्यान के बाद किया।

अस्तु, सारे बौद्धिक प्रयत्न के बावजूद, 'हिन्दू अवचेतन' अपने को ही भारतीय मानता है। भारत जैसे बहुधर्मी और सांस्कृतिक वैविध्य से भरपूर देश के लिए ऐसी मान्यता अनिवार्यतः अनिष्टकारी है। पिछले कुछ समय से यह मान्यता अवचेतन से निकलकर उत्तरोत्तर आक्रामक होती जा रही है। बौद्धिक प्रयत्न के बावजूद नहीं, बल्कि खुलकर एक विचारधारा के रूप में यह हिन्दू को ही राष्ट्र मान बैठी है।

खतरा यदि प्रधानतः विचारधारा और उससे जुड़ी किसी राजनीतिक पार्टी का होता तो उससे जूझना मुश्किल न होता। पर आज परेशानी यह है कि 'हिन्दू अवचेतन' कहीं न कहीं उन बातों को अपनी अँधेरी गहराइयों में मानता है जिनको चेतना के स्तर पर वह राष्ट्र के लिए घातक और नैतिक रूप से अवांछनीय समझता है। जरूरी है कि उसका सामना इस दुविधा से कराया जाए।

बगैर इस आत्म-साक्षात्कार के वह उन प्रवंचनाओं से मुक्त नहीं हो सकेगा जो उसको यह नहीं समझने देती कि 'वन्दे मातरम्' एक स्तर पर वन्दनीय होते हुए भी एक दूसरे स्तर पर एक ऐसी राजनीति का अस्त्र मात्र है जहाँ सत्ता ही परम ध्येय है, जन कल्याण का माध्यम नहीं।

यह आत्मसाक्षात्कार आसान नहीं। पर फिर भी एक छोटा-सा सवाल तो हम सब अपने आप से—भाजपा से नहीं—कर ही सकते हैं। यदि गुजरात विधानसभा में दो तिहाई का बहुमत हासिल करने के बाद भी किसी राजनीतिक दल और उसकी सरकार को लाक्षणिक राजनीति का सहारा लेने का लालच होता है तो वह क्या कभी बुनियादी आर्थिक-सामाजिक मुद्दों को हल करने का जोखिम उठाना चाहेंगे ?

राष्ट्रवाद की भाँति हिन्दुत्व भी—वैसे भी वह अपने को राष्ट्रवाद से समीकृत करता है—दो धरातलों पर अपनी राजनीति चला रहा है : आदर्श और स्वार्थ। अन्तर यह है कि स्वार्थ इससे जो भी सधें, इसकी विजय का अनिवार्य तार्किक परिणाम होगा भारतीय राष्ट्रवाद का अवसान। भारतेन्दु और रमेशदत्त जैसे हमारे पूर्वज 'हिन्दू' और 'भारतीय' के पर्यायीकरण की जिस विभाजकता को समझ गए थे क्या हमें वह अब सिर्फ चौंधियाती रहेगी ?

सुमिरो तेरो नाम

अक्सर ऐसा होता है, और हर बार ऐसा होने पर बड़ी बेचैनी होती है। बेचैनी कुछ न कर पाने की। वे जिनको सहृदय, स्वस्थ व संवेदनशील जाना है, अचानक पूछ बैठते हैं : 'कितने मन्दिर हमारे तोड़े गए, न जाने कितनी मूर्तियाँ भ्रष्ट हुईं। क्या यह सब सोच–याद कर आपको कोई तकलीफ नहीं होती ?' इस सवाल से जुड़ी वैयक्तिक अथवा सामूहिक व्यथा को नकारा नहीं जा सकता। न ही नकारा जाना चाहिए। कोई भी जन समुदाय जिसका जातीय मान आहत हुआ हो संवेदना का अधिकारी है। तो फिर हिन्दू क्यों नहीं जिनके, अतीत में, मन्दिर नष्ट हुए, मूर्तियाँ भ्रष्ट हुईं ?

'हिन्दू' व्यथा की इस स्वीकृति के बाद आधार बनाना चाहिए एक ऐसे संवाद का जो दिलों में गहरे बसे दर्द को दूर कर सके। पर वैसा होता नहीं। जातीय व्यथा की हमारी स्वीकृति जल्दी ही बेमानी हो जाती है। उनके लिए जो हम से पूछते हैं कि अतीत के अतिक्रमणों की याद हमें दुखाती है या नहीं। वे इस स्वीकृति से जोड़ देते हैं एक ऐसा तर्क जिसकी न कोई ऐतिहासिक और न ही नैतिक मान्यता सम्भव है। और यहीं, शुरू होने से पहले ही, बिखर-सा जाता है वह संवाद जिसके बिना दिलों का दर्द मिट नहीं सकता। आज जरूरत है किसी तरह उस संवाद को पोसने की; न कि उस तर्क की मरीचिका से अभिभूत होने की जो छद्म इतिहास के सहारे जातीय वैरव्रत को हवा देता रहता है।

क्या है वह विषकारी तर्क ? उसके अनुसार भारतीय इतिहास के एक विशेष कालखंड में, जिसे 'मुस्लिम' राज्य की संज्ञा दी जाती है, गैर मुस्लिम लोगों पर जो भी ज्यादतियाँ हुईं उसके लिए सारे मुसलमान जिम्मेदार थे। यह जिम्मेदारी उन मुसलमानों तक सीमित नहीं है जिनके जमाने में ये सारी ज्यादतियाँ हुईं। इन सबका दायित्व देश में रहनेवाले आज के मुसलमानों पर भी आता है। 'बाबर की औलाद' इसी तर्क का चलताऊ सूत्रीकरण है।

इतिहास की दुहाई देनेवाले इस तर्क के निरन्तर बढ़ते प्रभाव को अनदेखा नहीं किया जा सकता। पर क्या वास्तव में इसका प्रभाव इसकी तथाकथित ऐतिहासिक सत्यता में निहित है ? अगर ऐसा होता तो इससे निपटना बड़ा ही आसान हो जाता। बार-बार इतिहासकारों ने दिखाया है कि 'मुस्लिम' राज्य के दौरान शासक वर्ग में सिर्फ मुसलमान ही नहीं थे। हिन्दू भी उसका अंग थे। दूसरी तरफ शासित, और शोषित, प्रजा

में भी मुसलमानों की संख्या कम न थी। मंदिरों को तोड़ने व मूर्तियों को भ्रष्ट करने में–अथवा 'हिन्दुओं' पर हुए अन्य जुल्मों में–इन सामान्य मुसलमानों का कोई योगदान नहीं था। बल्कि इनमें से तमाम मुसलमान तो उस साँझी संस्कृति के सहभागी थे जो 'मुस्लिम' राज्य के दौरान सामाजिक जीवन में उभरकर आ रही थी। न ही, यथार्थ में, यह साँझी संस्कृति शासितों तक सीमित थी। शासक वर्ग भी प्रायः उस संस्कृति को पल्लवित करने में पीछे नहीं था।

फिर भी, बहस के लिए, यदि इन सर्वविदित ऐतिहासिक तथ्यों को गलत मान भी लिया जाए तो किस न्याय द्वारा हम कह सकते हैं कि 'मुस्लिम' राज्य में हिन्दुओं पर किए गए निर्विवाद 'ऐतिहासिक' अन्याय के लिए आज के मुसलमान–'बाबर की औलाद–भी उत्तरदायी हैं ?

इतिहास को धता बताकर इतिहास के ही नाम में रची 'हिन्दू' अपमान की गाथा में चित्रित मुसलमान पैदाइशी तौर पर क्रूर, कामुक, उत्पाती एवं मतान्ध होते हैं। फलतः यह एक स्वतःसिद्ध सत्य बन जाता है कि हिन्दुओं पर हुए जुल्मों में सारे मुसलमानों ने सहर्ष हिस्सा हिया। मुसलमानों की प्रकृति आज भी बदली नहीं है। शायद, यदि ऐसा सम्भव है तो, वे पहले से भी अधिक क्रूर व मतान्ध हो गए हैं।

इसके बरक्स हिन्दू जन्म से ही शान्तिप्रिय होते हैं। 'वसुधैव कुटुम्बकम्' उनका आदर्श है और भावों की संकीर्णता उनको छूती नहीं। वे तो मक्खी तक नहीं मार सकते। अहिंसा उनका परम धर्म है। मुसलमानों और हिन्दुओं के इस जन्मजात अन्तर को उजागर करते हुए अपने समय के प्रसिद्ध साहित्यकार राधाचरण गोस्वामी ने आज से पूरे ग्यारह दशक पूर्व लिखा था : ''आप की छठी में खून की पूजा हुई, हमारी छठी में दूध की। आप के मत का बीज विग्रह, हमारे मत का मूल शान्ति है।' दुर्भाग्य की बात है कि यह विश्वास पिछले 110 वर्षों में उत्तरोत्तर आम हिन्दुओं के विश्वास-पुंज का हिस्सा बनता जा रहा है।

'हिन्दू' लोक स्मृति में घुन की तरह बसा यह विश्वास इतिहास और मनोविज्ञान दोनों की ही दृष्टि से हास्यास्पद है। भारतवर्ष के हिन्दुओं और उसी तरह मुसलमानों, की अगर कोई अलग एक पहचान है–एक सामूहिक पहचान–तो उसका एकमात्र आधार है धर्म। अथवा वैयक्तिक स्तर पर 'हिन्दू' या 'मुसलमान' होने का आत्मबोध (उदाहरण के लिए सावरकर एवं जिन्ना !)। एका का यह तत्त्व कितना भी सशक्त क्यों न हो, वह एक विशिष्ट 'हिन्दू' अथवा 'मुस्लिम' प्रकृति का निर्माण करने के लिए अपर्याप्त है। खसूसन तब जब कि भाषा, क्षेत्र, शिक्षा, वर्ग, व्यवसाय, और लिंग इत्यादि ऐसे तत्त्व हैं जो 'हिन्दू' और 'मुसलमान' जैसे विभाजनों के परे अन्यान्य सामाजिक अस्मिताओं को पल्लवित करते/कर रहे हैं। परिणामतः हमारे देश में 'हिन्दू' और 'मुसलमान' की निरन्तर गहराती, प्रायः परस्पर विरोधी, सामाजिक अस्मिताएँ तो हैं, पर उनके आधार पर किसी जन्मजनित 'हिन्दू' या 'मुस्लिम' प्रकृति के अस्तित्व को सिद्ध नहीं किया जा सकता।

सामूहिक आत्म-प्रवंचना से प्रेरित ऐसे मनोवैज्ञानिक वर्गीकरण के प्रयासों से मानव इतिहास भरा पड़ा है। साम्राज्यवाद का जयघोष करनेवाले, और अपने को सार्वभौम माननेवाले 'पाश्चात्य' ज्ञान का एक अभिन्न अंग था वह मनोविज्ञान जो समस्त मानव जाति को दो प्रमुख श्रेणियों में बाँटता था (है)। पहले, साम्राज्यवादी पश्चिमी देशों के लोग जो जन्म से ही स्वामित्व की ओर प्रेरित होते हैं (स्वामित्व जो प्रभुता के लिए नहीं जगत के कल्याण हेतु और उससे जुड़ी नाना आपदाओं के बावजूद स्वीकारते थे ये लोग)। दूसरे, संसार के बाकी बहुसंख्यक (गैरश्वेत) लोग जो स्वभावतः दासत्व, पर-निर्भरता की ओर खिंचते थे (हैं)। इसी छद्म मनोविज्ञान का एक रूप संयुक्त राज्य अमरीका में दिखाई देता है जो श्वेत अमरीकियों के प्रत्येक जातिगत गुण के मुकाबले में एफ्रो-अमरीकियों में एक जातिगत अवगुण का अनिवार्य आरोपण करता है।

पर असल दुश्वारी यह है कि लोक मानस में गुंफित इस तरह के विश्वास पाठ्य पुस्तकीय इतिहास और मनोविज्ञान के तथ्यों के परे होते हैं। उनके अपने ही तथ्य होते हैं, और अपना ही इतिहास और मनोविज्ञान। आप उनके प्रत्येक तथ्य को काटने के लिए सात विपरीत तथ्य दे सकते हैं। सम्भव है कि आपके इन तथ्यों में से कुछ तथ्य मान भी लिए जाएँ। किन्तु वे विश्वास, जिनका खंडन आपके तथ्य कर रहे हैं, बदस्तूर बने रहेंगे। दशानन के सिरों की तरह है स्थिति लोक मानस में पनपते तथ्यों की। उनसे निपटने के लिए लक्ष्य कहीं और साधना होगा। कहाँ है मुस्लिम द्वेषी लोक मानस की नाभि ?

इस प्रश्न का कोई निश्चित उत्तर नहीं है। पर यह जान लेना भी कम महत्त्वपूर्ण नहीं है कि असल मसला तथ्यों का नहीं, या तथ्यों से कहीं ज्यादा, विश्वासों और विचारों का है; जीवन दृष्टि का है। वैसे भी यह बात इतिहासकारों और समाजशास्त्रियों को इसलिए भी समझ लेनी चाहिए क्योंकि सामाजिक यथार्थ के किसी भी चित्रण में प्राण-प्रतिष्ठा मात्र तथ्यों के संकलन से नहीं वरन् उस दृष्टि से होती है जो इन तथ्यों में एक आन्तरिक सम्बन्ध स्थापित कर कोई अर्थ उद्घाटित करती है।

अतएव, और कुछ हो या न हो, उस दृष्टि को फिर से हमें अपने अन्दर उजागर करना होगा जो पिछले कुछ दशकों या सदियों में मन्द भले ही पड़ी हो लुप्त नहीं हुई है। यह दृष्टि हिन्दुओं और मुसलमानों की दूरी, उनके आपसी वैमनस्य व अविश्वास को झुठलाएगी नहीं। यह दृष्टि हिन्दू-मुस्लिम सम्बन्धों के उस संश्लिष्ट इतिहास को दुहराएगी जहाँ इस दूरी, वैमनस्य व अविश्वास के साथ-साथ, उसके बावजूद, समाज और संस्कृति के अनेक स्तरों पर परस्पर सहअस्तित्व, आदान-प्रदान एवं आत्मीयता भी उभर कर आए।

इस दृष्टि को फिर से अपने अन्दर जगाने के लिए हमें सिर्फ अपने चारों तरफ देखना होगा। क्रोध और कटुता पर अंकुश लगा कर अपने जीवन के उन सत्यों को भी देखना होगा जिनको अनदेखा करने के हम आदी हो गए हैं। सिर्फ एक उदाहरण और अन्त।

पंडित भीमसेन जोशी की पूरिया धनाश्री को दो प्रिय रचनाएँ हैं। इनमें से एक है :

सुमिरो तेरो नाम,
जीव दिया सब संसार,
हे काजी करीम,
अरज करत इब्राहीम,
मेरे तो मौला,
तुझ बिन कौन निस्तारे,
सुमिरो तेरो नाम।

सुरों के जादू के बगैर भी, जो सिर्फ गायन में सम्भव है इस उद्धरण में नहीं, इस अद्‌भुत रचना के भाव और भाषा एक विस्मयकारी ढंग से उस संसार को अपने में छिपाए हुए हैं जिसमें हिन्दू और मुसलमान एक दूसरे में जज्ब हो गए थे। पर क्यों हम 'थे' कहें उस संसार के इस यथार्थ को ? अगर आज भी एक भीमसेन जोशी, और वह अकेले नहीं हैं, इब्राहीम की इस रचना को–क्या अन्तर पड़ता है कि हम इन इब्राहीम को नहीं जानते !–भावविभोर होकर गाते हैं और असंख्य श्रोताओं को मन्त्रमुग्ध कर देते हैं तो यह संसार हमसे बिल्कुल ही अलग नहीं हो गया है। और, यदि हम चाहें तो, यह रचना अपने अन्दर छिपे संसार को–जो हमारे अन्दर भी छिपा है–हमारे समक्ष उद्‌घाटित कर सकती है।

तब यह अन्त नहीं होगा। यह उदाहरण होगा।

●●●